루쉰 독본

일러두기

- 이 책에는 옮긴이가 직접 번역하고 선별한 루쉰의 대표적인 작품들이 실려 있다. 독자의 이해를 돕기 위해 장을 시작할 때마다 옮긴이의 해설을 붙였으며, 글의 마지막에는 원제와 출처를 밝혀놓았다.
- 외래어와 외국 인명은 국립국어원 한국어 어문 규범의 '외래어 표기법'에 따라 표기하되, 신해혁명(1911) 이전의 인명은 한자음으로 표기하고 일부 인명은 관행을 따랐다.
- 단행본은《 》로, 글 제목과 노래·영화 제목 등은 〈 〉로 표기했다.

루쉰 지음 | **이욱연** 옮김

Humanist

우리 시대의 질문으로 새롭게 읽는 루쉰의 소설과 산문

우리는 루쉰을 편식해왔다. 많은 이가 〈아Q정전〉, 〈광인일기〉, 〈고향〉 같은 소설을 주로 읽었다. 그와 정반대로 루쉰 마니아는 이른바 '잡감문(雜感文)' 또는 '잡문(雜文)'이라 불리는, 창이나 비수와 같은 루쉰의 산문만 골라 읽었다. 기본적으로는 소설 독자가 더 많다. 정치적 억압 탓에 1990년대 이전까지는 소설만 읽을 수밖에 없기도 했고, 산문을 소설보다 덜 중요하게 여기는 관행도 작용했다. 곤란한 점은 루쉰을 소설가나 산문가라는 어느 한 가지 정체성으로 규정할 수 없다는 데 있다. 이는 루쉰 저작의 분량만 보더라도 알 수 있다. 루쉰은 소설집 세 권과 사후에 편집한 출간본까지 포함해 산문집 열아홉 권을 냈다. 루쉰의 깊고 넓은 생각을 제대로 이해하려면 소설과 산문을 두루 읽어야 한다. 돌이켜 보면 필자도 루쉰의 작품을 편식하며 소개해왔다. 소설과 산문을 나누어 냈던 것이다. 물론 필자만 아니라 국내외의 책 대부분도 그러했다.

이번에 출간한 《루쉰 독본》은 기존 루쉰 선집과 다르게 우리 시대의 절실한 질문을 따라 루쉰의 소설과 산문을 새롭게 엮었다. 희망과 절망, 등급 질서, 사회의 개혁, 혁명의 변질, 기성세대의 윤리, 근대의 빛과 그늘 등의 주제에 따라 루쉰의 글을 배열했다. 이 주제들은 지금 우리가 절실하게 고민하는 문제이자 루쉰의 핵심적인 문제의식과 맞닿아 있다. 이렇게 주제별로 소설과 산문을 포개놓는 접근법은 루쉰으로 우리 사회를 읽고 우리 사회로 루쉰을 읽기 위한 시도다. 이를 통해 독자들은 '절망에 반항한 작가' 루쉰이 자신이 살던 당시는 물론이고, 지금 우리에게 전해주는 생각과 지혜를 보다 선명하게 이해할 수 있을 것이다. 루쉰의 소설이나 산문을 단편적으로 읽어본 독자는 루쉰의 다양한 면모를 발견할 것이고, 루쉰을 처음 만나는 독자는 루쉰의 날카로운 통찰력에 신선함을 느낄 것이다.

이 책은 2014년부터 서강대학교에서 열린 '루쉰과 현대'라는 강의에서 비롯되었다. '루쉰과 현대'는 지금 우리 사회에서 누구보다도 힘든 시기를 보내고 있는 청년들과 함께 루쉰의 글을 같이 읽고 토론하면서 오늘의 한국 사회를 깊이 고민하는 수업이다. 작년 가을학기부터는 K-MOOC를 통해 보다 많은 사람과 더불어 루쉰을 읽고 있다. 강의가 끝날 무렵이면 수강생들이 한 학기 동안 읽은 글에 별점을 매기도록 하는데, 이런 식으로 수강생들이 우리 사회에 시사하는 바가 크다고 본 글만을 가려 뽑아 이 책에 실었다. 기존의 번역해 소개한 글도 주제에 맞게 넣으면서 새롭게 손보았다.

이 책과 더불어 출간된 《루쉰 읽는 밤, 나를 읽는 시간》 또한 이 강의의 산물이다. 이 두 책을 나란히 놓고 읽기를 권한다. 루쉰의 글 중에는 쉽게 의미가 포착되지 않는 작품이 있기 때문이다. 독자의 이해를 돕기 위해 각 장을 시작할 때마다 글의 주제를 요약했지만, 《루쉰 읽는 밤, 나를 읽는 시간》을 참고하면 루쉰의 생각 속으로 한결 쉽게 들어갈 수 있을 것이다. 루쉰의 문제의식과 오늘 우리의 문제를 연결하는 데도 도움이 될 것이다. 하지만 가장 중요한 것은 독자 여러분의 적극적인 해석이다. 인문 독서의 진정한 가치는 나만의 생각을 키우는 데 있다. 그런 의미에서 필자의 해석을 참고하되 궁극적인 답으로 여기지 않기를 바란다. 루쉰의 글은 인문적 사고력을 키우는 데 매우 좋다. 그의 글은 현란하지 않고 생각의 관습에 물든 우리에게 자극을 주면서 새로운 시각을 제공하기 때문이다.

이번 번역은 연구자가 아닌 사람이 편안하게 읽는 데 주안점을 두었다. 《루쉰 전집》이 동료 학자들의 헌신에 힘입어 이미 출간되었기 때문에 학술적인 차원을 고려할 필요가 한결 줄었다. 내용을 정확하게 전달하면서도 쉽게 읽히도록 했고, 조금 더 의역을 했으며, 읽는 데 방해가 되지 않도록 주석을 되도록 줄였다.

일제 강점기부터 수많은 한국인이 루쉰을 읽었다. 이육사, 이광수, 염상섭, 오상순, 김태준, 정래동, 신언준, 양백화, 김광주, 이병주, 전우익, 리영희를 비롯한 숱한 문학인과 지식인, 청년 들이 루쉰을 읽으며 동아시아로 시선을 넓혔고 우리의 삶과 현실을 고민했다. 이 책이 작게나마 그들에게 드리는 존경의 인사가 될 수 있다면 더 바랄 게 없겠다. 아울러 '루쉰과 현대'를 수강한 서강의 학생들과 K-MOOC 수강생들에게도 감사드린다. 낯선 형식의 선집임에도 흔쾌히 출판을 허락해준 휴머니스트 출판사에는 참으로 고맙고 미안하다. 역병이 창궐하는 어수선한 시절에 두 권을 동시에 내면서 꼼꼼하게 읽고 바로잡느라 애쓴 편집부에 깊이 감사드린다.

2020년 봄, 세상의 봄을 기다리며

고향 옻돌에서 이욱연

차례

1부

희망은 지상의 길과 같다

01

길 없는 대지에 길을 낼 수 있을까

'행인〔過客〕'의 뜻은 편지에서 지적한 바와 같다. 즉, 앞길에 무덤이 있다는 것을 분명히 알면서도 기어이 가는 것, 바로 절망에 대한 반항이다. 절망하지만 반항하는 것은 어려운 일이며, 희망으로 인해 전투를 벌이는 사람보다 훨씬 용감하고 비장하다고 본다.

〈자오치원에게(致趙其文)〉, 《서신(書信)》

길은 걸어가는 발길이 있어야 비로소 지상의 길이 된다. 루쉰은 희망이 지상의 길과 같다고 생각한다. 지상의 길처럼 원래 있는 것이 아니라 사람이 걸어가면 생기고, 걸어가지 않으면 생기지 않는다고 본다.

한두 번의 발걸음으로 땅에 길이 나는 것은 아니다. 수없이 걸어야 비로소 땅은 그곳을 길로 내준다. 발걸음에 발걸음이 포개지고 발걸음이 쌓여서 길이 된다. 개인의 길도 그렇고 세상의 길도 그렇다. 한 번이 아니라 여러 번 걸어야 하고, 나 혼자만의 발걸음이 아니라 여러 사람의 발걸음이 모여야 비로소 길이 난다. 걸어가는 사람이 많아야 비로소 길이 된다. 희망 또한 그렇다.

하지만 살다 보면 희망보다 절망이 더 크게 다가온다. 절망의 순간에 어떻게 할 것인가? 루쉰은 눈앞에 있는 절망을 부정하거나 회피하지 말고, 절망에 반항하는 법을 말한다. 지금 현실이 절망스럽다고 하여 과거로 돌아가지 말고, 자기 내면에서 부르는 소리를 들으면서 앞으로 나아가라고 말한다.

생명의 길

인류의 멸망, 그것은 몹시 쓸쓸하고도 슬픈 일이라고 생각한다. 그러나 몇몇 인간의 멸망은 결코 쓸쓸하거나 슬픈 일이 아니다.

생명의 길은 진보의 길이다. 그것은 언제나 무한한 정신의 삼각형 비탈면을 따라 올라가며, 그 어떤 힘도 그것을 막지 못한다.

자연이 인간에게 내린 부조화는 아직도 매우 많으며, 인간 스스로 위축되고 타락하여 퇴보하는 현상도 무척 많다. 하지만 생명은 결코 이 때문에 뒤로 물러서지 않는다. 그 어떤 암흑이 사상의 흐름을 가로막는다 해도, 사회에 그 어떤 비참함이 엄습해도, 그 어떤 죄악이 인간의 도덕을 모독해도, 완전을 갈망하는 인간의 잠재력은 이러한 가시덤불을 헤치고 전진할 것이다.

생명은 죽음을 두려워하지 않는다. 생명은 죽음 앞에서도 미소를 짓고 춤을 추며, 명멸하는 인간들을 딛고 다시금 앞으로 나아간다.

길이란 무엇인가? 밟고 지나감으로써 생기는 것이 아닌가. 가시덤불을 헤치고 가는 것이 아닌가.

길은 옛날에도 있었고, 앞으로도 영원히 있을 것이다.

인류는 영원히 쓸쓸하지 않을 것이다. 생명은 진보하고 낙천적이기 때문이다. 어제 나는 친구 L에게 이렇게 이야기했다.

“한 사람이 죽는 것은 그 자신과 가족에게는 슬픈 일이다. 하지만 마을이나 그 지역의 입장에서 보면 큰일이 아니다. 더더욱 한 성(省), 한 나라 입장에서 보면…….”

L은 기분이 나빠서 말했다.

“그것은 자연(Nature)의 말이지, 사람의 말은 아니네. 자네 조심해야겠네.”

나는 그의 말도 그르지 않다고 생각한다.

〈생명의 길(生命的路)〉, 《열풍(熱風)》

희망

나의 마음은 무척 쓸쓸하다.

하지만 나의 마음은 아주 고요하다. 사랑도 없고 증오도 없다. 기쁨도 슬픔도 없다. 소리도 색도 없다.

나이가 든 때문일까? 내 머리가 벌써 하얗게 된 것은 분명한 사실 아닌가? 내 손이 떨리는 것도 분명한 사실 아닌가? 그러고 보면 내 영혼의 손도 분명 떨고 있고, 머리도 분명 하얗게 되었으리라.

이것은 벌써 여러 해 전부터 그러했다.

그 이전, 내 마음은 피비린내 나는 노랫소리로 가득했다. 피와 강철, 불꽃과 독, 회복과 복수로 가득했다. 그러나 이 모든 것이 공허해졌다. 가끔, 어쩔 수 없이 자기기만적이기 마련인 희망으로 이 공허를 메우려고도 했다. 희망, 희망……, 나는 이 희망을 방패 삼아 암흑의 밤의 습격을 막아보려고도 했다. 설령 방패 안쪽 역시 공허 속의 암흑의 밤일지라도. 하지만 그런 속에서 나의 청춘은 계속 소진되었다.

나의 청춘이 이미 사라져버렸다는 것을 어찌 몰랐을 것인가? 그러나 내 몸 밖에는 청춘이 당연히 존재한다고 믿었다. 별, 달빛, 죽은 나비, 어둠 속의 꽃, 부엉이의 불길한 소리, 각혈하는 두견새, 웃음의 아득함, 사랑의 무도……. 슬프고 아득한 청춘일망정 청춘은 그래도 청춘이다.

그러나 지금은 왜 이리 적막할까? 몸 밖의 청춘마저 다 사라져버린 걸까? 세상 청년들도 다 늙어버린 걸까?

나 홀로 이 공허 속의 암흑의 밤과 싸우는 수밖에 없다. 나는 희망이라는 방패를 버리고, 페퇴피 샨도르(Petőfi Sándor, 1823~1849)의 〈희망〉의 노래를 듣는다.

> 희망이란 무엇이더냐? 탕녀로다.
> 그녀는 아무에게나 웃음을 팔고 모든 것을 바친다.
> 그대가 고귀한 보물,
> 그대의 청춘을 바쳤을 때
> 그녀는 그대를 버린다.

위대한 서정 시인이자 헝가리의 애국자였던 페퇴피가 조국을 위해 코사크(Cossack: '카자흐스탄'의 영어 이름—옮긴이) 병사의 창에 죽은 지 벌써 75년이 지났다. 슬프다, 죽음이여! 그러나 더욱 슬픈 것은 그의 시가 지금도 죽지 않았다는 것이다.

하지만 슬픈 인생이여! 저 걸출한 영웅 페퇴피도 어두운 밤 앞에 걸음을 멈추고 아득한 동쪽을 돌아보며 말했다.

"절망은 허망하다, 희망이 그러하듯이."

내가 밝지도 어둡지도 않은 이 허망 속에서 목숨을 부지해갈 수 있다면, 나는 사라진 저 슬프고 아득한 청춘을 찾으리라. 그것이 내 몸 밖의 청춘이어도 좋다. 몸 밖의 청춘이 소멸되면 몸 안의 황혼도 이내 스러질 것이기에.

그러나 지금은 별도 없고, 달도 없다. 죽은 나비도, 웃음의 허망함도, 사랑의 춤도 없다. 그런데 청년들은 아주 고요하다.

나 홀로 이 공허 속의 암흑의 밤과 싸우는 수밖에 없다. 설령 내 몸 밖에 있는 청춘을 찾아내지 못할지라도, 내 몸 안의 황혼만큼은 스스로 떨쳐내야 한다. 그런데 암흑의 밤은 또 어디에 있는가? 지금은 별도 없고, 달도 없다. 웃음의 아득함도, 사랑의 춤도 없다. 청년들은 고요하다. 그리고 내 앞에는 진정한 암흑의 밤조차 없다.

절망은 허망하다, 희망이 그러하듯이.

〈희망(希望)〉, 《들풀(野草)》

행인

때 어느 날 황혼

곳 어떤 곳

인물

노인 약 70세. 백발에 검정 두루마기를 입음.

여자아이 약 10세. 갈색 머리, 까만 눈동자, 하얀 바탕에 검은 네모 무늬 저고리를 입음.

행인 약 30~40세, 몹시 지친 상태이지만 의지가 강하고, 눈은 침울하며, 수염은 수북하고, 머리는 헝클어져 있음. 검정 저고리와 바지는 다 해지고 맨발에 다 뜯어진 신발을 신고 있음. 자루를 하나 끼고 있고 키만 한 지팡이를 짚고 있음.

동쪽에는 잡목 몇 그루와 깨진 기와 조각이 있다. 서쪽에는 황량하고 허물어진 무덤들이다. 그 사이에 길인 것도 같고 길이 아닌 것도 같은 흔적이 있다. 조그만 흙집 한 채가 그 흔적 쪽으로 문을 연 채 있고, 문 옆에 고목 그루터기가 하나 있다.

(여자아이가 그루터기에 앉아 있는 노인을 부축하여 일으키려 한다.)

노인 애야. 애, 애야! 왜 그러고 서 있니?

아이 (동쪽을 바라보며) 누가 오고 있어요. 저기 보세요.

노인 볼 필요 없다. 날 좀 잡고 안으로 들어가자. 해가 지겠다.

아이 전, 좀 볼게요.

노인 헛, 그 녀석! 날마다 하늘을 보고, 땅을 보고, 바람을 보는데, 다른 뭐 볼 게 있다고 그래? 그보다 더 좋은 볼거리가 어디 있다고, 기어이 보겠다는 거야. 해가 질 무렵 나오는 것치고 사람한테 좋은 게 없는 법이야. …… 그만 들어가자.

아이 그래도 벌써 다 왔어요. 아아, 거지예요.

노인 거지라고? 그럴 리가.

(행인이 동쪽 잡목 사이에서 절룩거리며 걸어 나온다. 잠시 머뭇거리다가 노인이 있는 곳으로 천천히 걸어온다.)

행인 어르신, 안녕하세요?

노인 예, 그렇소. 덕분에. 당신도 안녕하시오?

행인 어르신, 실례하지만, 물 한 잔 얻어 마실 수 있을까요? 걷다 보니 목이 타서요. 근처에 연못도 없더군요.

노인 음, 그러시오. 좀 앉으시오. (여자아이에게) 아가, 가서 물 좀 가져오너라. 그릇은 깨끗이 씻어서.

(여자아이가 말없이 흙집 안으로 들어간다.)

노인 행인 양반, 좀 앉으시오. 성씨가 어떻게 되오?

행인 이름이요? 저도 모릅니다. 제가 기억할 수 있는 때부터 혼자였으니까요. 제 이름이 무엇이었는지도 모릅니다. 전 그저 걷기만 합니다. 사람들이 마음대로 이렇게 저렇게 저를 부르기도 하지만 기억을 하지 못합니다. 게다가 같은 이름으로 부른 걸 들어본 적이 없어서요.

노인 아아, 그럼, 어디서 오는 길이오?

행인 (조금 머뭇거리다가) 저도 모릅니다. 제가 기억할 수 있는 때부터 이렇게 걷고 있었으니까요.

노인 그래요. 그럼, 어디로 가는지 물어봐도 되겠소?

행인 당연히 괜찮지요. 하지만 저도 모릅니다. 제가 기억할 수 있는 때부터 저는 이렇게 걷고 있었으니까요. 제가 가는 그곳은 바로 앞에 있습니다. 저는 그저 먼 길을 왔다는 것과 지금 여기에 왔다는 것만 기억할 뿐입니다. 저는 계속 저곳으로 가야 합니다. (서쪽을 가리키며) 앞쪽 말입니다.

(여자아이가 조심스럽게 나무잔을 들고 와서 건넨다.)

행인 (잔을 받으며) 고맙습니다, 아가씨. (물을 두 입에 다 마시고, 잔을 돌려준다.) 고맙습니다, 아가씨. 정말 오랜만에 이런 호의를 받습니다. 어떻게 감사를 드려야 할지 모르겠군요.

노인 그럴 것 없어요. 당신에게 도움이 되지 않을 겁니다.

행인 그렇습니다. 제게 도움이 되지 않습니다. 하지만 전 지금 기력을 그나마 회복했습니다. 앞을 향해 가야겠습니다. 어르신, 어르신은 여기에 오래 사셨으니 저 앞이 어떤 곳인지 아시겠지요?

노인 앞쪽, 앞은 무덤이지.

행인 (놀란 듯이) 무덤이요?

아이 아, 아니에요. 아니에요. 거긴 들백합꽃과 들장미꽃이 가득 있습니다. 저도 자주 놀러가요. 그 꽃들을 보러요.

행인 (서쪽을 바라보며 미소를 짓는 듯이) 맞아요. 그런 곳에는 들백합과 들장미가 많지요. 저도 자주 놀러갔어요. 구경하러요. 하지만 저곳은 무덤이에요. (노인에게) 어르신, 저 무덤을 지나면 어떻게 되지요?

노인 무덤을 지나면? 그건 나도 모르지. 나도 가보지 않았으니까.

행인 모르신다고요?

아이 저도 몰라요.

노인 난 그저 남쪽하고 북쪽, 동쪽만 아오. 내가 온 길 말이오. 내가 가장 잘 아는 곳이지. 당신에게도 가장 좋은 곳이었을 성싶소. 주책맞다고 하지는 마시오. 보아하니 당신도 꽤 지친 것 같은데 돌아가는 게 나을 거요. 앞으로 더 가봐야 다 간다는 보장도 없으니 말이오.

행인 다 간다는 보장도 없다고요? …… (생각에 잠겼다가 놀란 듯이) 그건 안 됩니다! 저는 가야 합니다. 돌아가라고요? 그곳은 위선적이지 않은 곳이 없고, 지주가 없는 곳이 없고, 추방과 감옥이 없는 곳이 없고, 가식적인 웃음이 없는 곳이 없고, 거짓 눈물이 없는 곳이 없습니다. 저는 그런 것들을 증오합니다. 저는 돌아가지 않을 겁니다.

노인 꼭 그렇지만은 않을 거요. 마음 깊이 눈물짓는 사람도, 당신 때문에 슬퍼하는 사람도 만날 수 있을 거요.

행인 아닙니다. 저는 그들이 마음 깊이 눈물짓는 것을 보고 싶지 않습니다. 그들이 저 때문에 슬퍼하는 것도 바라지 않습니다.

노인 그럼, 당신은 (고개를 저으며) 그저 가는 수밖에 없군요.

행인 그렇습니다. 저는 가는 수밖에 없습니다. 앞에서 저를 재촉하는 소리, 저를 부르는 소리가 나서 저는 쉴 수가 없습니다. 하지만 제 다리가 걷다가 터져버리고 많이 다친 데다가 피까지 많이 나는 게 안타깝습니다. (한쪽 발을 들어 노인에게 보여 주며) 이러다 보니 저는 피가 부족합니다. 피를 좀 마셔야 합니다. 그런데 피가 어디에 있을까요? 물론 다른 사람의 피를 마시고 싶지는 않습니다. 저는 그저 물을 마셔서 제 피를 보충하는 수밖에 없습니다. 오는 길에 늘 물이 있어서 부족하다고 느끼지 않았습니다. 다만 제힘이 부치기 시작하더군요. 피에 물이 너무 많아졌기 때문입니다. 오늘은 조그만 물웅덩이도 만나지 못했는데, 길을 얼마 못 걸어서 그런가 봅니다.

노인 꼭 그런 것은 아닐 거요. 해도 저물었으니, 내 생각에는, 좀 쉬는 게 나을 성싶소만. 나처럼 말이오.

행인 하지만 저 앞에서 나는 소리가 저더러 걸으라고 합니다.

노인 나도 알고 있소.

행인 아신다고요? 저 소리를 아신다고요?

노인 그렇소. 저 소리가 전에 나도 불렀소.

행인 그때도 지금 저를 부르는 저 소리였습니까?

노인 그건 난 모르오. 그 소리가 몇 번 불렀는데 내가 상대를 하지 않으니까 더는 부르지 않았고, 그러다 보니 나도 잊어버렸소.

행인 음음, 상대하지 않는다고요. …… (생각에 잠겼다가 놀란 듯이 귀를 기울이며) 안 됩니다. 저는 그래도 가는 것이 낫겠어요. 저는 쉴 수 없습니다. 제 발이 터진 게 안타깝습니다만. (길을 떠날 채비를 한다.)

아이 이거요! (천 조각을 건네며) 상처를 싸매세요.

행인 고마워요, (받으며) 아가씨. 이거 정말 …… 정말 오랜만에 이런 호의를 받습니다. 이것 때문에 길을 더 많이 갈 수 있을 것 같습니다. (깨진 벽돌에 앉아 헝겊으로 발꿈치를 싸매면서) 그런데 안 되겠어요! (힘겹게 일어서며) 아가씨, 돌려줄게요. 싸맬 수가 없네요. 더구나 이렇게 넘치는 호의에 나로서는 감사할 방법도 없고요.

노인 그렇게 감사할 것 없어요. 이게 당신한테 좋은 게 아닐 테니까요.

행인 맞습니다. 이게 저한테 좋은 게 없습니다. 하지만 저에게 이것은 최고의 은혜입니다. 보세요, 전 몸에 이런 걸 걸치고 있습니다.

노인 너무 그리 심각하게 생각하지 마시오.

행인 알겠습니다. 하지만 저는 그럴 수 없습니다. 전 두렵습니다. 제가 누구의 은혜를 받으면 시체를 발견한 독수리처럼 주위를 맴돌며 그가 죽기를, 그 모습을 제 눈으로 직접 볼 수 있기를 바라게 되거나 그녀만 빼고 모두 저까지도 죽어버리라고, 저주받아 마땅한 저까지도 죽어버리라고 저주를 할까 봐서요. 하지만 저에게는 그런 힘이 없습니다. 그런 힘이 있더라도 저는 그녀가 그런 경우를 당하기를 바라지 않습니다. 그녀가 그런 경우를 당하는 것을 바라지 않을 테니까요. 제 생각에 이렇게 하는 게 제일 나을 것 같습니다. (여자아이에게) 아가씨, 이 천은 너무 좋습니다만 좀 작군요. 다시 줄게요.

아이 (겁내며 뒤로 물러선다.) 전 필요 없어요. 가져가세요.

행인 (웃는 듯이) 음음……, 내가 손을 대서 그래요?

아이 (고개를 끄덕이며 호주머니를 가리킨다.) 거기에 넣고 가서 가지고 노세요.

행인 (풀이 죽어 물러서며) 그런데 이걸 등에 지고서 어떻게 걷지?

노인 좀 쉬어야지 짊어질 수 있지. 조금 쉬면 괜찮을 거요.

행인 그래요, 쉬면……. (말없이 생각하다가 갑자기 놀란 듯이 귀를 기울이며) 아녜요. 전 그럴 수 없습니다. 저는 그래도 가야 합니다.

노인 당신은 쉴 생각은 하지 않는군?

행인 저도 쉬고 싶습니다.

노인 그럼, 좀 쉬구려.

행인 하지만 전 그럴 수가 없습니다…….

노인 그래도 가야 한다고 늘 생각하는 것이오?

행인 그렇습니다. 그래도 가야 합니다.

노인 그렇다면야, 그래도 가는 게 좋을 것 같소.

행인 (허리를 펴면서) 그럼, 작별 인사를 드리겠습니다. 아주 고마웠습니다. (여자아이를 향해) 아가씨, 이것은 돌려줄게요. 받아요.

(여자아이가 겁내며 손을 거두고는 집 안으로 들어간다.)

노인 그냥 가져가시오. 너무 무거우면 무덤 있는 데 아무 데나 버리든지.

아이 (다가오며) 아니, 그건 안 돼요!

행인 그럼, 아가씨가 들백합이나 들장미에 걸어두면 되겠군요.

아이 (손뼉을 치며) 하하! 그럼 되겠네요!

행인 음음…….

(아주 짧은 동안 침묵)

노인 그럼, 잘 가시오. 무사하길 빌겠소. (일어나 여자아이에게) 얘야, 들어가게 나 좀 붙잡아다오. 해가 벌써 기울었지 않니. (돌아서 문으로 향한다.)

행인 정말 고맙습니다. 잘 지내십시오. (머뭇거리며 골똘히 생각하다가 갑자기 놀란 듯이) 하지만 난 그럴 수 없어. 나는 갈 수밖에 없어. 난 그래도 가야 해……. (바로 고개를 곧추세우고 분연히 서쪽으로 간다.)

(여자아이가 노인을 부축해 집으로 들어가더니 이내 문을 닫는다. 행인은 절룩거리며 들판을 향해 걸어간다. 어둠이 그의 뒤를 쫓는다.)

〈행인(過客)〉, 《들풀(野草)》

고향

나는 모진 추위를 무릅쓰고 2,000 리나 떨어진 곳에서, 떠난 지 20여 년이나 되는 고향에 돌아간다. 때가 한겨울이라 고향이 가까워질수록 날은 더욱 잿빛이 되고 차가운 바람이 배 안으로 들어와 윙윙 소리를 냈다. 덮개 틈으로 내다보니 창백한 하늘 아래 여기저기 흩어져 있는 쓸쓸하고 황량한 마을은 활기라곤 없었다. 내 마음에서 어쩔 수 없이 슬픔이 일었다.

아아! 이것이 내가 20년 동안 한시도 잊지 못했던 그 고향이란 말인가?

내가 기억하는 고향은 결코 이렇지 않았다. 고향은 훨씬 좋았다. 하지만 내가 고향의 아름다움을 떠올리고 그 아름다움을 말하려고 하자 그 모습은 이내 사라져버리고 말도 사라져버렸다. 원래 이러했던 것도 같다. 그래서 내 나름대로 이렇게 해석했다. 원래 고향은 이러했다. 발전이 없기는 하지만, 그렇다고 내가 느끼는 것 같은 슬픔이 있는 것도 아니다. 단지 내 마음이 바뀌었기 때문에 그런 것이다. 내가 이번에 좋은 심정으로 고향에 돌아온 것이 아니어서 그런 것이다.

이번에 나는 고향과 작별하러 왔다. 오랫동안 우리 일가가 살아온 집이 타성바지에게 팔렸다. 올해까지 집을 넘겨줘야 해서 정월

초하루 전에 익숙한 옛집과 영원히 작별하고 정든 고향을 떠나 내가 밥벌이하는 타관으로 이사를 해야 했다.

이튿날 아침 일찍 고향집 대문 앞에 도착했다. 지붕 기와에는 마른 풀이 대가 꺾인 채 바람에 떨고 있어서, 이 낡은 집이 주인이 바뀔 수밖에 없는 이유를 말해주는 듯했다. 다른 채에 살던 일가친척들은 벌써 이사를 했는지 무척 적막했다. 우리 식구가 살던 방 앞에 이르자 어머니가 벌써 마중 나와 계셨고, 이어 여덟 살짜리 조카 훙얼(宏兒)이 뛰어나왔다.

어머니는 기뻐했지만 슬픈 마음을 숨기고 있는 기색이었다. 나더러 앉아 쉬며 차를 마시라고 하면서도 이사 이야기는 꺼내지도 않았다. 훙얼은 나를 본 적이 없어서 저만치 떨어져서 멀뚱멀뚱 쳐다보기만 했다.

하지만 우리는 결국 이사 이야기를 꺼냈다. 나는 저쪽에 벌써 집을 얻어놓았고 약간의 가재도구도 사놓았으며, 그 밖의 것들은 집에 있는 가구를 다 팔아서 더 장만하자고 했다. 어머니도 그러자고 하면서 짐은 대충 다 꾸려놓았고 가구도 가지고 가기 어려운 것은 거의 다 팔아치웠는데 돈은 아직 받지 못했다고 했다.

"하루 이틀 쉰 뒤 친척들에게 인사드리고 떠나도록 하자."

어머니가 말했다.

"그러지요."

"그리고 룬투(閏土) 말이다. 그 애가 집에 올 때마다 네 안부를 묻는다. 무척 보고 싶어 하더라. 내가 너 오는 날짜를 기별해두었으니 아마 건너올 게다.”

그 순간 내 머리에는 갑자기 신비로운 그림 하나가 번쩍 떠올랐다. 푸른 하늘에는 황금빛 둥근달이 걸려 있고, 그 아래 해변 모래밭에는 수박밭이 끝없이 펼쳐져 있다. 그 사이로 목에 은목걸이를 한 열한두 살 된 소년이 손에 들고 있던 작살을 차(猹: 작가가 만든 말로 오소리를 가리킨다—옮긴이)를 향해 던진다. 하지만 차는 몸을 돌려 그 애의 다리 사이로 도망가버린다.

이 소년이 바로 룬투다. 내가 그 애를 안 것은 여남은 살 때로, 벌써 30년 전이다. 그때는 아버지가 살아 계셔서 집안 형편이 좋았고, 나도 어엿한 도련님이었다. 그해는 우리 집이 큰 제사를 지낼 차례였다. 그 제사는 30여 년마다 순서가 돌아오기 때문에 아주 정중하게 지내야 했다. 정월에 조상의 영정을 모셨다. 제물(祭物)도 많고 제기(祭器)도 아주 신경을 썼는데, 제사 지내러 오는 사람도 많았으므로 제기를 도둑맞지 않도록 잘 지켜야 했다. 우리 집에는 망월(忙月) 머슴만 하나 있었다(우리 고장에서는 머슴을 셋으로 나누었는데, 1년 내내 한집에서 일하는 머슴을 장년長年, 일정 기간 누군가에게 고용되어 일하는 머슴을 단공短工, 자기 농사를 지으면서 설날이나 명절이나 세를 거두어들일 때만 와서 일하는 머슴을 망월忙月라고 불렀다). 그런데 혼자이다 보니 손이 부족해 그가 아버지께 자기 아들 룬투에게 제기를 지키게 했으면 좋겠다고 말씀드렸다.

아버지가 그렇게 하라고 허락했다. 나도 기뻤다. 난 룬투란 이름을 진즉부터 들었고, 또 그 애가 나하고 나이가 비슷한데 윤달에,

그것도 오행 중에 '토(土)'가 빠진 날에 태어나 그 애 아버지가 이름을 룬투라고 지었다는 것도 알고 있었다. 그 애는 덫으로 새도 잘 잡았다.

나는 설날이 오기를 손꼽아 기다렸다. 설날이 되면 룬투도 올 것이다. 고대하던 그믐께가 되었다. 어느 날 어머니가 룬투가 왔다고 일러주시자마자 나는 날듯이 달려갔다. 룬투는 부엌에 있었다. 둥근 검붉은 얼굴에, 작은 털모자를 쓰고 목에는 번쩍번쩍 빛나는 은목걸이를 걸었다. 은목걸이만 봐도 그 애의 아버지가 그 애를 얼마나 애지중지하는지 알 수 있었다. 아들이 행여 죽을까 봐 부처님께 치성을 드리고 은목걸이를 목에 걸어 아이를 매어두는 것이었다. 그 애는 낯을 많이 가렸지만 내게는 그러지 않았다. 주위에 사람이 없을 때는 나하고 이야기도 했고, 그래서 한나절이 못 되어 우리는 친해졌다.

그때 우리가 무슨 이야기를 주고받았는지는 모르겠지만, 룬투가 무척 즐거워했고 성(城)에 와서 예전에 보지 못한 것들을 많이 보았다고 이야기하던 모습만은 기억난다.

이튿날 나는 그 애에게 새를 잡아달라고 했다. 그러자 그 애가 말했다.

"그건 안 돼. 눈이 많이 와야 하거든. 우리 동네 모래밭에 눈이 많이 오면 난 눈을 쓸고 빈터를 만든 다음 큰 대나무 바구니를 가져다 짧은 막대로 받쳐. 그리고 그 밑에 곡식을 뿌려두지. 그럼 새가 먹으러 오거든. 그때 내가 멀리서 막대에 묶은 끈을 잡아당기는 거야. 그러면 새가 대나무 바구니에 갇히는 거지. 무슨 새든지 다 잡아. 참새, 꿩, 산비둘기, 파랑새…….”

그 뒤로 나는 눈이 오기를 손꼽아 기다렸다.

룬투가 다시 말했다.

“지금은 너무 추워. 내년 여름에 너 우리 동네에 올래? 우린 낮에는 바닷가에 가서 조개껍데기를 주워. 빨간색도 있고 초록색도 있고, 귀신 조개껍데기도 있고 부처님 조개껍데기도 있어. 저녁에는 아버지와 같이 수박밭을 지키러 가. 너도 가도 돼.”

“도둑 때문에?”

“아니. 길 가던 사람이 목이 말라 수박을 따 먹어도 우리 동네에서는 도둑이라고 안 해. 두더지나 고슴도치, 차 같은 것한테서 지키는 거지. 달빛이 비치면 수박밭에서 사각사각하는 소리가 들려. 차가 수박을 갉아 먹는 거야. 그러면 쇠 작살을 들고 살금살금 다가가…….”

그 당시에 나는 차가 어떤 것인지 알지 못했다. 물론 지금도 모른다. 그저 강아지만 하고 아주 사나울 거라고만 짐작했다.

“물지 않아?”

“작살이 있잖아. 다가가서 차가 보이면 찌르는 거야. 그런데 놈은 영리해서 오히려 사람 쪽으로 달려들어서 가랑이 사이로 도망가 버려. 털이 기름처럼 미끄러운데…….”

세상에 그렇게 신기한 일도 있다는 것을 나는 전혀 몰랐다. 해변에 그렇게 여러 가지 조개껍데기가 있고, 수박에 그렇게 위험한 이야기가 담겨 있는지 몰랐다. 그저 수박은 과일 가게에서 판다는 것만 알았다.

"한사리 때 우리 동네 모래밭에 물이 밀려들어 오면 망둥이들이 마구 튀어 오르거든. 청개구리 같은 게 둘씩 달려서……."

아아! 룬투 가슴속에는 이토록 신기한 일이 무궁무진하구나! 내 주위의 친구들은 전혀 모르는 일들이. 그 아이들은 이런 것을 몰랐다. 룬투가 바닷가에 있을 때 그 애들은 나처럼 높은 담이 둘러쳐진 마당에서 네모난 하늘만 보고 있었다.

안타깝게도 정월이 지나 룬투는 집에 돌아가야 했다. 나는 엉엉 울었고, 룬투도 부엌에 숨어 울면서 나오지 않다가 결국 그의 아버지에게 끌려갔다. 나중에 그는 자기 아버지 편에 내게 조개껍데기 한 봉지와 예쁜 새털을 보내주었다. 나도 한두 번 물건을 보내주었는데, 그 후 우리는 다시 만나지 못했다.

그런데 지금 어머니가 그의 이야기를 하자 그때 기억이 번개처럼 되살아나 나의 아름다운 고향을 보는 것 같았다. 그래서 나는 바로 대답했다.

"그거 잘됐군요! 지금은 어떻게 지낸대요?"

"그 애 말이냐? 형편이 썩 여의치 않나 보더라……."

어머니가 말하면서 밖을 내다보았다.

"저 사람들이 또 왔네. 가구를 사러 왔다면서 멋대로 집어가지 뭐냐. 내가 가봐야겠다."

어머니가 일어나 밖으로 나갔다. 밖에서 몇몇 여자들 소리가 들렸다. 나는 훙얼에게 가까이 오라고 해서 이야기를 나누었다. 글자를 쓸 줄 아는지, 이사 가는 게 좋은지 물었다.

"우리 기차 타고 가요?"

"그래, 기차 타고 간단다."

"배는요?"

"먼저 배를 탔다가……."

"아이고, 이게 누구야! 수염은 왜 그리 길었누!"

날카로운 쇳소리가 갑자기 들렸다.

깜짝 놀라 고개를 들었더니 광대뼈가 튀어나오고 입술이 얇은 쉰쯤 되어 보이는 여자가 앞에 서 있었다. 두 손으로 허리를 짚고 치마도 두르지 않은 바지 차림으로(바지 위에 치마를 입는 것이 청나라 때 만주족의 정장이다—옮긴이) 두 발을 벌리고 선 모습이 영락없이 제도용 컴퍼스였다.

나는 깜짝 놀랐다.

"나 모르겠어? 내가 안아주기도 했잖아!"

나는 더욱더 놀랐다. 다행히 어머니가 들어와 거들며 말했다.

"오랫동안 나가 있다 보니 잊은 게지. 너도 기억날 거다."

그러면서 내게 말했다.

"맞은편 집에 사는 양얼(楊二) 아주머니잖니. 두부 가게 하던."

아아, 기억이 났다. 내가 어렸을 때 우리 집 맞은편 두부 가게에 양얼 아주머니가 종일 앉아 있었다. 다들 '두부 서시(西施: 중국 춘추 시대 월越나라의 미녀—옮긴이)'라고 불렀다. 그런데 그때는 하얗게 분을 바르고 있어서 그런지 광대뼈도 이렇게 나오지 않았고 입술도 이렇게 얇지 않았다. 게다가 종일 앉아만 있어서 이렇게 컴퍼스처럼 서 있는 모습을 볼 일도 없었다. 당시 사람들은 그녀 때문에 두부 가게 장사가 잘되는 거라고 했다. 하지만 그때 나는 나이가 어렸던 탓인지 그런 소문에 아무 느낌도 없었고, 그래서 완전히 잊었던 것이다. 그런데 그 컴퍼스는 기분이 상했는지 못마땅한 기색이 역력했다. 나폴레옹을 모르는 프랑스인이나 워싱턴을 모르는 미국인을 비웃듯 말했다.

"잊어먹었다고? 하긴 이렇게 눈 높은 귀하신 몸이 되셨으니……."

"그럴 리가요. …… 제가……."

내가 당황해 일어서며 말했다.

"그럼 말이야, 내 말 좀 들어봐. 쉰(迅), 자넨 부자가 됐고, 이런 구닥다리 가구는 옮기기도 어려우니 날 주라고. 우리같이 없이 사는 사람한테는 쓸모가 있거든."

"저 부자 아니에요. 이걸 팔아서……."

"에구머니, 지방관이 되었으면서도 부자가 아니야? 첩도 셋이나 거느리고 출타할 때면 여덟 명이 드는 가마를 탈 텐데, 그게 부자가 아니야? 헛참, 나는 못 속이지."

아무리 말해도 소용이 없다는 걸 깨닫고 나는 입을 다문 채 서 있었다.

"어이구, 돈이 있을수록 더 짠돌이고, 그렇게 짠돌이니까 돈이 많은 게고…….”

컴퍼스는 씩씩거리며 돌아서더니 투덜거리며 천천히 밖으로 나가다 어머니 장갑 한 켤레를 허리춤에 슬쩍 넣고는 가버렸다.

그 뒤로 가까이 사는 일가친척들이 찾아왔다. 나는 접대를 하면서 틈틈이 짐을 꾸렸다. 그렇게 사나흘이 지났다.

날씨가 꽤 추운 날 오후, 점심을 먹고 앉아서 차를 마시는데 누가 들어오는 것 같아 돌아보았다. 보자마자 나도 모르게 깜짝 놀라 황망히 일어나 맞으러 나갔다.

룬투였다. 한눈에 룬투를 알아보았지만 내 기억 속의 룬투는 아니었다. 키가 배는 컸고 예전의 둥근 검붉은 얼굴은 검누런 잿빛으로 변해 있었다. 게다가 주름이 깊게 패고 눈도 그의 아버지처럼 주위가 온통 벌겋게 부어올랐다. 나는 해변에서 농사를 짓는 사람들은 종일 바닷바람을 쏘이기 때문에 대부분 이렇다는 걸 알고 있었다. 머리에 다 해진 벙거지를 쓰고 몹시 얇은 솜옷 하나만 입은 그는 온몸을 덜덜 떨고 있었다. 손에 종이 봉지와 긴 담뱃대를 들었는데, 내가 기억하는 혈색 좋고 통통하던 그 손이 아니라 굵고 거칠고 갈라져서 소나무 껍질 같은 손이었다.

그때 나는 너무 흥분한 나머지 뭐라고 말해야 좋을지 몰라 그저 이렇게 말했다.

“아아! 룬투 형, 왔어요?”

이어 많은 말이 구슬꿰미처럼 잇달아 쏟아져 나오려고 했다. 꿩, 망둥이, 조개껍데기, 차……. 하지만 무엇인가에 가로막힌 듯 머리에서만 뱅뱅 돌 뿐 입 밖으로 나오지 않았다.

그가 멈추어 섰다. 얼굴에는 기쁨과 처량함이 교차했다. 입술을 꿈쩍였지만 아무 소리도 나지 않았다. 결국에는 그의 태도가 공손해지더니 또렷하게 불렀다.

"나리!"

나는 소름이 끼쳤다. 나는 깨달았다. 우리 사이에 이미 슬픈 두꺼운 장벽이 놓여 있다는 것을. 나 역시 아무 말도 할 수 없었다.

그가 고개를 돌리더니 "수이성(水生), 나리께 인사드려라." 하면서 뒤에 숨어 있는 아이를 끌어냈다. 이 아이야말로 20년 전의 룬투였다. 다만 안색이 좋지 않고 약간 말랐으며 목에 은목걸이가 없을 뿐이었다.

"다섯째예요. 세상 구경을 못해서 숨기만 하네요……."

어머니와 훙얼이 위층에서 내려왔다. 우리 소리를 들은 모양이었다.

"마님, 기별은 진즉 받았습니다. 얼마나 기뻤던지요, 나리가 돌아오신다고 해서……."

룬투가 말했다.

"아니, 자네 무슨 말투가 그런가. 옛날에는 둘이 형 동생 하지 않았나. 옛날처럼 쉰아, 그러게."

"아이고, 마님도 참……. 그런 법이 어디 있나요. 그땐 어려서 철이 없어……."

룬투가 말하면서 다시 수이성을 앞으로 불러 인사를 시키려 했지만 아이는 수줍어하며 그의 뒤로 딱 달라붙었다.

"이 애가 수이성인가? 다섯째라고? 다들 낯설어서 수줍은 모양이구먼. 훙얼아, 수이성이랑 가서 놀아라."

어머니가 말했다.

훙얼이 이 말을 듣고 수이성을 부르자 수이성이 선선히 따라갔다. 어머니가 룬투더러 앉으라고 권하자 룬투는 한참을 머뭇거리다 겨우 앉았다. 그러고는 긴 담뱃대를 탁자 옆에 기대어놓고 종이 봉지를 건넸다.

"겨울이라 뭐가 있어야지요. 청대콩인데, 저희 집에서 말린 겁지요. 나리 드리려고……."

나는 그의 형편을 물었다. 그는 고개를 흔들 따름이었다.

"무척 어렵습죠. 여섯째까지 일손을 돕지만 그래도 입에 풀칠하기가 힘듭니다. …… 게다가 세상이 어지러워서……. 오만 데서 돈을 뜯고 정해진 규정도 없고……. 수확도 좋지 않고요. 농사를 지어서 내다팔아도 세금으로 몇 번 뜯기고 나면 본전도 못 찾습지요. 그렇다고 안 팔자니 썩히는 도리밖에 없고……."

그는 연신 고개를 저었다. 얼굴에 팬 그 많은 주름이 전혀 미동도 하지 않아 흡사 돌조각 같았다. 그는 자신이 느끼는 고통을 말로 다 표현하지 못하겠는지 잠시 침묵하더니 담뱃대를 들고 말없이 담배를 피웠다.

어머니가 묻자, 집안일이 바빠서 내일 바로 돌아가야 한다고 했다. 아직 점심 전이라고 해서 부엌에 가서 직접 밥을 볶아 먹으라고 했다.

그가 나간 뒤 어머니와 나는 그의 형편에 한숨을 쉬었다. 줄줄이 딸린 자식, 흉년, 가혹한 세금, 그리고 군대와 토비(土匪), 관리, 지주 모두가 한결같이 그를 괴롭혀 등신 꼴이 되어버린 것이다. 어머니가 내게, 가지고 가지 않을 물건을 죄다 그에게 골라가도록 하자고 했다.

오후에 그는 물건 몇 개를 골랐다. 긴 탁자 둘, 의자 네 개, 향로와 촛대 한 벌, 저울 하나였다. 그는 재도 달라고 했다(우리 고장에서는 밥을 할 때 볏짚을 썼고, 그 재는 땅에 거름으로 썼다). 우리가 떠날 때 배로 실어가겠다고 했다.

밤에 우리는 다시 이런저런 이야기를 나누었다. 모두 중요한 이야기는 아니었다. 이튿날 아침, 그는 수이성을 데리고 돌아갔다.

그리고 다시 아흐레가 지나 우리가 떠나는 날이 되었다. 룬투가 새벽같이 왔다. 수이성은 데려오지 않았고 다섯 살짜리 딸만 데리고 와 배를 지키게 했다. 우리는 종일 바빠서 이야기를 나눌 틈이 없었다. 손님도 많았다. 환송하러 온 사람, 물건 가지러 온 사람, 그리고 환송도 하고 물건도 가져가려고 온 사람까지. 저녁이 되어 우리가 배를 탈 무렵에는 이 낡은 집의 크고 작은 세간이 죄다 치워졌다.

우리가 탄 배가 앞으로 나아갔다. 강 양쪽의 푸른 산들이 황혼에 검푸르게 물들며 배의 고물 쪽으로 밀려났다.

홍얼과 나는 선창에 기대어 희미해지는 바깥 풍경을 같이 내다보았다. 아이가 불쑥 물었다.

"큰아빠, 우리 언제 다시 돌아와요?"

"돌아오다니? 아직 떠나지도 않았는데 벌써 돌아올 생각을 하는구나."

"하지만 수이성하고 약속했어요. 그 애 집에 놀러가기로……."

훙얼은 크고 검은 눈을 한껏 뜨고 골똘히 생각에 잠겼다.

나도 어머니도 마음이 무거웠고, 그래서 또 룬투 이야기를 꺼냈다. 어머니는 우리 집이 이삿짐을 챙기기 시작하고부터 '두부 서시' 양얼 아주머니가 날마다 왔다고 했다. 그런데 그저께는 그이가 잿더미에서 그릇과 접시를 열 개 넘게 꺼냈다는 것이다. 설왕설래 끝에 결국 룬투가 파묻어둔 것이고, 재를 실어갈 때 같이 가져가려 한 모양이라고 결론이 났다는 것이다. 양얼 아주머니가 이 발견을 자기 공으로 돌리며 '개 애간장 태우는 모이통'(우리 동네에서 닭을 칠 때 쓰는 도구로, 나무판 위에 창살을 치고 그 안에 모이를 주면 닭은 목을 집어넣고 먹을 수 있지만 개는 그럴 수가 없어 쳐다보며 애간장만 태운다)을 들고 쏜살같이 도망갔다고 했다. 전족한 발에 굽 높은 신발을 신고도 그렇게 잘 뛸 수가 없더라고 했다.

옛집이 내게서 점점 멀어졌다. 고향 산천도 점점 멀어졌다. 하지만 나는 아무 미련도 없었다. 나는 그저 내 주위에 보이지 않는 높은 담이 둘러쳐져 있고 나 혼자서 그곳에 떨어져 있는 것만 같아 몹시 답답했다. 수박밭에서 은목걸이를 하고 서 있던 어린 영웅의 모습이 원래는 내게 아주 생생했다. 하지만 지금은 갑자기 희미해졌고, 이것이 또한 나를 한없이 슬프게 했다.

어머니와 훙얼은 잠이 들었다.

나는 누워서 배 밑을 흐르는 물소리를 들으며 내가 나의 길을 가고 있다는 것을 알았다. 나는 생각했다. 나와 룬투는 결국 이렇게 멀어졌지만, 우리 뒷세대는 여전히 하나로 이어져 있다. 훙얼은 지금 수이성을 생각하고 있지 않은가. 나는 그들이 더는 나처럼 되지 않기를, 서로가 멀어지지 않기를 바랐다. …… 하지만 나는 그들이 서로 하나가 되려고 나처럼 고생한 나머지 몸부림치며 사는 것도 바라지 않고, 그들이 룬투처럼 고생한 나머지 무감각한 삶을 사는 것도 바라지 않으며, 또한 다른 사람들이 그렇듯이 고통스러운 나머지 방종한 삶을 사는 것도 바라지 않는다. 그들은 새로운 삶을 살아야 한다. 우리가 살아보지 못한 삶을.

희망을 생각하자 나는 갑자기 두려워졌다. 룬투가 향로와 촛대를 달라고 했을 때 나는 속으로 그를 비웃었다. 그가 아직도 우상을 숭배하면서 한시도 잊지 못한다고 여긴 것이다. 하지만 지금 나의 이른바 희망이란 것도 나 스스로가 만들어낸 우상이 아닐까? 그가 바라는 것은 가깝고 내가 바라는 것은 멀다는 차이만 있을 뿐.

몽롱한 내 눈앞에 해변의 파란 모래밭이 펼쳐졌다. 그 위 푸른 하늘에는 황금빛 둥근달이 걸려 있다. 나는 생각했다. 희망이란 원래 있다고도 할 수 없고 없다고도 할 수 없다. 그것은 지상의 길과 같다. 원래 지상에는 길이 없었다. 가는 사람이 많아지면 길이 되는 것이다.

〈고향(故鄕)〉, 《외침(吶喊)》

02

인간은 어째서 등급을 나누려 할까

아래층에서는 한 사내가 병으로 죽어가고 있다. 그 옆집에서는 오디오를 틀어놓았다. 건너편 집에서는 아이를 달래고 있다. 위층에서는 두 사람이 미친 듯이 웃고 있다. 마작 하는 소리가 들린다. 강 위에 떠 있는 배에서는 어머니의 죽음 앞에서 딸이 통곡하고 있다. 인류의 슬픔과 기쁨은 상대방에게 통하지 않는 법이다. 내게는 단지 그들이 법석을 떨고 있다고 느껴질 뿐이다.

〈짧은 잡감(小雜感)〉, 《이이집(而已集)》

세상에는 자본가와 노동자, 두 계급만 있는 것이 아니다. 수많은 등급이 촘촘하게 있다. 등급 질서 속에서 어느 한 등급에 놓인 채 우리는 하루하루를 산다. 등급이 한 등급이라도 올라가기를 꿈꾸면서 경쟁 속에서 살고, 때로는 등급 자체가 없는 꿈을 꾸면서 산다.

그렇게 등급 상승을 꿈꾸며 하루하루 고단하게 사는 나의 삶은 주인으로 사는 삶일까? 등급 질서로 인해 나는 다른 사람의 고통을 느끼지 못하는 것은 아닐까? 등급 질서 때문에 사람들은 이렇게 서로 소통하지 못하는 것은 아닐까? 등급 질서의 정상에 서면 나는 노예에서 벗어나 주인이 되는 것일까? 등급 질서가 우리를 노예로 만드는 것은 아닐까?

루쉰은 등급 질서 속에서 노예의 삶을 살지 말고 주인의 삶을 살자고 제안한다. 성공하여 등급 피라미드의 정점에 서서 주인이 되는 것보다 더 중요한 것은 과거와 다른 새로운 주인이 되는 거라고 말한다. 등급 질서 속에서 과거 주인과 똑같은 주인이 되는 꿈을 꾸는 것이 아니라, 과거 주인과는 완전히 다른 진정한 새로운 주인이 되는 꿈을 꾸자고 말한다.

기어가기와 부딪치기

예전에 량스추 교수가 이런 말을 했다.

"가난한 사람들은 늘 기어오르려고, 부자의 위치까지 기어오르려고 한다."

가난한 사람만이 아니라 노예들도 기어오르려고 한다. 기어오를 기회만 있으면 노예도 자기를 신선으로 여길 것이고, 세상도 자연 태평스러워질 것이다.

기어오를 수 있는 사람이 매우 적다 하더라도, 사람들은 자신이 바로 기어오를 수 있는 사람이라고 생각한다. 그래서 편안한 마음으로 밭을 갈고 씨를 뿌리며, 인분 거름을 내거나 천대를 받으면서도 부지런히 일하며, 고난의 운명을 짊어지고 자연과 싸우면서 죽어라 기고, 또 기고, 또 긴다. 하지만 기는 사람은 많은데 길은 하나뿐이어서 몹시 붐비게 된다.

성실하게 정해진 규칙을 지키며 기는 사람들은 대부분 기어오르지 못한다. 영리한 사람들은 다른 사람들을 밀어낼 줄 알아서 밀치고, 넘어뜨리고, 발로 짓밟고, 다른 사람들의 어깨와 머리를 밟고 기어 올라간다. 하지만 대다수는 그저 기면서 자기의 원수가 자기 위에 있는 사람이 아니라 옆에 있는 사람, 요컨대 자기와 같이 기고 있는 사람이라고 생각한다. 그들 대부분은 모든 것을 인내하면서 두 발과 두 손을 땅에 붙이고 한 걸음 한 걸음 기어오르다가 떠밀려 내려오고, 떠밀려 내려오면 다시 기어오르고, 그침이 없다.

하지만 기는 사람은 너무 많고 기어오를 수 있는 사람은 너무 적기에 실망하다 보니 원래 착하던 마음도 점점 사라져 적어도 무릎으로 기는 혁명이 일어나기도 한다. 그리고 기는 것 말고 부딪쳐 얻어걸리는 방법이 발명되기도 한다.

이는 기는 사람들이 너무 힘들어 땅에서 일어서고 싶어 한다는 것을 알기 때문에 기는 사람의 등 뒤에서 "얻어걸리는지 부딪쳐 봐."라고 소리치는 것이다. 그래서 마비된 다리를 떨며 부딪친다. 이것은 기는 것보다 훨씬 쉽고, 손도 힘쓸 필요가 없으며, 무릎도 움직일 필요가 없고, 몸이 옆으로 흔들리면서 기우뚱거리다 부딪친다. 잘 부딪치면 은전 50만 위안이 얻어걸릴 수 있고, 처와 재산과 자식과 월급이 다 생긴다. 잘 못 부딪쳐도 기껏해야 넘어져 땅에 곤두박질할 뿐이다. 그것이 무슨 대수인가. 그는 원래 땅에 엎드려 있던 사람이고, 예전처럼 길 수도 있다. 더구나 어떤 사람들은 장난삼아 얻어걸리는지 부딪쳐본 것이니 근본적으로 넘어지는 것을 무서워할 필요가 없다.

기는 일은 예전에도 있었다. 과거 수험생이 장원급제하고, 똘마니 깡패에서 '큰 형님'이 되는 것이 그렇다. 하지만 부딪치는 것은 현대의 발명품이다. 옛날 귀족 집 아가씨가 채색 공을 던져 그 공에 맞은 남자에게 시집을 가던 것이 부딪치는 것과 조금 비슷할 뿐이다. 아가씨가 채색 공을 던지려고 하면 남자들은 고기를 먹고 싶어 하는 고니처럼 다들 고개를 젖히고 입을 벌리고서 군침을 질질 흘린다. 하지만 안타깝게도 옛날 사람들은 어리석어서 이런 남자들의 주머니를 털어내지는 못했다. 그 남자들의 주머니를 털어 분명 큰 돈을 벌 수 있었을 텐데 말이다.

기어오를 기회가 적을수록 얻어걸리는 것을 목적으로 부딪치는 사람들은 늘어간다. 진즉 위에 올라간 사람들은 날마다 그 사람들이 부딪칠 기회를 만들고, 밑천을 조금만 들여도 명분과 돈을 모두 얻을 수 있는 신선 같은 생활을 할 수 있다고 사람들을 유혹한다. 그래서 잘 부딪칠 기회가 기어오를 기회보다 훨씬 적지만 다들 시도해보려고 한다. 그래서 기다가 부딪치고, 부딪치지 못하면 다시 기고, …… 무릎이 다 닳도록, 죽을 때까지 계속한다.

〈기어가기와 부딪치기(爬和撞)〉, 《풍월이야기(准風月談)》

밀치기

두세 달 전이다. 신문에 이런 기사가 실렸다. 한 신문팔이 아이가 전차 발판에 서서 신문 값을 받다가 잘못하여 내리는 승객의 옷자락을 밟았다. 그러자 그 사람이 크게 화를 내면서 세게 밀치는 바람에 아이가 차 밑으로 떨어졌고, 마침 차가 막 움직일 때여서 바로 멈출 수 없어 아이가 깔려 죽었다.

아이를 밀쳐 넘어뜨린 사람은 어디로 갔는지 알 길이 없다. 옷자락이 밟힌 것으로 보아서 장삼(長衫)을 입은 사람이라는 걸 알 수 있다. 이른바 '고등(高等) 중국인'이 아니더라도 상류층에 속하는 것만은 분명할 것이다.

상하이(上海)에서 길을 가다 보면 이리저리 부딪치는 두 부류 사람들, 맞은편이나 앞쪽 행인들에게 결코 털끝만큼도 양보하지 않는 사람들을 흔히 만나게 된다. 한 부류는 한 손만 쓰며 긴 다리로 무인지경(無人之境)을 가듯 걸어가는데, 길을 터주지 않으면 아마 그 사람의 배나 어깨를 밟고 지나갈 것이다. 이런 사람들은 서양 어른들로 모두 '고등'에 속하고 중국인들과 같은 상하 구별이 없다. 다른 부류는 두 어깨를 구부리고 손을 밖으로 향한 채 흡사 전갈의 두 갈고리 같은 모양으로 밀고 나간다. 밀리는 사람이 진흙탕이나 불구덩이에 넘어지든 상관없이. 이들은 우리 동포들이지만 '상등(上

等)'에 속한다. 전차는 2등차를 개조한 3등차를 타고, 신문을 볼 때는 스캔들이 실린 타블로이드신문을 보며, 침을 흘리면서 보다가도 일어나 내릴 때는 또 사람을 밀친다.

차를 타고, 집에 들어오고, 표를 사고, 편지를 부칠 때도 늘 밀친다. 집을 나서고, 차에서 내리고, 사고를 피하거나 재난을 피할 때도 밀친다. 밀린 여자와 아이들이 비틀거리다 넘어지면 산 사람을 밟고 지나가고, 밟혀 죽으면 시체를 밟고 지나가며, 밖에 나가서는 혀끝으로 자기의 두꺼운 입술을 핥으며 아무렇지도 않게 생각한다. 음력 단옷날에 불이 났다는 헛소문 때문에 또 밀치는 일이 벌어져 힘없는 10여 명의 소년이 밟혀 죽었다. 사체를 공터에 내놓았는데 1만여 명이나 모여 인산인해를 이루었고 또다시 밀치는 일이 벌어졌다고 한다.

밀치고 나서는 히죽거리면서 "헛, 정말 재미있네!"라고 말한다.

상하이에 살면서 밀리거나 밟히지 않는다는 것은 불가능하다. 게다가 밀리고 밟히는 것이 더욱 확대되고 있다. 하등(下等) 중국인에 속하는 모든 어리고 약한 사람들을 밀어 넘어뜨릴 것이고, 모든 하등 중국인을 짓밟을 것이다. 그런 뒤 오직 고등 중국인들을 찬양하는 소리만이 남을 것이다.

"헛, 참 재미있네! 문화를 보존하려면 일부 물질이 희생된다고 애석한 일은 아니지. 그런 물질이 뭐가 중요하다고!"

〈밀치기(推)〉, 《풍월이야기(准風月談)》

차를 마시며

한 회사에서 또 세일을 한다기에 가서 차를 두 냥(兩) 샀다. 한 냥에 20전을 주었다. 처음에는 차를 한 주전자 우려내 빨리 식을까 봐 솜저고리로 쌌는데, 엄숙하게 그렇게 하고 차를 마셔보니 예상과 달리 차 맛이 내가 마셔온 값싼 차와 다를 게 없고 색깔도 탁했다.

나는 이것이 내 잘못이라는 것을 깨달았다. 좋은 차를 마시려면 뚜껑이 있는 찻잔을 써야 한다. 그래서 이번엔 뚜껑 있는 찻잔을 썼다. 그랬더니 과연 우려낸 뒤 색이 맑고 맛도 좋았고, 그윽한 향이 나고 쓴맛도 적었다. 분명 좋은 차였다. 하지만 이것은 할 일이 없을 때 조용히 앉아 마셔야 하는 차였다. 〈종교 밥을 먹다〉라는 글을 쓰다가 한 모금 마셔보니 그 좋은 맛은 어느새 달아나 버리고 값싼 차를 마시는 것과 똑같았다.

좋은 차가 있고, 좋은 차를 마실 줄 아는 것은 분명 '여유로운 복'이다. 하지만 그런 복을 누리려면 우선 노력을 해야 하고, 다음은 단련된 특별한 감각이 있어야 한다. 이러한 사소한 경험으로 이런 생각을 했다. 근육을 쓰는 노동자들이 목이 탈 때 그에게 룽징차(龍井茶)나 주란인폔(珠蘭窨片) 같은 고급 차를 준다고 해도 아마 마셔보면 그냥 뜨거운 물과 아무런 차이를 느끼지 못할 것이다. 〈가을

날의 사색(秋思)〉이라는 작품도 사실 그러하다. 시인과 문인들은 "슬프도다, 가을 기운이여." 같은 것을 공감할 수 있고, 비바람이 치고 흐린 날들도 그들에게 자극이 되며, 어떤 면에서는 일종의 '여유로운 복'이 될 수 있다. 하지만 농부들은 매년 이맘때가 되면 추수를 해야 한다는 것을 알 뿐이다.

그래서 어떤 사람들은 그런 섬세하고 예민한 감각은 지위가 높은 사람들의 상징이고, 천한 사람들에게는 해당하지 않는다고 생각한다. 하지만 나는 바로 그러한 상징이 곧 무너질 조짐을 보인다고 생각한다. 우리에게는 아픔을 느끼는 감각이 있다. 그것 때문에 우리는 고통을 느끼기도 하지만, 우리를 지켜주는 것도 그것이다. 그런 감각이 없으면 다른 사람이 등에 칼을 찔러도 아무것도 느끼지 못할 것이고, 피가 땅에 흐르고 바닥에 쓰러질 때까지 왜 그런지 알지 못할 것이다. 하지만 아픔을 느끼는 감각이 섬세하고 예민해지면 옷에 조그만 가시만 있어도 그것을 느끼고 솔기나 실밥, 솜털까지도 느낄 수 있어서 꿰맨 자국이 없는 그야말로 '천의무봉(天衣無縫: 천사의 옷은 꿰맨 흔적이 없다는 말—옮긴이)'의 옷을 입지 않는 한 온종일 가시가 몸을 찌르는 것 같아서 살 수 없을 것이다. 물론 예민한 체하는 것은 여기서 예외다.

감각이 섬세하고 예민한 것은 마비된 것보다 물론 발전한 것이다. 하지만 생명의 진화를 돕는다는 한계 내에서 그렇다. 생명의 진화와 관계가 없거나 심지어 장애가 된다면 그것은 진화 속의 병태적인 것이어서 머지않아 사라질 것이다. 우리가 '여유로운 복'을 누리고 '가을날의 사색'을 누리는 고상한 사람과 누더기를 입고 거친 음식을 먹는 천한 사람과 비교하면 누가 살아갈 수 있는지는 결국 분명해진다. 그래서 차를 마시고 가을 하늘을 바라보면서 나는 생각한다. 좋은 차를 몰라보고, 가을날의 사색이 없어도 괜찮다고.

〈차를 마시며(喝茶)〉, 《풍월이야기(准風月談)》

등불 아래서 쓰다

1

중화민국 2~3년(1913~1914) 무렵이었다. 베이징(北京) 몇몇 국립 은행에서 발행한 지폐가 신용이 날마다 좋아져서 그야말로 떠오르는 태양처럼 치솟았다. 이제까지 은전(銀錢)에만 집착하던 시골 사람들조차 지폐가 편리한 데다 믿음직하다는 것을 알고는 기꺼이 지폐로 바꿔 사용하게 되었다. '특수 지식계급'은 말할 것도 없고, 세상 물정을 어지간히 아는 사람이라면 괜히 무거운 은전을 주머니에 넣고 다니면서 고생할 리가 없었다. 은전에 대해 특별한 선호나 애착을 가지는 사람이 아니고선 다들 지폐를 지니고 있었다. 그런데 유감스럽게도 갑자기 일대 타격이 닥쳐왔다.

위안스카이(袁世凱, 1859~1916)가 이번에는 황제가 되려던 바로 그 해, 차이쑹포(蔡松坡, 1882~1916) 선생이 베이징을 빠져나와 윈난(雲南)에서 봉기를 일으켰다. 그로 인해 중국은행(中國銀行)과 교통은행(交通銀行)이 태환을 중지해버렸다. 태환이 중지되기는 했지만, 정부는 상인들에게 종전대로 지폐를 사용할 것을 강제할 힘은 여전히 지니고 있었다. 그러나 상인들도 상인 나름의 오랜 수법이 있었다. 그들은 지폐를 받지 않는다고는 하지 않고, 다만 거슬러줄 잔돈이 없다고 했다.

그런데 지폐로 수십 위안어치나 수백 위안어치 물건을 살 때라면 몰라도, 붓 한 자루나 담배 한 갑을 사면서도 1위안짜리 지폐를 줄 수는 없는 노릇이었다. 나는 그렇게 하고 싶지도 않았고, 그렇게 많은 돈이 있지도 않았다. 그래서 지폐를 동전과 교환하려 했다. 손해를 보고 바꾸는 것인데, 이제는 동전이 없다고 했다. 친척이나 친구들을 찾아가 돈을 좀 빌릴 수도 있지만, 그들이라고 동전이 있을 것인가? 그래서 품위를 낮추어 더는 애국하지 않기로 하고 외국은행이 발행한 지폐를 빌렸다. 하지만 외국은행 지폐는 그때 은전과 같아서, 외국은행 지폐를 빌려주는 것은 진짜 은을 빌려주는 것이나 마찬가지였다.

나는 그때 수중에 교통은행권 30~40위안을 여전히 가지고 있었는데, 일시에 빈털터리가 되어 거의 굶을 지경이어서 당황스럽기 그지없었다. 러시아혁명 후, 루블 지폐를 가지고 있던 부호들의 심정이 정도는 심했겠지만 이러했을 것이다. 나는 하는 수 없이 할인을 해서라도 지폐를 은전으로 바꿀 수 없는지 수소문했다. 그러나 한결같이 거래하는 곳이 없다는 말뿐이었다. 결국 운이 좋게도 6할 몇 푼의 교환율로 암시장에서 바꿀 수 있다는 소식을 들었다. 나는 너무 기뻐서 단김에 가진 돈의 절반을 바꾸었다. 얼마 뒤, 이번에는 교환율이 7할로 오르기에 더욱 기뻐서 나머지 돈을 몽땅 은전으로 바꿔버렸다. 호주머니가 묵직했다. 마치 내 생명의 무게처럼 느껴졌다. 평소 같으면 동전 한 푼만 부족해도 응하지 않았을 것이다.

주머니에 묵직한 은화의 무게를 느끼며 깊은 안도와 기쁨을 느끼던 가운데, 문득 다른 생각이 떠올랐다. 우리는 너무도 쉽게 노예가 될 수 있으며, 노예가 된 뒤에도 그것을 매우 좋아한다는 점이다.

가령 어떤 폭력이 사람을 사람으로 취급하지 않을 뿐만 아니라 소나 말보다도 못한 취급을 한다고 하자. 사람들이 소나 말을 부러워하면서 '난리 때는 사람이 보통 때 개만도 못한 대우를 받는다'고 탄식을 하면, 통치자들이 사람들의 급수를 한 등급 올려 소나 말 정도로 대우를 해준다. 마치 원(元)나라 때, 다른 사람의 노예를 죽인 자는 소 한 마리로 배상한다고 규정한 것처럼 말이다. 이렇게 되면 사람들은 너무도 기뻐하며 태평성대를 칭송하게 될 것이다. 왜 그런가? 사람 취급은 받지 못해도 이제는 소나 말과 같은 취급을 받기 때문이다.

'흠정 24사(欽定二十四史)'를 받들어 읽거나 연구실에 들어가 정신문명의 지고함을 연구할 필요도 없다. 아이들이 읽는 《감략(鑑略)》, 이것도 귀찮다면 《역대 기원편(歷代紀元編)》만 보면 "3000여 년의 유구한 역사를 지닌" 중화가 역대로 해온 것이 기껏해야 이런 놀음이었다는 것을 금세 알 수 있다. 하지만 새로 편찬된 이른바 '역사 교과서' 같은 것에는 그리 한눈에 알아보기가 쉽지 않고, 다만 우리는 원래부터 좋았다고 말하는 것 같다.

그런데 사실 중국인들은 줄곧 '사람'의 자격을 얻은 적이 없다. 잘해야 노예였을 뿐이고, 지금도 여전히 그러하다. 노예보다 못했을 때도 많았다. 중국 백성들은 중립적이어서 난리 때가 되면 자기가 어느 편에 속하는지도 알지 못한다. 하지만 어느 편이든 상관이 없다. 도적 떼가 오면 관방 편이라 하여 당연히 살해되고 약탈당한다. 관병들이 들어오면 분명 자기편 사람들인데도 여전히 살해되고 약탈당하기에, 이번에는 도적들 편에 속하는 것 같다. 그렇게 되니 백성들은 어느 일정한 주인이 있어서 감히 백성으로 삼아주는 것은 바라지도 않으니 소나 말을 삼아 자신들 스스로 풀이나 뜯어 먹게 해주고 자신들이 어떻게 뛰어다녀야 할지를 정해주길 바라게 된다.

만일 정말 누가 나타나 그들에게 노예의 규칙 같은 것을 정해주기만 해도 그들은 '성은이 망극'하게 된다. 하지만 안타까운 것은 일시적으로 그것을 정해주는 사람이 없는 경우가 흔히 있다는 것이다. 큰 경우만 세더라도 5호16국 때, 황소(黃巢)의 난 때, 5대 시대 때, 송 말과 원 말 때 부역과 양식을 바치는 것 말고도 예상치 못한 재앙을 당해야 했다. 장헌충(張獻忠, 1606~1646)의 성격은 더욱 괴팍해서 부역과 양식을 바쳐도 죽이고 바치지 않아도 죽였으며, 그에게 저항해도 죽이고 항복해도 죽였다. 노예 규칙마저 산산이 부서진 것이다. 그렇게 되자 백성들은 그들의 노예 규칙에 관심 있는 다른 주인을 원했다. 낡은 것이건 새것이건 어쨌거나 규칙을 제정하여 그들을 노예의 궤도에 올려주기를 바란 것이다.

"이 해가 언제 질까, 나 너와 같이 죽으리(時日曷喪, 予及汝偕亡)!"(〈탕서湯誓〉 편, 《상서尙書》) 같은 것은 분해서 나온 말일 뿐, 실제로 행해진 경우는 많지 않다. 실제로는 대개 도적들이 뒤엉켜 싸우고 난리가 극에 달한 뒤 비교적 강하거나 총명하거나 교활하거나 이민족인 한 인물이 나와서 비교적 질서 있게 천하를 수습하게 된다. 그리고 어떻게 부역을 하고, 어떻게 양식을 바치고, 어떻게 머리를 조아리고, 어떻게 칭송하는지 규칙이 정해진다. 그런 규칙들은 더는 지금처럼 아침저녁으로 달라지는 그런 것이 아니다. 그래서 만민이 기뻐하게 된다. 말 그대로 '태평천하'가 되는 것이다.

포장하기 좋아하는 학자들이 아무리 부풀려 무슨 '한족의 발상기'니, '한족의 발전기'니, '한족의 중흥기'니 등등 번듯한 제목을 붙여 역사를 꾸민다고 해도, 그 호의는 감탄할 만하지만 표현이 지나치게 애매하다. 좀 더 단도직입적으로 말하면 이렇다.

"하나, 노예가 되고 싶어도 되지 못한 시대. 둘, 잠시 안정되게 노예가 되었던 시대."

이 둘의 순환이 바로 '옛 유학자'들이 말한 이른바 '일치일난(一治一難)'이다. 그러한 난을 일으킨 인물들은 훗날의 '신민'들의 입장에서 보면 '주인'을 위해 길을 닦은 셈이며, "성스러운 천자를 위해 장애물을 제거했다."라고 말하는 것이다.

지금이 어떤 시대인지 나도 잘 모르겠다. 하지만 국학자들은 민족문화의 정수를 찬양하고, 문학가들은 고유 문명을 찬양하며, 도학자들은 열심히 복고를 주장하는 것을 보면 지금 현상에 대해 다들 불만이라는 것을 알 수 있다. 그렇다면 우리는 대체 어디로 가고 있는가? 백성들은 도무지 영문을 알 수 없는 전쟁을 만나면 조금 부유한 사람들은 조계(租界)로 옮겨가고 여자와 아이들은 교회로 들어간다. 그런 곳이 비교적 '안정'되고, 노예가 되고 싶어도 되지 못하는 지경에 이르지는 않기 때문이다. 요컨대, 복고적인 사람이

나 난을 피하려고 하는 사람, 지혜가 없는 사람이나 어리석은 사람, 현명한 사람, 너 나 할 것 없이 300년 전의 태평성대, 바로 '잠시 안정되게 노예가 되었던 시대'를 그리워하는 것 같다.

하지만 우리도 옛사람들처럼 '옛날부터 존재했던〔古已有之〕' 그런 시대에 영원히 만족할 것인가? 복고주의자들처럼 현재에 불만이라고 하여 300년 전의 태평성대를 그리워할 것인가?

물론 현재에 불만일 수 있다. 하지만 뒤로 돌아갈 필요는 없다. 앞에도 길이 있기 때문이다. 중국 역사에 일찍이 없었던 제3의 시대를 창조하는 것이 바로 지금 청년들의 사명이다!

2

중국 고유 문명을 찬양하는 사람들이 늘고, 외국인들까지 가세하고 있다. 나는 자주 이런 생각을 한다. 중국에 오는 사람이 중국을 증오하고 인상을 찡그린다면 나는 진심으로 감사의 인사를 바칠 것이다. 왜 그런가? 그는 분명 중국인의 고기를 먹지 않으려는 사람이기 때문이다.

쓰루미 순스케(鶴見祐輔, 1922~2015)의 《베이징의 매력(北京的魅力)》이란 책에 이런 이야기가 있다. 한 백인이 원래는 중국에 1년을 머물려고 했는데, 5년이 지난 뒤에도 베이징에 살고 있고, 더구나 돌아갈 생각이 없다는 것이다.

복숭아나무로 만든 둥근 식탁에 앉아 끊임없이 나오는 상하이의 진미들, 이야기는 골동품과 그림, 정치 등으로 시작한다. 전등에는 중국 스타일의 갓이 씌워져 있고 담담한 빛줄기가 옛 물건들이 즐비한 방 안에 흘러넘친다. 무슨 프롤레타리아니 무산계급이니 하는 것들은 그저 아득한 곳에서 부는 바람일 뿐이다.

나는 중국 생활의 분위기에 도취되면서 외국인을 사로잡는 이 '매력'적인 것에 대해 깊이 생각했다. 원나라 사람들도 중국을 정복했지만 한족의 생활의 미에 정복당했다. 지금 서양인들도 마찬가지다. 입으로는 데모크라시니 뭐니 하지만 중국인들이 6000년 동안 쌓아올린 생활의 미에 넋을 잃었다. 베이징에 살아본 사람이라면 그 생활의 맛을 잊을 수 없을 것이다. 큰바람이 불 때 이는 끝없는 황사, 3개월에 한 번씩 벌어지는 군벌들의 전쟁놀이도 중국 생활의 그 매력을 앗아가지는 못한다.

내게는 지금 그의 이 말을 부인할 힘이 없다. 우리의 고명한 선조들은 우리에게 옛것을 잘 지키고 보존하라는 격언을 남겼지만 그와 동시에 정복자들을 위해 자녀들과 보물로 만든 만찬 역시 준비해놓았기 때문이다. 힘든 것을 잘 참는 중국인의 성격이라든가 중국인들이 아이를 많이 낳는 것 등이 모두 술상을 차리는 재료이고, 오늘날까지 우리 애국자들이 자부심을 갖는 것들이기도 하다.

처음 서양 사람들이 중국에 들어왔을 때는 오랑캐라 불렸고 멸시를 당할 수밖에 없었다. 그런데 지금은 바야흐로 때가 무르익었고, 예전에 북위(北魏)에 바치고, 금(金)에 바치고, 원(元)에 바치고, 청(淸)에 바쳤던 잔칫상을 이제 서양 사람들에게 바칠 때가 된 것이다. 서양 사람들은 나갈 땐 자동차로 가고, 길을 갈 땐 보호를 받으며, 교통 통제인 곳도 자유자재로 오간다. 강탈을 당하면 반드시 배상을 받는다. 쑨메이야오(孫美瑤: 산둥山東의 비적) 사건 때도 그가 서양 사람들을 잡아 군인들 앞에 세워놓는 바람에 군인들이 감히 사격하지 못했다. 그러니 호화로운 방에 차린 성대한 잔칫상의 경우는 더더욱 어떻겠는가? 성대한 잔칫상을 받는 때란 다름 아닌 중국 고유 문명을 찬양하는 때다.

그런데도 우리의 일부 낙관적인 애국자들은 도리어 희색이 만연한 채 그들이 중국에 동화되기 시작했다고 좋아한다. 옛날 사람들은 여자를 구차한 안위를 도모하는 방패로 삼으면서 '화친(和親)'이라는 미명으로 기만했는데, 지금 사람들은 자녀와 보물을 가지고 노예 된 자로서의 존경을 표시하고 '동화(同化)'라는 미명을 붙이고 있다. 그러기에 잔칫상을 즐길 자격을 갖게 된 지금이지만, 그래도 중국인들을 위해 중국의 현상을 저주하는 사람들이 있다면 그는 진정 양식을 지닌 존경할 만한 사람이다!

하지만 우리 스스로가 벌써 귀천, 대소, 상하의 배치를 다 정해놓았다. 그래서 자신은 다른 사람에게 능멸을 당하면서도 다른 사람을 능멸할 수 있고, 자기는 다른 사람에게 잡아먹히면서도 다른 사람을 잡아먹을 수 있다. 한 등급 한 등급 서로 제약을 받고 있어서 꿈쩍할 수가 없고, 꿈쩍하려고도 하지 않는다. 꿈쩍하게 되면 이로운 점도 있지만 손해를 보기 때문이다. 옛날 사람들의 훌륭한 제도와 뜻을 한번 보자.

> 하늘에는 열 개의 태양이 있고, 사람에게는 열 개의 등급이 있다. 그래서 아랫사람이 윗사람을 섬기고 윗사람이 신을 섬긴다. 왕의 신하가 공(公)이고, 공의 신하가 대부(大夫)이며, 대부의 신하가 조(皁)이고, 조의 신하가 여(輿)이며, 여의 신하가 예(隸)이고, 예의 신하가 요(僚)이며, 요의 신하가 복(僕)이고, 복의 신하가 대(臺)이다.(《좌전左傳》, 소공昭公 7년)

하지만 '대(臺)'는 신하가 없으니 너무 고생스러운 것 아닌가? 걱정할 것 없다. 그보다 더 비천한 아내(妻)가 있고, 더 약한 아들이 있으니 말이다. 그 아들도 희망이 있다. 훗날 자라서 '대'에 오르게 되면 자기보다 비천하고 더 약한 아내와 아들이 생길 것이고 그들을 부릴 수 있기 때문이다. 이러한 순환의 고리 속에서 각자는 자기 위치를 차지하고 있고, 그것에 시비를 거는 자는 자기 분수를 지키지 않는다는 죄명을 얻게 된다!

그때는 옛날이었고, 소공 7년은 까마득한 옛날이다. 하지만 '복고주의자'들은 비관할 필요가 없다. 태평스러운 모습은 지금도 존재하기 때문이다. 늘 전쟁이고 늘 가뭄에 홍수이지만 아우성치는 소리를 들은 적이 있는가? 싸움과 반란이 잇달아도 나서서 시시비비를 따지는 선비가 있는가? 국민에게는 이처럼 전횡을 일삼으면서도 외국인에게는 이처럼 굽신거리니 오랜 등급 관념의 악습이 아니고 무엇인가? 기실, 중국 고유의 정신문명이 공화라는 두 글자에 가려 사라진 것이 결코 아니다. 다만 만주인들이 물러간 점이 예전과 다를 뿐이다.

그렇기 때문에 우리는 오늘도 여전히 각종 잔치를 목격할 수 있으며, 그 잔치에는 불고기도 있고, 상어지느러미도 있고, 보통 요리도 있고, 서양 요리도 있다. 하지만 오두막집에서는 꿀꿀이 죽 같은 것을 먹고, 길가에서는 남이 먹다 남긴 죽을 먹으며, 들판에는 굶어 죽은 시체들이 널려 있다. 불고기를 먹는 지체 높은 부자가 있는가 하면 굶어 죽을 지경이 되어 한 근에 8문(文: 엽전을 세던 단위—옮긴이)씩에 팔리는 어린아이도 있다(《현대평론現代評論》 21호를 보라). 이른바 중국의 문명은 기실 부자들을 위해 인육(人肉)의 잔칫상을 차리는 것일 뿐이고, 중국은 기실 그 인육의 잔칫상을 준비하는 주방일 뿐이다. 이런 사실을 모르고서 중국 문명을 찬미하는 자는 용서할 수 있다. 하지만 알고서도 찬미하는 무리는 영원히 저주받아 마땅하다!

외국인들 가운데 모르고 찬미하는 자는 용서할 수 있다. 높은 자리에서 사치스럽고 안일하게 지내다가 이로 인해 정신이 미혹되고 마비되어 찬미하는 자도 용서할 수 있다. 하지만 다른 두 부류가 있다. 하나는 중국인들은 열등한 인종이기에 원래대로 사는 것이 어울린다면서 중국의 낡은 것들을 찬양하는 사람들이다. 다른 하나는 세상의 여러 다른 모습을 보면서 자기 여행의 재미를 더하려는 사람들로 중국에서는 변발을, 일본에서는 게다를, 고려에서는 갓을 보려 하고, 복장이 똑같으면 재미없다고 여겨서 아시아의 서구화를 반대한다. 이들은 참으로 가증스럽다.

버트런드 러셀(Bertrand Arthur William Russell, 1872~1970)이 시후(西湖)에서 가마꾼이 웃는 것을 보고서 중국인을 찬미하는 데는 다른 뜻이 있었을지도 모른다. 하지만 가마꾼이 가마를 타는 사람에게 미소를 짓지 않았다면 중국은 진즉 지금과 같은 중국이 아니었을 것이다. 이 문명은 외국인을 도취시킬 뿐만 아니라 일찍이 중국의 모든 사람을 도취시키고 미소를 짓게 했다. 고대부터 전해와 지금도 여전한 무수한 차별이 사람들을 갈라놓아, 사람들은 다른 사람들의 고통을 더는 느끼지 못한다. 더구나 남을 노예로 부리고 다른 사람을 잡아먹을 희망이 있기에 자기 역시 언젠가 노예로 부림을 당하고 잡아먹힐 수 있다는 것을 잊고 있다. 그리하여 크고 작은 인육의 잔치가 문명이 탄생한 이후 지금까지 계속되고 있고, 사람들은 그 잔치에서 먹고 먹히고, 흉악한 인간들의 몽매한 환호성이 비참한 약자의 외침을 덮어버린다. 여자와 어린아이들의 경우는 더 말할 것도 없다.

이러한 인육의 잔치는 지금도 계속되고 있고, 수많은 사람은 앞으로도 계속하고 싶어 한다. 그런 신인 인간을 쓸어내고, 그 잔치판을 걷어치우며, 그 주방을 깨부수는 것, 그것이 지금 청년들의 사명이다!

〈등불 아래서 쓰다(燈下漫筆)〉, 《무덤(墳)》

03

무엇이 진정한 진보일까

많은 역사적 교훈은 크나큰 희생을 치르고 얻은 것이다. 먹는 것만 봐도 그렇다. 어떤 것이 독이 들어서 먹을 수 없는지 우리는 이제 습관이 되어서 잘 안다. 그러나 이는 전에 많은 사람이 먹고 죽었기에 알게 된 것이다. 그러기에 나는 처음으로 게를 먹은 사람이 대단하다고 생각한다. 용사가 아니면 누가 감히 그것을 먹으려 했겠는가?

〈올봄의 두 가지 감상(今春的兩種感想)〉, 《집외집습유(集外集拾遺)》

인간은 좀 더 고귀해져야 하고, 세상은 좀 더 품위가 있어야 한다. 변화와 발전은 인간 존재의 필요조건이다. 지금 세상보다, 지금 인간보다, 다음 세상, 다음 인간은 분명 좀 더 충분히 진화해야 한다. 고귀해지고 품위 있어야 한다. 이를 위해서 인간은 풀을 닮아야 한다. 풀처럼 살아야 한다. 봄에 필 꽃을 위해 기쁘게 시들어야 한다. 루쉰이 모든 사람은 중간물로 살고, 다리로 살아야 하며, 풀을 본받아 기쁘게 썩고 기쁘게 죽자고 말한 까닭이 여기에 있다. 루쉰은 미래 세상을 위해서, 미래 세대를 위해서 사는 것이 인간이 할 수 있는 가장 인간다운 실천이라고 생각한다.

무엇을 사랑하든
독사처럼 칭칭 감겨들어라

인간은 눈물이 있기에 동물보다 진화했다. 하지만 이 눈물 때문에 진화하지 못하기도 했다. 이는 맹장이 있기에 조류보다 진화했다고 할 수 있지만, 맹장이 있기 때문에 진화했다고 할 수 없는 것과 같다. 눈물이나 맹장은 모두 쓸데없는 것들인 데다 사람들은 그것 때문에 값없는 죽음에 이르기도 한다.

오늘날 사람들은 눈물을 서로 주고받으며, 이것을 최상의 선물로 여긴다. 왜냐하면 그 사람에게는 그것 말고는 아무것도 없기 때문이다. 눈물이 없는 사람은 피를 주고받는다. 하지만 다들 남의 피는 거절한다.

사람들은 대개 애인이 눈물을 흘리는 것을 원치 않는다. 하지만 임종 때에도 애인이 그대를 위해 눈물을 흘리는 것을 원하지 않을 수 있을까? 눈물이 없는 사람은 어떤 경우든 애인이 눈물을 흘리는 것을 원하지 않을 뿐만 아니라, 피도 바라지 않는다. 그는 자기를 위한 그 어떤 울음도, 죽음도 거절한다.

사람들은 많은 사람이 보는 앞에서 죽임을 당하는 것이 귀신도 모르게 죽임을 당하는 것보다 낫다고 여긴다. 관중이나 사람들의 눈물을 받지 않을까 하는 망상을 품을 수 있기 때문이다. 그러나 눈물이 없는 사람은 어디서 죽임을 당하든지 상관없다.

눈물이 없는 사람은 죽여도 피 한 방울 나오지 않을 것이다. 사랑하는 사람도 그의 죽음에 참혹함을 느끼지 않을 것이며, 원수도 그를 죽인 쾌감을 맛보지 못할 것이다. 이것은 그의 보은(報恩)이자 복수다.

적의 칼에 죽는 것은 차라리 비통하지 않다. 어디서 날아오는지도 모르는 암살 무기에 죽는 것이 비통한 일이다. 그러나 가장 비통한 것은, 자애로운 어머니나 애인이 모르고 넣은 독약에 죽는 것, 전우가 오발한 유탄에 죽는 것, 악의 없는 병균의 침입으로 죽는 것, 저 자신이 제정하지 않은 형벌에 의해 죽는 것이다.

옛날을 흠모하는 자, 옛날로 돌아가라! 세상에서 떠나고 싶은 자, 어서 떠나가라! 하늘로 오르고 싶은 자, 어서 올라가라! 영혼이 육체를 떠나고 싶은 자, 어서 떠나거라! 현재의 지상에는 현재를 끌어안고 지상을 끌어안는 사람들이 사는 곳일진저.

그러나 현세를 싫어하는 인간들이 아직도 살고 있다. 이들이야말로 현세의 적들이다. 그들이 하루 더 머무르면 현세는 그만큼 구원이 늦어진다.

이전에 현세에서 살기를 원했으되 살지 못한 사람들이 있었다. 침묵도 하고, 신음도 하고, 탄식도 하고, 통곡도 하고, 애걸도 했다. 그렇게 현세에서 살기를 원했지만, 그러지를 못했다. 왜냐하면 그들은 분노를 잊어버렸기 때문이다.

용감한 자는 분노하면 칼을 빼서 들고 자기보다 강한 자에게 향한다. 비겁한 자는 분노하면 칼을 빼서 들고 자기보다 약한 자를 향한다. 구원될 가망이 없는 민족에는 아이들한테만 눈을 부라리는 영웅들이 수두룩하다. 그 비열한 무리!

아이들은 그런 눈 부라림 속에서 어른이 되고, 커서는 다시 아이들에게 눈을 부라린다. 그들은 자기의 일생이 분노의 일생이었다고 생각한다. 분노라는 것이 그저 이런 유(類)의 것일 뿐이기에, 그들은 인생을 분노 속에서 산다. 그뿐만 아니라 그들의 2세, 3세, 4세, 마지막 대까지 분노 속에서 보낸다.

밥, 이성, 나라, 민족, 인류……, 무엇을 사랑하든 독사처럼 칭칭 감겨들고, 원귀처럼 달라붙으며, 낮과 밤 쉼 없이 매달리는 자라야 희망이 있다. 지쳤을 때는 잠시 쉬어도 좋다. 그러나 쉰 다음에는 또다시 계속해야 한다. 한 번, 두 번, 세 번, 몇 번이라도 계속해야 한다. 혈서, 규약, 청원, 강의, 눈물, 전보, 집회, 추도사, 강연, 신경쇠약, 이런 것은 모두 소용없다.

혈서가 무엇을 가져오는가? 단지 볼썽사나운 혈서 한 장뿐이다. 신경쇠약은 병이 될 뿐이다. 그것을 보물로 더는 여기지 마라. 나의 경애하는, 그리고 미운 친구들이여!

신음하고 탄식하고 통곡하고 애걸하는 소리를 듣더라도 놀랄 것이 없다. 그러나 무서운 침묵을 보면 조심해야 한다. 독사처럼 시체의 숲 사이를 기어다니고, 원귀처럼 어둠 속을 달리는 것을 보면 더욱 조심해야 한다. 그것은 '진짜 분노'가 도래할 조짐이다. 그때가 되면 옛날을 흠모하는 자, 옛날로 돌아가고, 세상에서 떠나고 싶은 자, 세상을 떠나고, 하늘로 오르고 싶은 자, 하늘로 올라가고, 영혼이 육체를 떠나고 싶은 자, 이제 떠나게 되리라!

〈잡감(雜感)〉,《화개집(華蓋集)》

얕은 못의 물이라도 바다를 본받을 수 있다

한 익명의 편지에서 "돌조각이나 헤아려라."라는 말을 들었다. 재주가 없거든 개혁을 제창하지 말고 돌조각이나 헤아리는 게 나을 거라는 뜻인 듯하다.

중국인은 말 한마디를 하거나 일 하나를 하더라도, 만일 그것이 전통 관습에 조금이라도 저촉되는 경우에는 반드시 단번에 성공을 거두어야만 한다. 그래야만 발을 붙일 수 있고, 불에 달군 쇠 같은 뜨거운 공경을 받을 수 있다. 그러지 못할 때는 이단을 주장한다는 죄를 뒤집어쓰고 입을 열지 못하거나, 대역무도로 몰려 천하에 용납하지 못할 처지로 떨어지고 만다.

옛날에 이런 사람들은 9족을 멸하고 이웃까지 경을 쳤지만, 지금은 그저 익명 편지 몇 통을 받는 정도다. 만일 의지가 좀 약한 사람이라면, 여기서 위축당해 자신도 모르게 '돌조각이나 헤아리는' 당(黨)에 들어가 버릴 것이다.

이렇기 때문에 지금 중국에는 사회적으로 티끌만 한 개혁도 없고, 학술적으로 아무런 발명도 없으며, 미술 면에서도 아무런 창작이 없다. 많은 사람이 연구를 하고 그 뒤를 이어 계속 연구한다는 얘기를 꺼낼 수도 없다. 이 나라 사람들의 사업은 대개 시류를 타서 성공만을 꾀하는 경영, 그리고 모든 것에 대한 냉소다.

그런데 냉소하는 사람들은 개혁을 반대하기는 하지만 그렇다고 보수를 할 능력이 있는 것도 아니다. 예를 들어 문자를 보더라도 그들은 백화문(白話文: 구어체로 쓴 중국의 글—옮긴이)이 눈에 차지 않지만 고문(古文)을 잘 쓰는 것도 아니다. 그들 자신의 학설을 따르자면 의당 '돌조각이나 헤아려야' 할 터인데도, 그들은 그렇게는 하지 않고 이상하게 냉소만 보내고 있다.

중국인들은 아마도 이런 분위기 속에서 성공하고, 이런 분위기 속에서 위축되고 썩어가며, 끝내는 늙어 죽고 말 것이다.

내 생각에 인간과 원숭이의 조상이 하나라는 학설은 조금도 의심할 바가 없다. 그런데 왜 옛날 원숭이들이 다들 사람이 되려고 하지 않는 채, 지금까지 원숭이 후손으로 남아 사람들의 구경거리가 되었는지 모르겠다. 일어서서 사람의 말을 배우려 한 원숭이가 하나도 없었던가? 아니면 몇 마리 있기는 있었으나 원숭이 사회에서 그들을 이단이라고 공격하면서 물어 죽여 끝내 진화하지 못한 것일까?

니체식의 초인간은 아주 막연하다. 그러나 세계에 현존하는 인종의 실태로 보건대 장래에는 분명 더욱 고상하고 원만한 인류가 나타나리라 확신할 수 있다. 그때가 되면 유인원이라는 단어 앞에 유인원이라는 명사를 하나 더 붙여야 할 것이다.

그러기에 나는 늘 근심이다. 나는 중국의 청년들이 다들 차가운 분위기에서 헤어나 자포자기하는 자들의 그따위 말을 듣지 말고 오직 일로 발전해가기만을 바란다. 일을 할 수 있는 사람은 일을 하고, 소리를 낼 수 있는 사람은 소리를 내며, 열이 있으면 있는 만큼 빛을 내야 한다. 설령 그 빛이 반딧불만 할지라도 어둠 속에서 약간의 빛을 뿌릴 수 있기에, 횃불이 나타날 때까지 기다릴 필요가 없다.

앞으로도 끝내 횃불이 나타나지 않는다면 우리는 유일한 빛이 될 것이다. 만일 횃불이 나타나고 태양이 솟아오르면 우리는 물론 기꺼이 사라질 것이다. 우리는 아무 불평도 없을 뿐만 아니라, 같이 기뻐하면서 그 횃불과 태양을 찬미할 것이다. 그것이 나와 인류를 환히 비추어주기 때문이다.

나는 중국 청년들이 차가운 냉소와 중상모략에 아랑곳하지 않고 오로지 발전해가기를 바란다. 니체는 이렇게 말했다.

> 참으로, 인간은 탁류다. 이 탁류를 받아들여 깨끗이 하여 줄 수 있는 것은 바다다.
>
> 그렇다, 내 너희에게 초인이 되라 했거늘 그것은 곧 바다니라. 그곳에서는 그 어떤 크나큰 모독도 용납되리라.
>
> 〈서문〉, 《차라투스트라는 이렇게 말했다》

얕은 못의 물이라도 바다를 본받을 수 있다. 다 같은 물이기에 서로 통하는 것이다. 그들이 뒤에서 돌멩이질을 하든 구정물을 퍼붓든 내버려두어라.

그것은 '크나큰 모독'도 못 된다. 왜냐하면 크나큰 모독을 하려면 담력이 어지간해야 가능하기 때문이다.

〈수감록 41(隨感錄四十一)〉, 《열풍(熱風)》

선두와 꼴찌

《한비자(韓非子)》에 따르면, 경마의 묘법은 "선두를 다투지 않으며 꼴찌를 부끄러워하지 않는 것(不爲最善, 不恥最後)"이라고 했다. 우리 같은 문외한이 보더라도 퍽 일리가 있다. 처음부터 죽어라 달리면 쉽게 지치게 된다. 그런데 이 말의 첫 구절, 선두를 다투지 않는다는 말은 경마에만 적용되는 것인데도 중국인들은 불행스럽게 처세의 금언으로 받들고 있다.

중국인들은 싸움에 앞장서지 않으려 하고, 재난을 먼저 당하지 않으려 할 뿐만 아니라, 심지어 복(福)도 먼저 받으려 하지 않는다. 그래서 무슨 일이든 개혁하기가 쉽지 않다. 모두가 선구자나 기수가 되길 꺼린다. 하지만 인간의 본성이라는 것이 도가에서 말하듯 그렇게 초연할 수는 없는 일이다. 오히려 욕망의 덩어리다. 이러한 욕망을 차마 정면으로 드러낼 수 없기에 인간은 음모와 술수를 동원한다. 이로 인해 사람들은 날로 비겁해진다. 선두를 다투려 하지 않을 뿐 아니라 꼴찌를 부끄러워하지 않을 용기도 없다. 그래서 많은 사람이 모여 있다가도 조금 위험한 기미가 보일라치면, 새처럼 짐승처럼 뿔뿔이 흩어지고 만다. 몇 사람이 위험에 맞서 물러서지 않으려 버티다가 혹시 이들이 해라도 입게 되면, 대중의 여론은 이구동성으로 이들을 바보 취급한다. 일단 시작한 일이면 끝까지 거기에 매달리는 사람에 대해서도 이런 취급을 한다.

나는 가끔 학교 운동회에 가보곤 한다. 운동회는 증오심으로 가득 찬 적대국 간의 전쟁과는 다른데도 경쟁 때문에 서로 욕을 하거나 싸운다. 하지만 이런 일은 일단 접어두자. 달리기할 때 대개 가장 빠른 서너 명이 결승점에 이르면 나머지 사람들은 이내 맥이 풀린다. 몇몇은 예정된 코스를 다 돌 용기조차 잃어버리고는 도중에 관중석으로 들어가 버리기도 한다. 어떤 사람은 일부러 넘어져 의료진 들것에 실려 나가기도 한다. 뒤떨어져 있는 데도 힘을 다하여 뛰는 사람이 있을 때는 사람들은 그를 비웃는다. 그가 참으로 어리석게 '꼴찌를 부끄러워하지 않는다'는 이유 때문이다.

그렇기 때문에 중국에는 실패한 영웅이 적으며, 끈질긴 반항이 적다. 용감하게 단신으로 격전을 치르는 무인(武人)이 적으며, 반역자를 추도하는 조객이 적다. 승리의 조짐이 보이면 와~ 하고 몰려들고, 실패의 조짐이 보이면 뿔뿔이 흩어져 도망간다. 그래서 우리보다 무기가 나은 유럽과 아메리카 사람들, 꼭 낫다고 할 수 없는 흉노·몽골·만주 사람들이 무인지경을 들어오듯 쳐들어온 것이다. "흙이 무너지고 기와가 깨지듯 한다〔土崩瓦解〕."라는 말은 이런 상태를 비유한 것으로, 가장 적절한 자기 인식이다.

꼴찌를 부끄러워하지 않는 사람이 많은 민족은 어떤 일에서건 흙이 무너지고 기와가 깨지듯 그렇게 일시에 무너지지는 않는다. 나는 운동회를 보러 갈 때마다 이런 생각을 한다. 우승자는 당연히 존경할 만하다. 그러나 뒤떨어졌으되 기어이 결승점까지 달려가는 주자와 그런 주자를 비웃지 않고 진지하게 보는 관객, 그들이야말로 중국 미래의 대들보이리라.

〈이것과 저것 4 - 선두와 꼴찌(這個與那個(四) - 最先與最後)〉,
《화개집(華蓋集)》

받들어 올리기와 내려 파기

중국인들은 자기를 불안하게 할 조짐이 보이는 인물을 만나면, 자고로 두 가지 수법을 써왔다. 하나는 그를 내리누르는 것이고, 다른 하나는 받들어 올리는 것이다.

내리누르는 데는 낡은 습관이나 도덕을 이용하거나 관(官)의 힘을 빌린다. 그 때문에 고독한 정신계의 전사(戰士)가 민중을 위해 전투를 벌이지만 도리어 그러한 '행위' 때문에 파멸을 맞고 만다. 그렇게 되면 그들은 비로소 안심을 한다. 내리누르기를 할 수 없을 때는 받들어 올리기를 한다. 상대를 높이 받들어 올려 상대가 흡족해질 경우 자기를 해치지 않을 것이라 여기며 안심하는 것이다.

영리한 사람들은 물론 자기의 이익을 위해서 받들어 올린다. 세력가를 받들어 올린다든지, 배우나 총장을 받들어 올리는 경우가 그러하다. 그러나 보통 사람들, '사서삼경도 읽지 않은' 사람들이 받들어 올리는 것은, 대개 해(害)를 모면하려는 데 그친다. 그들이 받들어 모시고 있는 신들을 보더라도, 대부분이 해를 끼치는 악한 신들이다. 불의 신이나 역신(疫神)은 말할 것도 없고, 재물신조차 뱀이나 고슴도치 같은 무서운 짐승들이다. 부처상은 좀 온화하고 사랑스러운 편이다. 그러나 이는 인도에서 들어온 것이지, '중국 문화의 정수(國粹)'는 아니다. 요컨대 받들어 올림을 받는 것들은 십중팔구 좋은 것이 아니다.

열이면 아홉이 나쁜 것이기에 애써 받들어 올리더라도, 그 결과는 받들어 올린 쪽의 기대와는 정반대로 되는 경우가 흔하다. 따라서 불안이 해소되지 않을 뿐만 아니라, 오히려 더욱 가중된다. 그도 그럴 것이, 사람의 욕망이란 끝이 없기 때문이다. 그러나 사람들은 오늘까지도 이 이치를 깨닫지 못하고, 일시적 안일을 꾀하려고 여전히 받들어 올리고 있다.

재미있는 이야기를 다룬 책을 본 적이 있다. 제목이 정확히 기억나지는 않지만《소림광기(笑林廣記)》였던 것 같다. 거기에 이런 이야기가 있다. 어느 고을 지사(知事)가 회갑을 맞았는데 그는 쥐띠였다. 그래서 수하의 관리들이 황금 쥐를 만들어 선물했다. 지사는 그것을 받은 뒤, 이렇게 말했다.

"내년에는 안사람이 회갑이야, 나보다 한 살 아래니까 소띠지."

기실 지사에게 먼저 황금 쥐를 선물하지 않았더라면 그가 결코 금송아지를 생각해내지 못했을 것이다. 그러나 일단 맛을 들였으니 수습하기가 여간 어려운 게 아니었다. 금송아지를 선물하건 선물할 여건이 되지 않건 그다음에는 그의 첩이 아마 코끼리띠일 것이다. 코끼리띠는 열두 간지에 없으니 터무니없는 소리라고 할지 모르겠다. 그러나 이것은 내가 그 지사 대신 방법을 한번 생각해본 것일 뿐이며, 지사에게는 당연히 우리로서는 감히 상상할 수도 없는 고명한 묘법이 따로 있을 것이다.

신해혁명(1911년—옮긴이) 때, 내가 있던 S시에 도독(都督: 군사 책임자—옮긴이)이 왔다. 그는 '녹림대학(綠林大學: 봉건 통치에 반항하던 집단—옮긴이)' 출신으로 사서삼경 같은 것은 읽어본 적도 없었다. 하지만 제법 큰 흐름을 파악할 줄 알았고, 여론에도 귀를 기울였다. 그런데 그 지방 선비에서부터 서민에 이르기까지 조상 대대로 내려오는 그 받들어 올리기를 동원하는 일이 벌어졌다. 인사를 드리는 사람, 아첨하는 사람, 오늘은 비단, 내일은 상어지느러미 하며 자신도 어떻게 할 바를 모를 정도로 받들어졌고, 결국 점차 예전 관리들처럼 백성들을 착취하기에 이르렀다.

아주 이상한 일이 하나 있다. 북부의 몇몇 성에는 강둑이 사람이 사는 집의 지붕보다 훨씬 높다는 점이다. 처음에는 물론 둑이 터질까 봐 흙을 조금 쌓아 올렸다. 그런데 쌓아 올릴수록 수위가 점점 높아져 한번 둑이 터지면 피해가 더욱 막심하게 되었다. 그리하여 둑을 긴급 수리한다느니, 둑을 지킨다느니, 둑이 터지지 않게 엄중 감시한다느니, 오히려 일이 더 많아져 다들 고생하게 되었다. 애초에 강물이 처음 범람했을 때, 둑을 쌓아 올리지 말고 강바닥을 내려 팠던들 이런 지경이 되지는 않았을 것이라고, 나는 생각한다.

금송아지를 바라는 자에게는 황금 쥐는커녕 죽은 쥐도 주지 말아야 한다. 그러면 그런 생일잔치를 마련할 필요가 없을 것이다. 생일을 축하하는 일 하나만 덜어도 그야말로 일대 쾌거다.

중국인들이 사서 고생하는 근본 원인은 받들어 올린 데 있다. 하지만 복이 저절로 굴러들게 하는 길은 내려 파는 것이다. 사실 어느 쪽이나 드는 힘은 비슷하다. 그런데도 오랜 타성에 젖은 사람은 역시 받들어 올리는 쪽이 힘이 덜 든다고 생각한다.

〈이것과 저것 2 – 받들어 올리기와 내려 파기(這個與那個(二) – 捧與挖)〉, 《화개집(華蓋集)》

경험

예로부터 전해오는 경험 중에는 아주 귀중한 것이 많다. 이런 경험은 많은 희생을 치르면서 얻어진 것이어서, 후세 사람들에게 큰 혜택을 남겨준다.

우연히 《본초강목(本草綱目)》(중국 명나라 말기의 약학자 이시진李時珍이 집필한 책—옮긴이)을 읽다가 문득 이 책은 평범한 책이지만 많은 보물을 담고 있다는 생각이 들었다. 물론 내용 가운데 구름 잡는 이야기도 있다. 그러나 약품의 효능에 관한 대부분은 오랜 경험이 바탕이 되어야 알 수 있는 것들로, 특히 독약에 관한 기술이 놀랄 만하다.

고대 성인들을 떠받들기를 좋아하는 우리는 신농(神農) 황제가 모든 약재를 친히 맛을 보고 판별했으며, 하루는 일흔두 가지나 되는 독에 중독되기도 했으나 그 제독법을 모두 알고 있어서 죽지 않았다고 알고 있다. 하지만 이런 전설은 이제 더는 설득력이 없다. 세상 모든 문물은 이름 없는 사람들이 오랜 역사 동안 조금씩 만들어냈다는 것을 이미 알고 있기 때문이다. 건축이건, 요리건, 어로나 수렵, 농업, 공업이건 모두 그러하고, 의약 역시 그렇다.

이런 생각을 하게 되자 일이 커졌다. 옛날 사람들은 병에 걸렸을 때, 처음에는 이것도 먹어보고 저것도 먹어보고 그랬을 것이고, 독이 든 걸 먹은 사람은 죽고, 병과 아무 상관도 없는 걸 먹은 사람은 효과가 없었으며, 다행히 병에 딱 들어맞는 걸 먹은 사람은 나았을 것이다. 그리하여 어떤 병에는 무엇이 약이로구나 하는 걸 알았을 것이다. 이것이 쌓이고 쌓여 초보적인 기록으로 남았고, 후에는 점차 《본초강목》 같은 방대한 책을 이루게 된 것이다. 이 책에는 중국뿐만 아니라 아랍인과 인도인의 경험까지 들어 있으니, 그전에 치른 희생이 얼마나 컸을지는 짐작하고도 남음이 있다.

그런데 똑같이 수많은 사람의 경험을 거친 것일지라도 후대 사람들에게 도리어 악영향을 끼치는 것도 있다. "자기 대문 앞 눈이나 치울 것이지 남의 집 지붕 서리는 신경 쓰지 말라."는 속담도 그 하나다. 남의 위급함을 도와주려다 도리어 남에게 오해를 사는 일이 흔하기 때문이다. 또 하나 좋지 않은 경험을 집약해놓은 속담이 있다. "관청 문이 아무리 활짝 열려 있어도 일리는 있되 돈이 없으면 따지러 가지 말라."는 속담이 그것이다. 이렇게 되고 보니 사람들은 자기와 관계없는 일에는 되도록 멀리 떨어져 바라만 보려고 한다. 사람 사는 사회에서 처음부터 이렇게 남의 일에 무관심하지는 않았을 것이다. 짐승 같은 자들이 권력의 자리에 앉고, 이로 인해 수많은 희생을 치른 뒤 자연스럽게 그런 길로 빠져들었을 것이다. 그래서 중국, 특히 도시에서는 사람이 길에서 병으로 갑자기 쓰러져도, 교통사고로 다쳐도 둘러싸고 구경하거나 심지어 재미있어 하는 사람은 많아도 도움의 손길을 뻗치는 사람은 극히 적다. 이것은 바로 많은 희생이 가져다준 나쁜 결과다.

요컨대 경험으로 얻은 결과는 선이건 악이건 크나큰 희생을 치른 것들이며, 작은 일이라도 놀랄 정도로 비싼 대가가 드는 것이다. 요즘 신문을 보는 일부 사람들은 어떤 선언이나 통신, 강연, 대화가 실리든, 아무리 고상한 이야기와 훌륭한 글이 실리든 관심을 기울이지 않고, 심지어는 그것을 놀림거리로 삼는 경향마저 있다. 이런 것들이, 천자문의 "처음 문자를 만들고, 옷을 지었도다〔始制文字, 乃服衣裳〕." 하는 구절보다야 중요하지 않을지 모른다. 하지만 그 정도 작은 결과도 엄청난 국토와 많은 사람의 생명, 재산을 희생하여 얻은 것이다. 여기서 생명은 물론 타인의 생명이다. 만약 자신의 생명이라면 이 경험을 얻을 수 없을 터이다. 따라서 모든 경험은 살아있는 사람만이 소유할 수 있다. 내가 아무리 남들에게 죽음을 두려워한다는 비웃음에 속아 넘어가 자살을 하거나 목숨을 내걸지 않고서 계속 이런 글을 쓰는 것도 이 때문이다. 게다가 이것도 그런 사소한 경험의 결과다.

〈경험(經驗)〉, 《남강북조집(南腔北調集)》

습관과 개혁

체질과 정신이 이미 굳어버린 민중은 지극히 사소한 것을 조금 개혁하는 데도 걸림돌이 지천이다. 겉으로는 자신들이 불편해지는 것을 우려하는 것 같지만, 실은 자신들이 불이익을 당할까 우려하고 있다. 하지만 겉으로 내건 구실들은 언제나 지극히 공정하고 훌륭해 보인다.

올해부터 음력 사용을 금지한 조치는, 원래는 사소한 문제이고, 세상 돌아가는 전체적인 흐름과는 전혀 상관 없는 일이었다. 그러나 상점마다 연일 죽는소리를 하고, 상하이의 부랑자들과 가게 종업원들조차 개탄한다. 누구는 농사짓는 데 불편하다고 하고, 누구는 배가 만조를 맞추는 데 불편하다고도 한다. 난데없이 그들과 전혀 관계도 없는 시골 농부를 생각해주고, 배를 생각해주고 있다. 박애 정신이 참으로 투철하다.

음력 12월 23일이 다가오자 폭죽이 여기저기서 터졌다. 나는 한 점원에게 물었다.

"올해는 구정을 지내고 내년부터 신정을 지내나?"

그러자 대답이 이러했다.

"내년은 또 내년이죠. 내년에 다시 봐야지요."

그는 내년부터 양력으로 지내야 한다는 걸 도무지 믿지 않았다.

올 달력에 분명 음력이 빠져 있고 절기만 표시되어 있는데도 그렇다. 그런데 신문에서 음력이 달린 120년짜리 달력이 나왔다는 광고를 보았다. 그들은 손자의 손자 시대의 음력까지도 이미 완벽하게 준비해놓은 것이다. 120년씩이나!

량스추(梁實秋, 1902~1988) 선생 등은 '다수'라는 것을 아주 혐오한다. 그러나 '다수'의 역량은 위대하고도 중요하다. 개혁에 뜻을 둔 사람들이 민중의 마음을 깊이 모른다면, 개선의 방법을 놓고 아무리 심오하고 학식 있는 토론을 벌여봤자 소용없는 일이다. 그것은 서재에서 몇몇이 나누는 자화자찬에 불과하고 자기만족일 뿐이다. 일부 주장처럼 설사 '좋은 사람'들로 정부를 구성하여 개혁을 실행한다고 해도, 금세 그들에게 접수당해 옛날 방식으로 되돌아갈 것이다.

참다운 혁명가는 자신만의 견해를 지니고 있다. 레닌도 그러하다. 그는 풍속과 습관을 문화 범주에 포함하고는 이것들을 개혁하는 것은 아주 어렵다고 했다. 그러나 나는, 이것들을 개혁하지 못한 혁명은 이룬 것이 하나도 없는 거나 진배없으며 사상누각의 혁명이라고 본다. 중국에서 혁명은, 처음에는 만주족 정부인 청(淸)나라를 타도하자는 배만(排滿) 혁명이어서 지지자를 얻기가 쉬웠다. 구호가 옛것을 회복하자는 복고여서 보수적인 민중의 동의를 얻기가 쉬웠다. 그러나 후에 중국 역사상 유례없는 중화민국의 새로운 시대가 열리자 보수적인 인물들은 공연히 변발만 잃었다며 불만을 터뜨리기 시작했다.

그 뒤, 새로운 개혁은 번번이 실패했다. 개혁이 한 되라면 반동은 열 말이었다. 앞의 달력 이야기만 하더라도 올 1년 달력에 한해 음력을 달지 못하게 한 것인데도 음력을 단 달력은 무려 120년으로 되받아치고 있다.

음력이 실려 있는 달력은 분명 많은 사람의 환영을 받을 것이다. 이 달력이 풍속과 습관을 옹호하고 있으므로 풍속과 습관 역시 이 달력을 후원하리라. 다른 일도 다 이러하다. 만일 민중 속으로 깊이 들어가지 않고, 그들의 풍속과 습관을 연구·해부하지 않으며, 그 좋고 나쁨을 분별하여 존폐의 기준을 세우지 않는다면, 어떤 개혁이든 습관이란 바위에 눌려 으깨질 것이다. 그렇지 않으면 단지 표면에서 겉돌 뿐이든지.

이제 서재에서 책을 떠받들면서 종교를 논하고, 법률을 논하고, 문학과 예술을 이야기하던 시대는 이미 지났다. 논한다 해도 민중의 습관과 풍속을 알아야 하며, 이들의 어두운 측면을 직시할 용기와 강인함이 있어야 한다. 그러지 않으면 개혁할 수가 없다. 그저 미래의 광명만을 외치는 것은 게으른 자신과 게으른 청중을 기만하는 일일 뿐이다.

〈습관과 개혁(習慣與改革)〉, 《이심집(二心集)》

04

아Q식 혁명도 혁명일까

내 생각으로는 만약 중국이 혁명을 하지 않는다면 아Q도 하지 않겠지만, 만약 혁명을 한다면 아Q도 할 것이다. 나도 소설 속 이야기가 사람들이 말하듯이 지금보다 먼저 일어난 시기의 일이길 바란다. 하지만 내가 본 것은 현대 이전에 일어난 일이 아니라, 현대 이후에 일어난 일이거나 어쩌면 20, 30년 후에 일어날 일일지도 모르겠다.

〈《아Q정전》을 쓴 이유(《阿Q正傳》的成因)〉, 《화개집속편(華蓋集續編)》

현실에서는 늘 패하고 맞고 당하면서도 정신적 조작을 통해서 늘 승리하는 정신 승리법을 지닌 사람이 있다. 바로 아Q다. 정신 승리법의 원조이자 달인이다. 그런 노예 의식으로 가득 찬 그가 어느 날 혁명에 가담하겠다고 나선다. 그는 왜 혁명에 나서는 걸까? 그 혁명은 도대체 어떤 혁명일까? 숱하게 정권도 바뀌고 권력자도 바뀌지만, 심지어 혁명도 일어나지만, 밑바닥 사람의 삶은 변화가 없다. 정권 교체 그리고 혁명조차 그들 기득권층끼리 주인 바꾸기에 불과한 것은 아닐까? 대다수 우리 삶과는 아무 상관 없이! 평범한 많은 사람은 정의와 평화, 다수가 행복한 세상을 위해 정권 교체나 혁명에 뛰어들지만, 어떤 사람은 권력의 자리와 이익을 위해서, 또한 복수를 위해서 뛰어들고, 그들이 과실을 독차지한 때문은 아닐까? 루쉰은 아Q 같은 혁명가와 아Q식 혁명을 그리면서 이런 질문에 답한다. 아Q식 혁명가와 아Q식 혁명은 과거의 일일 뿐이고, 지금 우리 시대에는 없는 걸까?

아Q정전

1장 머리말

내가 아Q에게 정전(正傳)을 써줘야겠다고 생각한 것이 한두 해 된 게 아니다. 그러나 막상 쓰려다가도 마음이 흔들리는 것을 보면 내가 문장가가 못 된다는 확실한 증거이리라. 대개 불후의 인물의 정전은 불후의 문장력을 지닌 사람이 써왔다. 글을 통해 사람이 전해지고 또 사람을 통해 글이 전해져서 결국에는 누가 누구에 의해 전해지는지 점점 알 수 없게 되는 것이다. 어쨌거나 마침내 아Q를 글로 전하겠다고 나서는 걸 보면 내가 귀신에라도 씐 모양이다.

금방 썩어 없어질 문장일지라도 한번 쓰겠다고 붓을 들었지만, 이만저만 어려운 게 아니다. 첫째는 글의 이름이다. 공자(孔子)는 "이름이 올바르지 않으면 말이 순조롭지 않다."라고 했다. 그러니 여간 신경 쓰이는 것이 아니다. 전기에는 여러 가지 형식이 있다. 열전(列傳), 자전(自傳), 내전(內傳), 외전(外傳), 별전(別傳), 가전(家傳), 소전(小傳) 등이 그러한데, 유감스럽게도 모두 적당하지 않다. '열전'이라고 하자니 이 글은 수많은 위인과 더불어 '정사(正史)' 축에 들지 못하고, '자전'이라고 하자니 내가 아Q가 아니다. '외전'이라고 하려면 '내전'도 있어야 하지 않겠는가? 그렇다고 '내전'이라고 하자니 아Q가 무슨 신선도 아니다. 그렇다면 '별전'은? 별전을 쓰려면 '본전(本傳)'이 있어야 하는데 여태껏 총통께서 국사편찬위원회에 아Q에 관한 본전을 쓰라고 명한 바가 없다. 물론 영국 역사를 보면 도박꾼을 다룬 열전이 없는데도 대문호 찰스 디킨스(Charles John Huffam Dickens, 1812~1870)는 도박꾼을 다룬 별전을 쓴 적이 있다. 하지만 디킨스 같은 대문호나 가능한 일이지, 나 같은 사람은 어림없다. 그다음이 '가전'이지만, 내가 아Q와 한집안인지도 모르겠고 그 후손들의 부탁을 받은 적도 없으니 이도 불가능하다. '소전'이라고 하려 해도 아Q에게는 '대전(大傳)' 같은 것이 없다. 그러니 이 글이 '본전'인 셈이지만, 내 문장으로 말할 것 같으면 글이 천해서, 수레를 끌고 다니면서 콩국이나 파는 자들이나 쓰는 말이니, 어찌 감히 그렇게 고상한 이름을 붙일 것인가. 그리하여 삼교구류(三教九流: 삼교는 유교·불교·도교를, 구류는 한나라 때 학문을 아홉 가지로 나눈 유가·도가·음양가·법가·명가·묵가·종횡가·잡가·농가를 가리킨다—옮긴이) 축에도 끼지 못하는 소설가들이 "여담은 그만두고 이제 정전(正傳)으로 돌아가 이야기할 것 같으면……."이라고 하는 틀에 박힌 말에서 '정전'이라는 두 글자를 따 이글의 제목으로 삼으려 한다. 이 역시도 옛사람이 쓴《서예정전(書法正傳)》이라는 책의 '정전'과 혼동될 수 있지만, 그것까지 감안할 수는 없다.

둘째로, 전기를 쓸 때는 통상 "아무개는 자(字)가 무엇이고, 어디 사람이다."로 시작하게 되지만 나는 아Q의 성이 무엇인지도 모른다. 한번은 성이 자오(趙)인 듯도 하더니만 다음 날이 되자 알 수 없게 되었다. 자오 나리 댁 아들이 과거에 급제하여 생원이 되었고,

요란한 꽹과리 소리와 함께 그 소식이 마을에 전해지자 마침 황주 두 사발을 마신 아Q가 덩실덩실 춤을 추면서 자기에게도 자랑거리라고 말했다. 자기가 자오 나리와 원래 한집안이고 자세히 항렬을 따지면 장원급제한 생원보다 세 항렬 윗길이어서 증조할아버지뻘 된다는 것이었다. 그 말을 들은 주위 사람들이 진지해지더니 몇몇은 아Q를 존경스러운 눈초리로 쳐다보기도 했다. 그런데 어찌 알았으랴. 다음 날 동네 행정관이 와서 아Q를 자오 나리 댁으로 데려갔다. 나리가 아Q를 보자마자 붉으락푸르락해진 얼굴로 소리를 질렀다.

"아Q 너 이 개자식! 네가 우리하고 일가라고 했다지?"

아Q는 입을 열지 못했다.

자오 나리는 더 화가 나서 몇 발짝 앞으로 나서며 말했다.

"네놈이 언다 대고 헛소리를 지껄여! 내가 어떻게 너 같은 놈과 한집안이더냐? 네 성이 자오라고?"

아Q는 입을 다물고 물러날 생각만 하는데 자오 나리가 달려들더니 뺨을 냅다 후려갈겼다.

"네가 어떻게 자오 씨냐! 너 같은 놈이 가당치도 않게 감히 자오 씨라니!"

아Q는 자기 성이 분명 자오 씨라고 항변도 못하고 그저 손으로 왼쪽 뺨만 어루만지며 행정관과 함께 밖으로 물러났는데 이번에는 행정관이 닦달을 해대는 통에 사죄의 표시로 200문(文)을 술값으로 바쳤다. 이 소문을 들은 사람들은 다들 아Q가 너무 설쳐서 매를 자초했다고 했다. 아Q의 성이 자오가 아닐 것이고, 정말로 자오라고 해도 자오 나리가 마을에 사는 한 그런 헛소리는 하지 말았어야 한다고도 했다. 그 일이 있고 나서 그의 성씨를 거론하는 사람이 더는 없어서 나는 아Q의 성씨가 무엇인지 결국 알 길이 없었다.

셋째로, 나는 아Q의 이름을 어떻게 쓰는지도 모른다. 그가 살았을 때 다들 그를 아Quei라고 불렀고, 죽은 뒤에는 아Quei를 입 밖에 낸 사람이 아무도 없으니, 그의 이름이 대나무와 비단에 적혀 역사에 전해질 리도 없다. 대나무와 비단에 적어 역사에 남기는 일로 치자면 이 글이 처음인 셈이고, 그러다 보니 이런 난관에 봉착한 것도 당연히 처음이다. 전에 나는 곰곰이 생각해본 적이 있다. 대관절 아Quei는 '계수나무 계(桂)' 자를 쓴 아구이(阿桂)일까, '귀할 귀(貴)' 자를 쓴 아구이(阿貴)일까? 그의 호가 월정(月亭)이라든가 그의 생일이 8월이라든가 하여 달과 관계가 있다면 그의 이름은 분명 '계수나무 계' 자가 들어간 아구이일 것이다. 하지만 그에게는 호가 없었고—호가 있는데 아는 사람이 없을지도 모른다—생일 축사를 받으려고 초청장을 낸 적도 없으니 '계수나무 계' 자를 써서 아구이라고 적는 것은 독단이다. 그에게 형제가 있어서 그들 가운데 이름에 '부자 부(富)' 자를 써서 아푸(阿富)인 자가 있다면 그의 이름은 분명 '귀할 귀' 자를 써서 아구이였을 것이다. 그러나 그는 형제도 없고 혼자뿐이니 '귀할 귀' 자의 아구이일 거라는 근거도 없다. 물론 이 두 글자 말고도 구이라는 소리에 맞는 희귀한 한자들이 있기는 하지만 그런 글자들은 더 적당하지 않다. 예전에 나는 생원인 자오 나리의 아들에게 물어보기도 했는데, 그렇게 박식한 분도 알지 못했고, 그가 결론을 내리길 천두슈(陳獨秀, 1879~1942)가 《신청년(新青年)》이라는 잡지를 만들어 서양 글자를 쓰자고 주장하는 통에 나라의 전통문화가 사라져버려 고증할 길이 없어졌다고 했다. 나는 최후의 수단으로 어느 고향 사람에게 부탁해 아Q의 범죄 기록을 조사해달라고 했다. 8개월 후에 연락이 왔는데 조서에는 아Quei와 음이 비슷한 이름을 가진 사람은 없더라고 했다. 정말 없는지 아니면 찾아보지 않았는지 모를 일이지만 달리 더 알아볼 방법이 없었다. 중국어 발음을 표기하는 방법인 주음자모(注音子母)에 아직 거부감을 지닌 사람이 많아 널리 쓰이지 않기에 하는 수 없이 '서양 글자'를 쓸 수밖에 없어서, 영국에서 사용하는 중국어 발음 표기법에 따라 그를 아Quei라고 쓰고, 약칭으로 아Q라고 한다. 이렇게 하는 것이 〈신청년〉을 맹종하는 것 같아 나도 송구스럽지만 생원 선생도 모르는 일이거늘 나라고 별 뾰족한 수가 있겠는가.

넷째는 아Q의 본적이다. 그의 성이 자오라면, 어느 지방 어떤 명문가 출신이라고 내세우기를 좋아하는 요즘 사람들처럼 각 지방의 명문가를 다 모아놓은 《군명백가성(郡名百家姓)》의 주석을 흉내 내서 "룽시(隴西) 톈수이(天水) 사람이니라."라고 할 수도 있겠지만 유감스럽게도 성씨 자체를 믿을 수 없으니 이런 방법으로 본적을 확정할 수도 없다. 그가 웨이좡(未莊)에 오래 살기는 했지만 여러 번 다른 곳에서도 살았기 때문에 웨이좡 사람이라고 할 수도 없다. 그냥 "웨이좡 사람이었느니라."라고 해버리면 역사를 기록하는 방법에 어긋나는 것이다.

내가 그나마 위안으로 삼는 것은 아Q의 '아' 자만큼은 아주 정확해서 억지로 갖다 붙이거나 다른 것에서 빌려왔다는 등의 문제가 전혀 없어 고금 역사에 달통한 사람들보다도 올바를 수 있다는 것이다. 그 밖의 다른 것들은 배움이 얕은 나로서는 더 파고들 수 없으니 '역사벽과 고증벽'이 있는 후스(胡適, 1891~1962) 선생의 제자들이 장차 새로운 단서를 많이 찾아내기를 기대할 따름이다. 하지만 그때쯤이면 내 이 〈아Q정전〉은 이미 사라지고 없을지도 모른다.

이상으로 머리말을 삼는다.

2장 승리의 기록

이름이나 본적은 고사하고 아Q가 전에 어떤 사람이었는지조차 아는 사람이 없다. 웨이좡 사람들에게는 아Q가 그저 바쁠 때 일을 거들어주는 사람이거나 놀림감일 뿐이고, 그가 전에 어떤 사람이었는지에는 관심이 없다. 아Q 자신도 이렇다 저렇다 말이 없었는데, 다른 사람과 말다툼을 할 때 간혹 눈을 부릅뜨고 이렇게 소리를 질렀다.

"우리도 옛날에는 …… 네놈보다 훨씬 잘살았어! 네놈이 감히 뭐라고."

아Q는 집이 없어서, 웨이좡 마을에 있는 토지신과 곡식신을 모시는 사당에서 살았다. 그는 딱히 직업도 없어서 이 집 저 집을 돌아다니며 날품을 팔았다. 보리를 벨 일이 있으면 보리를 베고, 쌀을 찧을 일이 있으면 쌀을 찧고, 배를 저을 일이 있으면 배를 저었다. 일이 길어질 때는 주인집에 살기도 했지만 일이 끝나면 떠났다. 그래서 사람들은 바쁠 때면 아Q를 떠올렸지만 그저 일을 시키기 위해서일 뿐, 그가 전에 어떤 사람이었는지 알고 싶어서는 아니었다. 더구나 일이 없으면 아Q란 인물 자체를 새까맣게 잊어버렸으니, 그가 전에 어떤 사람이었는지는 더 말할 것도 없었다. 언젠가 어떤 어르신이 "아Q는 정말 일을 잘해!"라고 칭찬했다. 아Q가 웃통을 벗고 깡마른 몸을 드러낸 채 어르신 앞에 서 있던 참이었는데, 다른 사람들은 이 말이 진심인지 아니면 놀림인지 분간이 되지 않았지만, 아Q는 아주 좋아했다.

아Q는 자존심이 무척 강해서 웨이좡 사람들은 물론이고 생원 시험 준비를 하는 동네 두 글방의 도령들조차 안중에 없었다. 글방 도령들은 장차 생원이 될 사람들이었다. 자오 나리나 첸(錢) 나리가 마을 사람들의 존경을 받는 것은 돈도 돈이지만 둘 다 글방 도령인 아들을 두고 있어서였다. 하지만 아Q는 적어도 정신적으로는 그들을 존경하지 않았다. 심지어는 '내 아들놈이 그보다 훨씬 더 나을 거야.'라고 생각했다. 더구나 성에 몇 번 갔다 온 뒤로는 콧대가 더 높아졌다. 하지만 그는 성안에 사는 사람들도 완전히 무시했다. 예를 들면 이렇다. 석 자 길이에 세 치 너비로 만든 나무의자를 웨이좡에서는 '긴 의자'라고 부르고 아Q도 '긴 의자'라고 불렀다. 그런데 성안 사람들은 '가는 의자'로 부른다는 거였다. 그는 이건 말도 안 되고 웃기는 일이라고 생각했다. 그런가 하면 웨이좡에서는 대구를 기름에 지진 다음 파를 반 치 길이로 썰어 위에 얹는데, 성안 사람들은 파를 가늘게 채를 썰어 얹는다는 거였다. 그는 이건 말도 안 되고 웃기는 일이라고 생각했다. 물론 웨이좡 사람들도 세상 구경이라곤 해보지 못한 정말 가소로운 인간들이고, 성안 사람들이 생선을 지져 먹는 것을 본 적도 없는 사람들이었다.

아Q는 '옛날에는 잘살았고' 아는 것도 많은 데다 '일도 잘하는' 거의 '완벽한 사람'이었다. 하지만 안타깝게도 몸에 작은 결함이 있었다. 무엇보다 속상한 것은 언제부턴가 머리에 나두창 부스럼 자국이 몇 군데 생겼다는 것이다. 콧대 높은 아Q지만 나두창만큼은 아무리 자기 몸에 난 자기 것이라 해도 자존심이 상했다. 그래서 나두창의 '나(癩)' 자나 '뢰(賴)' 자와 비슷한 음을 가진 말이면 죄다 싫어했는데 갈수록 그런 말들의 범위가 넓어져 '빛 광(光)' 자라든가 '밝을 양(亮)' 자라는 말도 꺼리더니 종국에는 '남포등'이나 '촛불' 같은 말까지도 질색했다. 사람들이 일부러 그러거나 모르고 그런 말들을 입에 올릴라치면 아Q는 나두창 자리가 빨개질 정도로 화를 냈다. 상대를 가늠해보아 말발이 달리는 사람 같으면 냅다 욕을 퍼붓고, 힘이 달리는 사람 같으면 때려주었다. 그런데 어찌 된 영문인지 항상 아Q가 손해를 보는 경우가 많았다. 그래서 그는 화난 눈길로 노려보는 것으로 대신했다.

그런데 누가 알았으랴. 아Q가 이렇게 화난 눈길로 노려보는 방침을 채택하자 웨이좡의 건달들이 더더욱 그를 놀려대는 것이었다. 그들은 아Q를 보면 놀란 척하면서 말했다.

"우와, 훤해졌구먼."

그러면 아Q는 으레 화를 내며 노려보았다.

"어라, 이제 보니 남포등이 여기에 있었군."

그들은 전혀 두려워하지 않았다.

아Q는 할 수 없이 달리 보복할 만한 말을 생각해야 했다.

"네까짓 것들한테는 이런 것도……."

그렇게 말하는 순간 그의 머리에 난 나두창이 더없이 귀하고 영광스러운 것처럼, 마치 보통 나두창이 아닌 것처럼 여겨졌다. 하지만 앞에서 이야기했다시피 아Q는 식견 있는 사람인지라 자신이 그런 말을 하면 식견 있는 사람으로서 '법도'를 어기는 일이라는 것을 즉각 알아채고는 입을 다물었다.

하지만 동네 건달들은 그 정도에서 그칠 인간들이 아니어서 아Q를 놀리다가 결국 때리기까지 했다. 아Q는 형식적으로는 졌다. 동네 건달들은 아Q의 누런 변발을 틀어쥐고는 벽에다 네다섯 번 소리가 날 정도로 찧고 나서야 아주 만족스럽게 승리한 기분을 느꼈다. 아Q는 잠시 서서 속으로 생각했다.

'아들놈에게 맞은 셈 치지. 요즘 세상은 정말 개판이라니까…….'

그러고 나서 그도 아주 만족스럽게 승리한 기분이 되어 돌아갔다.

아Q는 전에는 속으로만 중얼거리던 것을 나중에는 죄다 입 밖으로 내뱉곤 했다. 그래서 아Q를 놀리는 사람들은 그에게 이런 정신적인 승리법이 있다는 것을 알게 되었고, 그의 변발을 잡아당길 때면 미리 아Q에게 이렇게 말했다.

"아Q, 이건 자식이 아비를 때리는 게 아니라 사람이 짐승을 때리는 거야. 네 입으로 말해봐, '사람이 짐승을 때린다'고."

아Q는 두 손으로 자기 머리채를 틀어쥐고 고개를 비틀며 소리쳤다.

"버러지를 때리는 거라고 하면 어때? 난 버러지야! 이래도 놔주지 않을 거야?"

버러지라고 해도 동네 건달들은 놔주지 않았고 가까운 담벼락에다 머리를 대여섯 번 짓찧고 나서야 만족스럽게 승리했다는 듯이 떠났다. 이번에야말로 아Q를 제대로 혼내주었다고 생각했다. 하지만 10초도 못 되어 아Q 역시 만족해하며 떠났다. 그는 스스로를 경멸하고 업신여기는 데에는 자기가 첫째가는 사람이라고 여겼다. 더구나 '스스로를 경멸하고 업신여기는 데에는'이라는 말을 제외하면 '첫째가는 사람'이라는 말만 남으니 자기가 세상에서 제일이라고 생각했다. 과거에서 장원급제한 사람도 첫째가는 사람이 아닌가?

"네깟 것들이 무엇이라고 감히?"

아Q는 이렇게 갖가지 기묘한 방법으로 적들에게 이긴 뒤 즐겁게 술집으로 가서 술을 몇 잔 마시고 사람들과 실없는 이야기를 주고받거나 말다툼에서 승리하고서 즐겁게 사당으로 돌아가 머리를 거꾸로 처박고 잠을 잤다. 돈이 생기면 야바위 노름을 하러 가서는 얼굴이 온통 땀투성이가 된 채 사람들 틈에 끼어 땅바닥에 쪼그려 앉아 있었다. 그의 목소리가 가장 쨍쨍했다.

"청룡에 400!"

"자, 수리수리……. 자, 뚜껑을 깝니다!"

야바위꾼이 뚜껑을 열었고, 그도 얼굴이 온통 땀투성이가 된 채 노래를 불렀다.

"아, 천문입니다. …… 각(角)은 텄고요! 인(人)과 천당〔天〕엔 아무도 안 걸었군요. 아Q는 돈을 이리 주세요……."

"천당에 100, 아니 150!"

아Q의 돈은 이런 노랫가락을 타고 점차 얼굴이 온통 땀투성이인 사람의 허리춤으로 들어갔다. 그는 결국 사람들 무리에서 밀려나 뒤에 서서 구경이나 하면서 남들이 하는 노름에 자신이 가슴을 졸이다가 노름판이 파해서야 못내 아쉬운 발길을 돌려 사당으로 돌아와 이튿날 퉁퉁 부은 눈으로 일을 나갔다.

그런데 인생사 길흉화복이 새옹지마라고 아Q가 딱 한 번 이긴 적이 있었지만, 불행히도 그 때문에 도리어 실패를 맛보게 되었다.

웨이좡 마을에서 신에게 제사를 올리던 날 밤이었다. 이날 밤에도 평소처럼 연극 무대가 차려지고, 그 옆에 야바위판이 여러 군데서 벌어졌다. 연극 무대에서 울리는 징 소리, 북소리가 아Q 귀에는 10리 밖에서 나는 것 같았고 야바위꾼의 노랫소리만 들릴 뿐이었다. 그는 돈을 따고 또 따서, 동전이 작은 은화로 변하더니 다시 큰 은화로 변하고, 그 큰 은화가 다시 돈더미를 이루었다. 너무 기쁘고 신이 났다.

"천문에 은전 두 냥이오!"

그는 누가 무엇 때문에 싸우는지도 알지 못했다. 욕하는 소리, 때리는 소리, 발소리가 나는가 싶더니 한동안 정신이 아득해진 뒤 겨우 기어서 일어나 보니 야바위판은 보이지 않고 사람들도 보이지 않았다. 몸이 여기저기 쑤시는 걸로 보아 주먹질도 당하고 발길질도 당한 것 같았다. 몇몇이 놀란 눈으로 그를 쳐다보았다. 뭔가 잃은 것 같은 허전한 기분으로 사당에 돌아와 정신을 수습하고 나서야 한 무더기 은화가 보이지 않는다는 것을 알았다. 신에게 제사를 올리는 날 벌어지는 야바위판은 대부분 이 마을 사람들이 아니니 그자들을 어디 가서 찾는단 말인가?

하얐고 눈부시던 한 무더기의 은화! 더구나 그것은 그의 것이었는데……. 어디로 가버렸단 말인가? 아들에게 빼앗긴 셈 치려고 해도 여전히 개운치가 않았다. '난 버러지야.'라고 생각해도 여전히 개운치가 않았다. 그는 이번에야말로 조금이나마 패배의 고통을 느꼈다.

하지만 그는 바로 그것을 승리로 바꾸었다. 오른손을 들어 힘껏 자기 뺨을 연달아 두 대 갈겼는데, 얼얼한 게 조금 아팠다. 때리고 나자 마음이 편안해지고, 때린 사람이 자기이고 맞은 사람은 또 다른 자기인 것처럼 느껴지더니, 조금 지나자 자기가 다른 사람을 때린 것처럼 여겨졌다. 그제야 그는 만족스럽게 승리한 기분이 되어 자리에 누웠다.

그는 잠이 들었다.

아Q가 늘 승리를 거두기는 했어도 그런 승리가 유명해진 것은 자오 나리에게 빰을 얻어맞고 나서였다.

지난번 그는 동네 행정관에게 술값 200문을 준 뒤 씩씩거리며 집에 가 누웠는데 이런 생각이 들었다.

"요즘 세상은 정말 말이 아니야. 자식이 아비를 때리지를 않나……."

그러다 문득 자오 나리의 위세가 떠올랐고, 자오 나리가 자기 아들이라고 생각하자 점점 우쭐해져서는 몸을 쭉 펴고 〈청상과부 산소에 가네〉라는 노래를 부르면서 술집으로 갔다. 이때에는 자오 나리가 다른 사람들보다 한층 고상한 사람이라는 생각이 들었다.

그런데 이상한 것은 그 일이 있고 나서 실제로 다른 사람들이 아Q를 각별히 존경하게 되었다는 것이다. 아Q로서는 자신이 자오 나리의 아비뻘이니 당연하다고 여길 만도 하지만, 실은 그렇지 않았다. 웨이좡 마을에서는 아치(阿七)가 아바(阿八)를 때렸다거나 장싼(張三)이 리쓰(李四)를 때렸다가거나 하는 일은 원래 사건이랄 것이 없었고, 자오 나리 같은 유명한 사람과 관련이 있어야 사람들 입에 오르내렸다. 일단 사람들 입에 오르내리면 때린 사람이 유명하기에 맞은 사람도 덩달아 유명해지는 것이다. 잘못이 아Q에게 있다는 것은 더 말할 나위가 없었다. 왜 그런가? 자오 나리에게 잘못이 있을 리 없기 때문이다. 그런데 아Q가 잘못한 게 분명한데도 왜 다들 그를 특별히 존경하는 것일까? 이해하기 어려웠다. 이유를 헤아려본즉, 아Q가 자오 나리와 한집안이라고 했다가 얻어맞기는 했지만 사람들이 그래도 혹시 진짜일지 모르니 존경해주는 편이 나중에 낭패를 보지 않는 길이라고 생각한 때문이었다. 그렇지 않다면 공자 사당에 바치는 제물의 이치와 같다고 할 것이다. 제물이라고 해도 어차피 돼지나 양 같은 가축이지만 일단 성인께서 젓가락을 댄 이상 선비라도 감히 함부로 다루지 못하는 이치 말이다.

아Q는 그 뒤 여러 해 동안 우쭐해하면서 지냈다.

어느 해 봄, 그는 알큰하게 취해 길을 가다가 담장 밑 햇볕 아래에서 왕 털보가 웃통을 벗고 이를 잡는 것을 보자 갑자기 자기 몸도 간지러워졌다. 이 왕 털보라는 자는 나두창이 있는 데다 털보여서 사람들이 다들 왕 나두창이 털보라고 불렀다. 아Q는 여기서 나두창이라는 말을 빼기는 했지만 그를 아주 멸시했다. 아Q가 보기에 나두창은 이상할 게 없었지만 구레나룻은 정말 괴상하고 눈에 거슬렸다. 그는 옆에 나란히 앉았다. 다른 사람이라면 감히 옆에 앉을 엄두를 내지 못했을 것이다. 하지만 이 왕 털보한테 겁날 게 무엇인가? 사실 그가 기꺼이 옆에 앉는 것만으로도 왕 털보를 높이 쳐주는 일이었다.

아Q도 해어진 저고리를 벗어 한 번 뒤집었는데 빨래를 한 지 얼마 안 되어서인지, 아니면 대충대충 잡아서인지 한참이 지나도 이를 서너 마리밖에 잡지 못했다. 그런데 왕 털보는 한 마리 또 한 마리, 어떤 때는 두 마리, 세 마리씩 입에 넣고 깨물며 톡톡 소리를 냈다.

아Q는 처음에는 실망했고, 나중에는 화가 치밀었다. 같잖은 왕 털보조차 이가 저렇게 많은데 자신은 이렇게 적으니, 이 얼마나 체통이 깎이는 일인가! 그는 한두 마리 큰 놈을 잡고 싶었지만 도무지 찾을 수가 없어서 겨우 중간 크기의 하나를 잡아 씩씩거리면서 두툼한 입술 안에 넣고 있는 힘껏 깨물었다. 그런데 겨우 픽 하는 소리가 날 뿐, 왕 털보에 비할 바가 아니었다.

그는 나두창 자국까지 온통 붉어져서 옷을 땅바닥에 내동댕이치고는 침을 뱉으며 말했다.

"이 털 버러지 같은 놈!"

"이 비루먹은 개 같은 게 누굴 욕해?"

왕 털보가 경멸하듯 눈을 치뜨며 말했다.

아Q는 요즘 들어 비교적 사람들의 존경도 받고 스스로도 폼을 재기는 해도 사람 때리는 것에 습관이 된 마을 사람들을 만나면 겁을 먹었는데 유독 이번만은 아주 용감했다. 저렇게 얼굴이 온통 털투성이인 주제에 감히 함부로 주둥이를 놀리다니?

"누굴 욕하긴, 몰라서 묻냐!"

그는 일어나서 두 손을 허리에 받치며 말했다.

"너 어디가 근질근질하냐?"

왕 털보가 일어나 웃옷을 걸치면서 말했다.

아Q는 그가 도망가려는 줄 알고 잽싸게 달려들어 한주먹을 날렸다. 그러나 몸에 닿기도 전에 그의 주먹은 붙잡히고 말았고 왕 털보가 한 번 쑥 잡아당기기만 했는데도 아Q는 비틀비틀 끌려갔다. 이

내 왕 털보가 아Q의 변발을 움켜쥐고 담장으로 끌고 가 머리를 찧었다.

"군자는 자고로 말로 하지 손을 쓰지 않는 법이니라!"

아Q가 고개를 뒤로 젖힌 채 말했다. 하지만 왕 털보는 군자가 아니었는지 전혀 아랑곳하지 않고 연속 다섯 번을 벽에 찧고는 힘껏 밀쳐버렸다. 아Q가 저만치 나가떨어지는 것을 보고서야 만족해하며 떠났다.

아Q의 기억에 이것은 난생처음 당하는 굴욕이었다. 왕 털보는 구레나룻이 있다는 결점 때문에 아Q에게 경멸을 당하면 당했지 아Q를 경멸한 적은 없었고 손찌검은 말할 것도 없었다. 그런데 지금 자신에게 손찌검하다니 그야말로 뜻밖이었다. 과연 사람들 말대로 황제가 과거제도를 폐지하여 대감이나 거인(擧人: 관리에 추천되거나 등용 시험에 응시하던 자. 또는 그 합격자—옮긴이)이 되려는 사람이 없어지자 자오 가문의 위풍도 빛을 잃어 사람들이 아Q를 무시하는 것일까?

아Q는 어찌해야 좋을지 몰라 멍하니 서 있었다.

멀리서 한 사람이 걸어왔다. 그의 적수가 또 오는 것이다. 그 역시 아Q가 가장 싫어하는 사람으로 첸 대감네 큰아들이었다. 그는 예전에 성안으로 달려가 서양 학당에 다니다 어쩐 일인지 다시 일본에 가더니 6개월 후에 집으로 돌아왔는데, 걷는 것도 서양 사람처럼 번정다리로 걷고 변발도 보이지 않았다. 그러자 그의 어머니는 열 번도 넘게 대성통곡을 했고, 그의 부인은 세 번이나 우물에 뛰어들었다. 후에 그의 어머니는 이렇게 말하고 다녔다.

"그 변발은 술에 취해 잠든 사이 나쁜 놈들이 잘라버린 거라네. 원래 높은 벼슬을 할 사람인데, 이제는 머리가 어서 자라기를 기다릴 수밖에 없지 뭐야."

하지만 아Q는 그 말을 믿으려 하지 않고 그를 '가짜 양놈'이라거나 '양놈 앞잡이'라고 부르면서 그를 보기만 하면 몰래 속으로 욕을 퍼부었다.

아Q가 "심히 싫어하고 증오하도다."라는 옛 말씀대로 질색한 것은 그의 가짜 변발이었다. 변발이 가짜인 이상 사람 노릇을 할 자격을 진즉에 잃은 것이고, 그의 마누라가 우물에 세 번만 뛰어들고 네 번은 뛰어들지 않았으니 그녀 역시 훌륭한 여인이 못 되었다.

그런 '가짜 양놈'이 다가오고 있었다.

"이런 중대가리…… 당나귀 같은……."

아Q는 아직껏 속으로만 욕을 했을 뿐 입 밖으로 내본 적이 없는데, 이번에는 의분이 치솟고 복수심이 일어 자기도 모르게 말이 밖으로 새어나왔다.

그런데 뜻밖에도 이 중대가리가 노란 칠을 한 지팡이—아Q가 장례 때 짚는 곡상봉(哭喪棒)이라고 부르는 막대—를 짚고서 성큼성큼 다가왔다. 아Q는 그 순간 한 대 맞겠구나 싶어 얼른 온몸을 움츠리고 어깨를 잔뜩 추켜올린 채 기다렸다. 이윽고 타닥 하는 소리가 울렸으니 한 대 맞은 것 같았다.

"저 아이에게 말한 겁니다요!"

아Q는 곁에 있던 아이를 가리키며 변명을 했다.

탁! 타닥!

아Q의 기억으로는 이것이 평생 두 번째 당하는 굴욕인 듯싶었다. 다행히도 타닥 소리가 나면서 맞고 나자, 그것으로 끝난 것 같아 마음이 오히려 가뿐해지고 '망각'이라는 조상 대대로 내려오는 보배도 효과를 발휘해서, 천천히 걸어 술집 문 앞에 도착했을 때는 이미 기분도 어지간히 좋아졌다.

그때 맞은편에서 정수암의 젊은 비구니가 걸어왔다. 아Q는 보통 때도 비구니를 보기만 하면 욕을 하던 터라 지금처럼 굴욕을 당한 뒤에는 더 말할 것도 없었다. 그는 기억이 되살아나자 적개심이 솟구쳤다.

'오늘 왜 이렇게 재수가 없나 했더니 너를 만나려고 그랬구먼!'

그는 앞으로 다가가 큰 소리로 침을 뱉었다.

"칵, 퉤!"

젊은 비구니는 전혀 아랑곳하지 않고 고개를 숙인 채 그저 제 갈 길을 갈 뿐이었다. 아Q가 비구니 옆으로 다가가더니 갑자기 손을 뻗어 비구니의 파르라니 깎은 머리를 쓰다듬고 헤헤거리며 말했다.

"이 까까머리야! 얼른 절로 돌아가, 중이 너를 기다리고 있어."

"왜 집적거리는 거냐……."

비구니는 얼굴이 온통 붉어진 채 대꾸를 하고는 걸음을 재촉했다.

술집에 있던 사람들이 크게 웃었다. 아Q는 자기가 한 건 올렸다는 것을 사람들이 인정해주자 더욱 기쁘고 신이 났다.

"중은 건드려도 되고, 나는 안 된다는 거야?"

이번에는 비구니의 볼을 꼬집었다.

술집에 있던 사람들이 크게 웃었다. 아Q는 더욱더 기가 살아 자기 행동을 인정해주는 사람들을 만족시키려고 다시 한번 힘껏 꼬집고서야 놓아주었다.

그는 일전을 치르느라 왕 털보는 벌써 잊어버렸고, 가짜 양놈도 잊었으며, 오늘 당한 재수 없는 일에 모조리 복수한 것 같았다. 더구나 이상하게도 타닥 소리가 났던 때보다 몸이 더욱 가뿐하고 훨훨 날아갈 것 같았다.

"이 대가 끊길 아Q 놈아!"

멀리서 젊은 비구니의 울음 섞인 소리가 들렸다.

"하하하!"

아Q는 아주 만족스럽게 웃었다.

"하하하!"

술집에 있던 사람들도 아주 만족스럽게 웃었다.

4장 연애의 비극

누군가 말했다. 어떤 승리자는 적이 호랑이나 독수리처럼 포악해야 승리의 기쁨을 느낄 수 있고, 적이 양이나 병아리처럼 허술한 상대면 승리하고도 별 재미를 못 느낀다고. 그런가 하면 어떤 승리자는 완벽하게 승리한 뒤 죽을 사람은 죽고 항복할 사람은 항복하여 "신(臣)은 실로 죽어 마땅한 죄를 지었나이다."라며 더는 적도 없고 상대도 없고 친구도 없이 자기 혼자 남아 외롭고 적막하고 처량해지고 나서야 승리의 비애를 느낀다는 것이다. 하지만 우리의 아Q는 그러지 않았다. 그는 영원히 우쭐거렸다. 그것은 중국의 정신문명이 세계에서 제일이라는 증거일지도 모르겠다.

보라. 그는 금방이라도 훨훨 날아갈 것 같다!

그런데 이번 승리는 뭔가 다른 느낌이 들었다. 그는 반나절을 훨훨 날아다닌 뒤 사당에 들어갔다. 습관대로라면 눕자마자 코를 골아야 했다. 하지만 어쩐 일인지 쉽사리 눈이 감기지 않았고 엄지와 검지가 이상하게 보통 때보다 미끈거리는 것 같았다. 젊은 비구니 얼굴에서 미끌미끌한 것이 그의 손가락에 묻은 것일까, 아니면 그의 손끝을 젊은 비구니 얼굴에 문질러서 미끌미끌해진 것일까?

"이 대가 끊길 아Q 놈아!"

아Q의 귀에 그 말이 다시 울렸다. 그는 생각했다. 그래, 여자가 있어야 해. 대가 끊기면 제삿밥 한 그릇 올려줄 사람도 없고…….
꼭 여자가 있어야 해. 무릇 "세 가지 불효 중 대를 이을 후사가 없는 것이 가장 큰 불효이니라."라는 말씀도 있고, "후손이 없는 귀신은 밥도 굶게 되느니라."라는 말씀도 있으니, 인생의 큰 불행이 아닐 수 없다. 사실 그가 이렇게 생각하는 것은 예로부터 전해 내려오는 성현의 가르침에 들어맞는 일이기도 했으니, 안타까운 것은 여자가 있어야겠다는 생각으로 이미 싱숭생숭해진 마음을 수습할 수가 없다는 것이었다.

'여자라, 여자…….'

그는 생각했다.

'중이 건드릴 수 있는 …… 여자, 여자! …… 여자!'

그는 또 그 생각이었다.

우리는 아Q가 그날 밤 언제부터 코를 골기 시작했는지 알 길이 없다. 하지만 이때부터 그는 손끝이 늘 미끌거리는 느낌이 들었고, 그래서 그때부터 마음이 들떠 '여자라, 여자…….' 하고 생각하게 되었다.

이것만 보더라도 우리는 여자가 얼마나 해로운 물건인지 대번에 알 수 있으리라.

중국 남자들은 원래 대부분 성인군자가 될 수 있었으나 안타깝게도 여자 때문에 망쳤다. 상(商)나라는 달기(妲己) 때문에 망했고, 주(周)나라는 포사(褒姒)가 망쳤으며, 진(晉)나라는……. 역사에 드러나지는 않았지만 여자 때문에 그 나라들이 망했다고 생각해도 아마 틀리지 않을 것이고, 동탁도 초선에게 죽임을 당한 것이 틀림없다.

아Q는 원래 바른 사람이고, 어느 유명한 스승에게 가르침을 받았는지는 알 수 없지만 '남녀유별'에는 늘 각별히 엄했으며, 젊은 비구니나 가짜 양놈 같은 이단을 배척하는 바른 정신도 대단했다. 그의 학설은 이러했다. 무릇 비구니는 중하고 정을 통하기 마련이고, 여자가 밖에 돌아다니는 것은 분명 남자를 꾀기 위해서이며, 남자와 여자가 같이 이야기를 나누면 분명 수작을 부리게 된다는 것이다. 그런 사람들을 혼내주려고 그는 눈을 찌푸리고 노려보거나 큰 소리로 그런 사람들의 속마음을 찌르는 말을 하거나 인적이 드문 곳이라면 뒤에서 작은 돌멩이를 던지기도 했다.

그런데 누가 알았으랴. '이립(而立: 서른 살—옮긴이)'의 나이가 코앞인데, 젊은 비구니 때문에 이렇게 마음이 싱숭생숭해질 줄이야. 이렇듯 마음이 들뜬 것은 유교 도덕으로 보면 있을 수 없는 일이다. 그래서 여자는 정말 가증스러운 존재다. 젊은 비구니의 얼굴이 미끈거리지만 않았던들 아Q가 유혹을 느끼지도 않았을 것이고, 젊은 비구니가 얼굴을 천으로 가리고라도 다녔던들 아Q가 유혹을 느끼지도 않았을 것이다. 그는 5~6년 전에도 공연을 구경하다 많은 사람 틈에 끼어 슬그머니 한 여자의 허벅지를 만진 적이 있었다. 그때는 바지 위로 만져서인지 마음이 그다지 싱숭생숭하지 않았다. 그런데 젊은 비구니는 얼굴을 가리지 않아 바로 손이 얼굴에 닿았으니 이것만 보아도 여자라는 이단이 얼마나 가증스러운지 알 수 있다.

'여자라, 여자…….'

아Q는 생각했다.

그는 '남자를 유혹하려고만 하는' 존재인 여자들에게 늘 눈길을 주었지만 여자들은 그에게 한 번도 웃어주지 않았다. 여자들이 다른 남자와 이야기하는 것을 유심히 들어보았지만 남자를 유혹하려는 말투 같은 것은 없었다. 아아, 이것도 여자의 가증스러운 점 가운데 하나이니, 여자들은 다들 짐짓 정숙한 척하는 것이다.

그날 아Q는 자오 나리 댁에서 온종일 쌀을 찧고는 저녁을 먹고 부엌에 앉아 담배를 피웠다. 다른 집이라면 저녁을 먹고서 돌아가도 되었지만, 자오 나리 댁은 저녁이 일렀다. 대개 불을 켜지 못하게 하여 밥숟가락을 놓자마자 잠자리에 들곤 하는데, 간혹 예외가 있었다. 첫째는 자오 나리 아들이 지방 과거에 합격하기 전에는 등잔불을 켜고 공부를 할 수 있었고, 둘째는 아Q가 품을 팔 때로 등잔불을 켜고 쌀을 찧을 수 있었다. 이 예외 규정 때문에 아Q는 쌀방아를 찧기 전에 부엌에 앉아 담배를 피우는 것이다.

우 어멈은 자오 나리 댁의 유일한 여자 하인이었는데, 설거지를 다 하고는 의자에 앉아 아Q와 잡담을 했다.

"마님이 이틀이나 식사를 안 하셔. 대감께서 새 첩을 들이려고……."

'여자라, 여자……. 우 어멈…… 청상과부라…….'

아Q는 생각했다.

"우리 젊은 마님은 8월이면 애를 낳아……."

'여자라…….'

아Q는 생각했다.

아Q는 담뱃대를 놓고 일어섰다.

"우리 아씨는……."

우 어멈이 계속 중얼거렸다.

"나랑 자자, 나랑 자!"

아Q가 갑자기 달려들며 우 어멈 앞에 무릎을 꿇었다.

순간 정적이 흘렀다.

"에구머니!"

우 어멈이 깜짝 놀라 갑자기 벌벌 떨기 시작했고 소리를 지르며 밖으로 뛰어나갔다. 뛰어가면서 소리를 질렀는데, 나중에는 우는 것도 같았다.

아Q는 벽을 마주하고 꿇어앉은 채로 몸을 떨다가 두 손으로 빈 의자를 짚고 천천히 일어났는데, 뭔가 잘못된 것 같은 느낌이 들었다. 사실, 그 순간 그도 당황스러웠고 어쩔 줄 몰라서 담뱃대를 허리에 차고는 쌀 방아를 찧으러 가려고 했다. 그런데 딱 하는 소리와 함께 아주 무거운 것이 머리를 내리쳤고, 화들짝 놀라 몸을 돌리자 생원이 대나무 몽둥이를 들고 그의 앞에 서 있었다.

"네가 감히 …… 네놈이……."

대나무 몽둥이가 다시 그를 내리쳤다. 아Q가 두 손으로 머리를 감싸는 바람에 손가락을 맞았는데 정말 아팠다. 그는 부엌에서 뛰쳐나갔고, 나가다 등에 한 대를 맞은 것 같았다.

"개자식!"

생원이 뒤에 대고 표준어로 욕을 했다.

아Q는 방앗간으로 뛰어들어가 멍하니 서 있었는데 손가락이 아직도 아팠고, '개자식'이란 말이 귀에 맴돌았다. 웨이좡 같은 시골 마을에서는 하지 않는 말이었고, 관청 사람이나 부자들이 쓰는 말이어서 특히 두려웠고 가슴에 깊이 박혔다. 그런데 그 바람에 '여자라, 여자…….' 하는 생각이 사라져버렸다. 욕을 얻어먹고는 그것으로 상황이 끝난 듯 마음이 가뿐해져서 쌀을 찧기 시작했다. 한참 쌀을 찧다 보니 더워져서 잠시 멈추고 옷을 벗었다.

옷을 벗는데 밖이 소란스러웠다. 시끌벅적한 구경거리를 가장 좋아하는 아Q여서 소리가 나는 곳으로 나갔다. 소리 나는 곳으로 가다 보니 자오 나리 댁 안마당과 점점 가까워졌다. 저물녘이지만 많은 사람이 모여 있었는데, 이틀 동안 밥을 먹지 않았다는 마님까지 자오 나리 댁 식구들이 다 있었고, 이웃집에 사는 쩌우치(鄒七)댁과 자오 나리 댁과 진짜 한집안인 자오바이옌(趙白眼), 자오쓰첸(趙司晨)도 와 있었다.

젊은 마님이 우 어멈을 데리고 방에서 나오며 말했다.

"밖으로 나가세, 어서……. 방에 숨기는 왜 숨어……."

"자네가 떳떳하다는 걸 누가 몰라? …… 그러니 허튼 생각일랑 하지 말게."

쩌우치댁도 옆에서 거들었다.

우 어멈이 연신 울면서 뭐라 몇 마디 했지만 분명히 알아들을 수가 없었다.

아Q는 생각했다.

'흥, 웃기는군. 저 청상과부가 도대체 무슨 짓을 꾸미려는 거야?'

그는 물어보고 싶어 자오쓰천 곁으로 다가갔다. 그때 자오 도련님이 그에게 달려오는 것이 퍼뜩 눈에 들어왔는데, 손에 대나무 몽둥이가 들려 있었다. 대나무 몽둥이를 보고서야 아까 얻어맞았던 것과 지금 시끌벅적한 상황이 관련이 있는 것 같다는 생각이 그의 머리를 스쳤다. 몸을 돌려 쌀 찧는 방앗간으로 돌아가려 했지만 그 대나무 몽둥이가 길을 막았다. 그래서 몸을 돌려 아무 일도 없었다는 듯 뒷문으로 빠져나와 얼마 지나지 않아 사당으로 돌아왔다.

아Q는 한동안 앉아 있자니 살이 떨려오고 추웠다. 봄이라고 하지만 밤에는 아직 쌀쌀해서 웃통을 벗고 있기에는 무리였다. 저고리를 자오 나리 댁에 두고 온 것이 떠올랐지만 가지러 가자니 도련님의 대나무 몽둥이가 무서웠다. 그러던 차에 동네 행정관이 들어왔다.

"아Q, 이런 개자식! 자오 나리 댁 아랫사람을 건들다니, 완전히 반역이야. 나까지 밤에 잠도 못 자게 하고, 이런 개자식!"

이렇게 한바탕 꾸중을 들은 아Q는 당연히 아무 말도 못했다. 이야기가 끝나고 동네 행정관에게 밤인지라 술값으로 갑절인 400문을 쥐어줘야 했지만, 아Q에게는 마침 돈이 없어서 모자를 저당 잡히고 다섯 가지 조건도 약속했다.

첫째, 내일 한 근짜리 붉은 초와 향 한 봉지를 가지고 자오 나리 댁에 가서 사죄한다.

둘째, 자오 나리 댁에서 목매 죽은 귀신을 쫓으려고 도사를 불러 굿을 하는 비용은 아Q가 부담한다.

셋째, 아Q는 앞으로 자오 나리 댁 문턱을 넘어서는 안 된다.

넷째, 우 어멈에게 차후에 불상사가 생기면 전적으로 아Q 책임이다.

다섯째, 아Q는 품삯과 옷을 찾으러 가서는 안 된다.

아Q는 당연히 모두 그러마고 했지만 유감스럽게도 돈이 없었다. 하지만 다행히도 봄이어서 솜이불은 없어도 되겠기에 그것을 2000문에 저당 잡혀 조건을 이행했다. 그리고 웃통을 벗은 채 머리를 조아려 사죄하고 나서 뜻밖에도 얼마간 돈이 남았는데 저당 잡힌 모자를 찾지 않고 몽땅 술을 마셔버렸다. 자오 나리 댁에서는 아Q가 사 온 향도 피우지 않고 초도 켜지 않았는데, 나중에 마님이 부처님께 제사를 올릴 때 쓰기 위해서였다. 아Q의 해어진 저고리는 대부분 젊은 마님이 8월에 낳으실 아기 기저귀 감이 되었고, 그러고도 남은 것은 우 어멈의 신발 밑창 감이 되었다.

5장 생계 문제에 직면하다

아Q는 사죄의 예를 마치고 예전처럼 사당으로 돌아왔다. 해가 저물어가자 점점 왠지 세상이 좀 이상하게 느껴졌다. 그는 곰곰이 생각하다가 마침내 깨달았다. 웃통을 벗고 있어서였다. 그는 누더기 저고리가 하나 있다는 것이 생각나서 그것을 덮고 누웠다. 다시 눈을 떴을 때, 해는 벌써 서쪽 담장 위를 비추고 있었다. 그는 일어나 앉으면서 말했다.

"빌어먹을……."

그는 일어나서 예전처럼 거리를 돌아다녔다. 웃통을 벗고 다닐 때보다 살을 에는 아픔이 덜했지만 점점 왠지 세상이 좀 이상하게 느껴졌다. 그날부터 웨이좡 여인들은 갑자기 부끄러움이라도 타는지 아Q가 오는 것을 보면 문안으로 숨어버렸다. 심지어 쉰이 다 된 쩌우치댁조차 다른 사람들처럼 황급히 숨어버리고 열한 살짜리 여자아이도 불러들였다. 아Q는 이상했고, 그래서 생각했다.

'이것들이 갑자기 요조숙녀 흉내를 내다니. 이런 갈보들…….'

그런데 그가 세상이 좀 이상하다는 걸 더욱 실감한 것은 며칠이 지나서였다. 첫째, 술집에서 외상을 주지 않았다. 둘째, 사당을 관리하는 영감쟁이가 이런저런 헛소리를 하는 것이 그를 쫓아내려는 눈치였다. 셋째, 벌써 며칠째인지 모르지만 날품을 맡기는 사람이 한 사람도 없었다. 술집에서 외상을 주지 않으면 안 마시면 그만이고, 영감쟁이가 나가라고 하면 한 귀로 듣고 한 귀로 흘려버리면 그만이었다. 하지만 그에게 날품을 맡기는 사람이 하나도 없으면 배를 곯게 되기에 그야말로 진짜 '빌어먹을' 일인 것이다.

아Q는 견딜 수 없었고, 옛 단골집을 찾아가 물어보는 수밖에 없겠다 싶었다. 하지만 자오 나리 댁 대문에는 들어설 수가 없었다. 보아하니 집안 사정이 예전 같지 않았다. 한 사내가 나오더니 아주 귀찮아하면서 거지를 내쫓듯 손을 내저었다.

"없다니까, 없어! 어서 나가지 못해!"

아Q는 점점 더 이상한 느낌이 들었다. 원래 이런 집들은 품을 안 살 리가 없는데, 지금은 난데없이 일이 없다니 필시 무슨 까닭이 있는 게 분명했다. 그는 이리저리 수소문해보고서야 그들이 일이 생기면 샤오D에게 맡긴다는 것을 알게 되었다. 가난뱅이에다 비쩍 마르고 약골인 샤오D는 아Q가 보기에는 왕 털보보다도 훨씬 아랫길인데, 그런 애송이에게 밥그릇을 뺏길 줄 누가 알았으랴. 그래서 아Q는 이번엔 보통 때와 달리 단단히 화가 나 씩씩거리고 걸어가면서 손을 휘두르며 노래를 불렀다.

"쇠 채찍으로 내 너를 치리라……."

며칠 후, 마침내 첸 씨 댁 담장 앞에서 샤오D와 마주쳤다. 옛말에 "원수를 알아보는 눈은 유난히 밝다."고 하더니 아Q가 앞으로 다가가자 샤오D가 멈추어 섰다.

"이런 짐승 같은 놈!"

아Q가 노려보며 말하자 입가에서 침이 튀었다.

"나는 버러지다. 됐냐?"

샤오D가 말했다.

그런 겸손이 아Q를 더욱 발끈하게 만들었다. 손에 쇠 채찍이 없었기 때문에 아Q는 달려들어 손으로 샤오D의 변발을 틀어쥐었다. 샤오D는 한 손으로 자기 변발을 잡으면서 다른 손으로는 아Q의 변발을 잡았고, 아Q도 다른 손으로 자기 변발을 잡았다. 옛날 아Q 같았으면 샤오D 같은 것은 어림도 없었겠지만 요즘 배를 곯아서 마르고 힘이 달려 샤오D를 당해낼 수 없었다. 둘이 막상막하로 네 손이 머리 둘을 틀어쥐고 허리를 구부린 채 첸 씨 댁 담벼락에 파란 무지개를 연출했다. 그렇게 30분은 족히 흘렀다.

"됐어, 됐어!"

구경하는 사람들이 말했다. 이제 그만하라고 말리는 것이리라.

"좋아, 좋아!"

구경하는 사람들이 말했다. 그만하라고 말리는 것인지, 잘한다고 칭찬하는 것인지, 더 하라고 부채질하는 것인지 종잡을 수 없었다.

하지만 둘 다 듣지 않았다. 아Q가 세 걸음 나아가면 샤오D가 세 걸음 물러나 둘이 멈추어 섰고, 샤오D가 세 걸음 나아가면 아Q가

세 걸음 물러나 다시 멈추어 섰다. 대략 30분 동안—웨이좡에서는 자명종을 보기가 어려워서 정확하다고는 할 수 없으니, 어쩌면 20분인지도 모른다—그러고 있자니 그들의 머리에서 김이 나고 이마에서 땀이 흘렀는데, 아Q의 손이 풀리자 그 순간 샤오D의 손도 풀어져 동시에 몸을 펴고 동시에 뒤로 물러나 사람들 속으로 들어갔다.

"두고 보자, 이 개자식……."

아Q가 돌아보며 말했다.

"이 개자식, 두고 보자……."

샤오D도 돌아보며 말했다.

이번 '용쟁호투'는 승부를 가리지 못한 것 같았다. 아무도 거기에 대해 이러쿵저러쿵 말하지 않아 구경하던 사람들이 만족했는지 어쩐지 모르겠지만, 여전히 아Q에게 날품을 맡기는 사람은 없었다.

어느 날이었다. 날이 포근하고 산들바람이 부는 것이 여름을 느끼게 했지만 아Q는 도리어 추위를 느꼈다. 이것은 그래도 견딜 만했다. 문제는 배고픔이었다. 이불과 모자, 저고리는 진즉에 없어졌고 그다음에는 솜옷을 팔았다. 이제 남은 것이라곤 바지뿐이었는데 바지를 벗을 수는 없었다. 누더기 겹저고리가 있었지만 신발 밑창이나 만들라고 주면 모를까 돈이 될 게 아니었다. 그는 길에 떨어진 돈이라도 주울까 싶어 유심히 살펴보았지만 눈에 띄는 것이 없었다. 지금 사는 다 무너져가는 집에서 돈이라도 주울 수 있을까 해서 주위를 두리번거렸지만 집만 휑할 뿐 아무것도 없었다. 그래서 그는 밖으로 나가서 먹을거리를 구하기로 했다.

그는 길을 가면서 구걸하기로 했다. 낯익은 술집이 눈에 들어오고 낯익은 만두가 눈에 들어왔지만 다 지나쳤다. 걸음을 멈추지도 않았고 구걸할 생각도 들지 않았다. 바라는 것이 무엇인지 그 자신도 몰랐다.

웨이좡은 큰 마을이 아니어서 어느새 마을 끝에 다다랐다. 마을 밖은 거의 논이라 막 모내기를 끝낸 벼로 온통 연녹색이었고, 그 사이사이에 움직이는 동그랗고 까만 점이 보였는데, 논일을 하는 농부들이었다. 아Q는 그런 시골 풍경을 즐길 겨를도 없이 그저 앞으로 걸었다. 그런 것들이 먹을거리를 구걸하는 일과 아득히 동떨어진 일이라는 걸 직감으로 알았기 때문이다. 그는 마침내 정수암 담장 앞까지 왔다.

암자 주위는 다 논이어서 신록 사이로 하얗게 회칠을 한 담이 솟아 있었고 암자 뒤 낮은 흙담 안쪽은 채소밭이었다. 아Q는 잠시 머뭇거리며 주위를 쓱 훑어보았다. 아무도 없었다. 그는 낮은 담을 기어올라 하수오(何首烏) 줄기를 붙잡았다. 그런데 담장 흙이 와르르 쏟아지는 바람에 아Q의 발도 후들후들 떨렸다. 마침내 뽕나무 가지를 잡고 안쪽으로 뛰었다. 안은 무척 울창했지만 술이나 만두는 없었고 다른 먹을 만한 것도 없었다. 서쪽 담장 쪽은 대나무 숲이라 그 아래에 죽순이 많았지만 애석하게도 날것이었고, 유채도 아직 씨를 맺지 않았으며, 냉이는 이미 꽃이 피어버린 데다 봄동은 진작에 시들었다.

아Q는 글방 도령들이 과거에 낙방했을 때처럼 실망했다. 그러다 천천히 뜰 입구 쪽으로 걸어가던 그는 갑자기 얼굴이 환해졌다. 그것은 분명 무였다. 그는 웅크리고 앉아 무를 뽑기 시작했다. 그때 문틈으로 둥그런 머리 하나가 쏙 나오다가 다시 사라졌는데 분명 젊은 비구니였다. 젊은 비구니 따위야 원래 아Q가 티끌처럼 여겨오던 터이지만, 세상일이란 모름지기 '뒤로 일보 물러나 생각해보아야 하는 법'이어서 그는 얼른 무 네 개를 뽑아 잎을 따고는 품속에 집어넣었다. 그런데 나이 든 비구니가 이미 곁에 와 있었다.

"나무아미타불, 아Q, 왜 남의 밭에 들어와 무를 훔치는 거야! …… 아, 죄 많은 …… 나무아미타불……."

"아니, 내가 언제 당신네 밭에 들어와서 무를 훔쳤다고 그래?"

아Q가 힐끔거리며 뒷걸음치면서 말했다.

"지금 훔쳤잖아. …… 이게 그거잖아?"

나이 든 비구니가 그의 호주머니를 가리켰다.

"이게 당신네 거야? 무한테 물어보면 그렇다고 대답할 것 같아? 당신……."

아Q는 말을 채 끝내기도 전에 발을 빼 도망쳤다. 튼실한 검은 개 한 마리가 쫓아왔다. 원래 앞문에 있었는데 어느 틈에 뒤뜰에 와 있었다. 검은 개가 웡웡 짖으면서 쫓아와 하마터면 다리를 물릴 뻔했지만 다행히도 품속에서 무 하나가 떨어지는 바람에 개가 놀라 잠시 멈칫했고, 아Q는 그 틈에 뽕나무를 타고 올라가 흙담을 넘었다. 사람도 무도 담 밖으로 굴러떨어졌다. 검은 개는 뽕나무를 올려다보며 계속 짖었고, 나이 든 비구니의 염불 소리는 여전히 계속되었다.

아Q는 비구니가 다시 검은 개를 풀어놓을까 겁이 나서 얼른 무를 집어 들고 뛰었다. 길가에서 돌멩이를 몇 개 주워들었지만 검은 개는 더는 따라오지 않았다. 아Q는 비로소 돌멩이를 던지고 걸어가면서 무를 씹어 먹었다. 그러면서 생각했다.

'여긴 먹을 만한 게 없어, 성안으로 가는 게 낫겠어…….'

무 세 개를 다 먹어갈 즈음, 그는 성안으로 들어가기로 마음을 굳혔다.

6장 잘나가다가 망하다

웨이좡에서 아Q를 다시 보게 된 것은 그해 추석이 막 지난 무렵이었다. 사람들은 다들 놀란 목소리로 아Q가 돌아왔다고 말했고, 그러면서 다시 거슬러 생각했다. 그런데 그가 어디 갔었더라? 아Q는 전에도 몇 번 성안에 갔는데 그때마다 대개 사람들에게 들떠서 떠벌리곤 했다. 그런데 이번에는 그러지 않아서 다들 무관심했다. 아Q가 사당을 관리하는 영감에게는 말했는지 모르지만 그랬더라도 웨이좡에서는 자오 나리나 첸 대감, 그리고 생원 나리 정도가 성안에 가야 이야깃거리가 되는 게 통례였다. 가짜 양놈도 그 축에 끼지 못하는데 아Q야 더 말할 것도 없었다. 그러기에 사당을 관리하는 노인네도 떠들고 다니지를 않았고 웨이좡 마을에서도 알 길이 없었던 것이다. 그런데 아Q가 이번에 성에서 돌아오자 예전과 완전히 달라져서 정말 놀랄 정도였다. 날이 저물 무렵 그는 졸린 듯

몽롱한 눈으로 술집 앞에 나타났다. 계산대로 가서 허리춤에 손을 가져가 무엇을 꺼내는데 온통 은화와 동화였다. 아Q가 그것을 던지며 말했다.

"현찰이야! 술 가져와!"

옷을 보니 완전히 새 저고리이고 허리에는 큼직한 주머니가 달렸는데 묵직하게 밑으로 축 처져 활처럼 굽었다. 웨이좡 마을에서는 조금이라도 눈길을 끄는 인물이 나타나면 업신여기기보다는 공손하게 대하는 것이 통례였는데, 지금 이 사람은 아Q가 분명하지만 예전에 누더기 저고리를 입던 아Q하고는 완전 딴판이어서 "선비는 사흘만 안 보여도 괄목상대해야 한다."던 옛말 그대로였다. 그래서 술집 종업원도, 주인도, 손님도, 길 가던 사람들도 자연 뭔지 종잡을 수 없어하면서도 존경스럽다는 태도를 보였다. 주인이 먼저 고개를 끄덕인 다음 말을 붙였다.

"어, 아Q, 돌아왔군!"

"돌아왔지요."

"돈을 벌었군, 돈을. 그래, 자네…… 어디서……."

"성안에 갔었지요!"

이튿날 이 소식은 웨이좡 마을 전체에 퍼졌다. 사람들은 저마다 현금과 새 저고리와 함께 나타난 아Q가 잘나가게 된 경위를 궁금해했고, 그래서 술집과 찻집, 사당 처마 밑으로 모여들어 그것을 알아내려 했다. 그리하여 아Q는 새로운 경외의 대상이 되었다.

아Q의 말에 따르면, 그는 거인 나리의 집안일을 거들어주었다고 했다. 그 대목에서 이야기를 듣던 사람들의 표정이 모두 굳었다. 그 나리의 성은 바이(百) 씨인데, 성안에 거인이라고는 그 사람뿐이어서 굳이 성씨를 댈 필요가 없었고, 거인이라고 하면 당연히 그를 가리켰다. 웨이좡에서만 그런 것이 아니라 100리 안에서는 다들 거인 나리라고 하면 바로 그를 가리킨다는 것을 알았다. 그런 사람 집에서 일했다니 당연히 존경받을 만했다. 그런데 아Q는 두 번 다시 그 집에 일을 거들어주러 가지 않을 작정인데, 그가 정말 '빌어먹을 놈'이기 때문이라고 말했다. 이 대목에서 사람들은 기뻐하면서도 한숨을 쉬었다. 다들 아Q가 그런 거인 나리의 집안일을 하기에는 어울리지 않는다고 생각하던 차에 이제 안 가겠다고 하니 잘되었다 싶어서 기뻐한 것이고, 그러면서도 안 간다고 하니 어쩐지 아쉽기도 하여 탄식한 것이었다.

아Q의 말에 따르면, 그가 돌아온 것은 성안 사람들이 영 마음에 차지 않아서인데, 거기 사람들은 '긴 의자'를 '가는 의자'라고 부르는가 하면 생선을 지질 때 채를 썬 파를 넣고, 얼마 전에 눈여겨본 끝에 알아낸 것인데 여자들이 걸을 때 꼴사납게 엉덩이를 삐죽거린다는 것이다. 그렇지만 경탄해 마지않을 것도 있으니, 웨이좡의 촌놈들은 서른두 개짜리 대나무패 놀음밖에 할 줄 모르고 가짜 양놈만 겨우 마작을 할 줄 아는데 성안에서는 쥐방울만 한 아이들도 기가 막히게 마작을 잘하더라고 떠들어댔다. 가짜 양놈이라고 해도 성안 쥐방울만 한 아이들 손에 걸리면 그야말로 염라대왕 앞 조무래기 귀신 신세가 될 것이라고도 했다. 그 대목에서 사람들은 다들 얼굴을 붉혔다.

"자네들 목이 잘리는 거 본 적 있나?"

아Q가 말했다.

"거참, 볼만하더구먼. 혁명당원을 죽였어. 암, 볼만하지, 볼만해……."

그가 고개를 절레절레했고, 침방울이 바로 맞은편에 있던 자오쓰천의 얼굴에 튀었다. 그 대목에서 사람들은 다들 오싹해했다. 하지만 아Q는 다시 한번 주위를 스윽 훑더니 갑자기 오른손을 들어 목을 길게 빼고 정신없이 이야기를 듣던 왕 털보의 목덜미를 내리치며 말했다.

"싹둑!"

왕 털보가 깜짝 놀라더니, 동시에 전광석화처럼 얼른 목을 움츠렸다. 하지만 이야기를 듣던 사람들은 무서우면서도 재미있었다. 왕 털보는 그 뒤로 오랫동안 머리가 어질어질 혼미했고, 다시는 감히 아Q에게 가까이 갈 엄두를 내지 못했다. 물론 다른 사람들도 마찬가지였다.

웨이좡 사람들 눈에 지금 아Q는 감히 자오 나리를 넘어설 만큼의 지위는 아니어도 거의 비슷하다고 해도 틀린 말이 아닐 정도였다.

그러던 중 얼마 되지 않아 아Q의 명성은 급기야 여인네들의 규방에까지 알려지게 되었다. 웨이좡에서 첸 대감과 자오 나리의 집만 아주 커서 궁궐 같은 규방이라 할 만하지, 나머지 열에 아홉은 초라하기 짝이 없어 규방이랄 것도 없었다. 그래도 규방은 규방인지라 거기까지 소문이 났다니 정말 놀라운 일이었다. 여자들은 만날 때마다 자기들끼리 수군거렸다. 쩌우치댁이 아Q한테 남색 비단 치마를 샀는데 헌것이긴 해도 90전 밖에 주지 않았다느니, 자오바이옌의 어머니—자오쓰천의 어머니라고 말한 사람도 있으니 확인이 필요하다—는 애들이 입는 붉은 서양 날염 옷을 샀는데 거의 새것인데도 300문에, 그것도 깎아서 샀다느니 하고 수군거렸다. 그래서 여자들은 눈이 빠지게 아Q를 만나고 싶어 했고, 붉은 서양 날염 옷을 사고 싶은 사람은 그 옷을 살 수 없냐고 묻고 싶어 했다. 이제는 아Q를 보고도 도망가지 않을뿐더러 그가 이미 지나갔는데도 따라가 붙잡고 물어보기까지 했다.

"아Q, 자네 비단 치마 아직 남아 있나? 없어? 날염도 괜찮은데, 그건 있겠지?"

나중에는 마침내 초라하기 짝이 없는 규방은 물론이고 궁궐 같은 대갓집에까지 파고들었다. 쩌우치댁이 자랑스러운 나머지 자기 비단 치마를 자오 나리 댁 마님에게 보여주었고, 마님은 다시 자오 나리에게 말하면서 한껏 추켜세웠다. 그러자 자오 나리는 저녁상에서 생원 나리와 그 이야기를 나누었고, 아Q가 참으로 괴이하다고 여기고는 문단속을 잘해야겠다고 했다. 그러면서도 그가 가진 물건 중에 살 만한 것이 아직 남아 있는지, 혹시 좋은 것이 있는지 모르겠다고 했다. 더구나 자오 나리 댁 마님 역시 값싸고 좋은 모피 조끼를 사고 싶어 했다. 그래서 가족들은 쩌우치댁을 시켜 어서 아Q

를 찾아가 보도록 하자고 결정했다. 그리하여 이날 밤에 세 번째 예외가 생겼는데, 특별히 등잔불을 켜도록 한 것이다.

등잔불의 기름이 꽤 타들어 갔는데도 아Q는 오지 않았다. 자오 나리 집안 식구들은 다들 초조해하며 하품을 하기도 하고, 아Q가 어딜 그렇게 쏘다니는지 모르겠다고 투덜대기도 하며, 얼른 오지 않는다고 쩌우치댁을 탓하기도 했다. 자오 나리 댁 마님은 아Q가 지난봄에 약속한 출입 금지 조항 때문에 못 오는 게 아닌지 걱정했지만 자오 나리는 그건 걱정할 것이 없다고 했다. 자신이 직접 데려오라고 했기 때문이다. 과연 자오 나리는 선견지명이 있는 분이었다. 마침내 아Q가 쩌우치댁을 따라 들어왔다.

"글쎄, 계속 없다고만 하네요. 그래서 제가 직접 가서 말씀드리라고 했습니다만 그래도 자기는……."

쩌우치댁이 가쁜 숨을 몰아쉬며 걸어와 말했다.

"대감 나리!"

아Q는 웃는 듯 마는 듯 인사를 건네고는 처마 밑에 섰다.

"아Q, 자네 밖에 나가서 돈을 벌었다더니……."

자오 나리가 다가와 아Q를 위아래로 훑어보면서 말했다.

"신수가 훤해졌구먼, 훤해졌어. 저기……, 듣자니 자네한테 헌 물건들이 좀 있다고 하던데……. 가져다 좀 보여줄 수 있겠나? ……다른 뜻이 있어서가 아니라, 내가 좀……."

"쩌우치댁에게 말했는데요. 다 나갔습니다."

"다 나갔다고?"

자오 나리가 엉겁결에 말했다.

“그새 다 나갔다는 말인가?”

“친구 것이었는데, 원래 많지 않았습니다. 사람들이 다 사가는 바람에…….”

“그래도 조금은 남았을 테지.”

“지금 남은 거라곤 문에 치는 발 하나뿐입니다.”

“그럼 그 발이라도 가져와 보게.”

자오 나리 댁 마님이 다급하게 말했다.

“내일 가져오면 되겠구먼.”

자오 나리는 열이 식어버렸다.

“아Q, 자네 앞으로 무슨 물건이 생기거든 먼저 우리한테 가져다 보이게…….”

“남들보다 값을 헐하게 쳐주진 않을 걸세!”

생원이 말했다. 생원 부인은 아Q가 감동하는지 보려고 재빨리 그의 얼굴을 살폈다.

“난 모피 조끼가 필요하다네.”

자오 나리 댁 마님이 말했다.

아Q가 그러마고 대답을 하긴 했지만 느릿느릿 걸어나가는 모양새로 봐서는 마음에 두기나 한 것인지 도무지 미심쩍었다. 그 때문에 자오 나리는 실망스럽고 화도 치밀고 걱정도 되어 쏟아지던 하품조차 쑥 들어가 버렸다. 그런 아Q의 태도에 생원도 속이 편치 않았다. 그래서 “저런 개자식은 조심해야 해, 차라리 행정관을 시켜

웨이좡에서 내쫓아버리는 편이 낫겠어."라고 말했다. 하지만 자오 나리는 생각이 달랐다. 그렇게 되면 원한을 사게 될뿐더러, 대개 아Q처럼 그런 일을 하는 사람들의 생리란 '자기 둥지 부근의 먹이는 잡아먹지 않는 매'와 비슷하니 우리 마을은 걱정할 필요가 없다는 것이다. 각자 밤에 조심만 하면 된다는 것이다. 생원은 '집안 어르신의 가르침'이 매우 지당하다고 여겨 아Q를 쫓아내자는 의견을 즉각 철회하고 쩌우치댁더러 남들에게 그 일을 발설하지 말라고 단단히 다짐해두었다.

하지만 다음 날 쩌우치댁은 남색 치마에 검정 물을 들이러 나갔다가 아Q가 수상한 데가 있다고 떠들어버렸다. 그래도 생원이 그를 쫓아내려 했다는 말은 하지 않았다. 그것만으로도 상황은 이미 아Q에게 불리하게 바뀌었다. 가장 먼저 동네 행정관이 와서 아Q가 가지고 있던 발을 가져가 버렸고, 자오 나리 댁 마님이 보자고 한 것이라고 해도 돌려주지 않고 한술 더 떠서 매달 입막음용 돈까지 요구했다. 그다음으로는 그를 존경하던 마을 사람들의 태도가 바뀌었다. 물론 아직까지는 함부로 대하지 않았지만 멀리 피하는 기색이 역력했는데, 이는 예전에 그가 '싹둑!' 하는 시늉을 할 때 멀리 피하던 것과는 달라서 존경하면서도 멀리하는, 이른바 '경이원지(敬而遠之)'하는 분위기가 섞여 있었다.

동네 건달들만이 도대체 어떻게 된 것이냐고 아Q에게 경위를 꼬치꼬치 캐려들었다. 아Q도 전혀 거리낌 없이 여봐란듯이 자기 경험을 이야기했다. 그제야 그들은 아Q가 단지 졸개에 불과했고, 담을 넘지도 안에 들어가지도 않았으며, 밖에 서 있다가 물건을 건네받은 것뿐이라는 사실을 알게 되었다. 어느 날 밤, 그의 우두머리가 그에게 보따리 하나를 건네준 뒤 다시 들어갔고, 얼마 안 있어 안이 소란스러워지자 재빨리 도망친 그는 밤을 타 성에서 빠져나와 웨이좡으로 돌아왔는데, 그 뒤로 다시는 그런 일을 하지 못했다는 것이다. 그런데 그 이야기는 아Q에게 더욱 불리하게 작용했다. 마을 사람들이 아Q를 '경이원지'했던 것은 사실 그에게 원한을 살까 해서인데, 그가 더는 도둑질이라곤 엄두도 못 낼 정도의 도둑에 불과하다는 것을 누가 짐작이나 했겠는가? 이것이야말로 옛말 그대로 "이런 것은 두려워할 게 못 되도다."였다.

7장 혁명

선통(宣統) 3년 9월 14일(1911년 11월 4일—옮긴이)—아Q가 자오바이옌에게 전대를 판 바로 그날—한밤중에 검은 거적을 덮은 배가 자오 나리 댁 앞 선창에 닿았다. 깜깜한 밤중에 배가 와서 깊이 잠든 마을 사람들은 아무도 알지 못했다. 하지만 배가 떠나갈 때는 해가 뜰 무렵이어서 몇 사람의 눈에 띄었다. 그들은 이리저리 조사해본 끝에 그것이 거인 나리 배라는 것을 알았다.

그 배는 웨이좡에 엄청난 불안을 가져왔다. 정오가 채 안 되어 온 마을 사람들은 동요하기 시작했다. 그 배가 무슨 임무를 띠고 왔는지, 자오 나리 댁에서는 원래 철저히 비밀에 부쳤지만, 사람들은 다들 찻집이나 술집에서 혁명당이 성안에 들어와서 거인 나리가 우리 동네로 피난 온 거라고 수군거렸다. 오직 쩌우치댁만이 그게 아니라고 말했는데, 거인 나리가 자오 나리에게 헌 옷 상자 몇 개를 들고 와서 맡아달라고 부탁했다가 거절당해 도로 가지고 갔다는 것이다. 사실 거인 나리와 자오 나리는 평소 서로 알고 지내는 사이가 아니어서 '환난을 함께할 만한 정'이 있는 것도 아닌 데다 쩌우치댁은 자오 나리 집과 이웃이라 그래도 가까이서 보았을 테니 그이의 말이 맞을 터였다.

하지만 소문은 갈수록 커져, 거인 나리가 직접 온 것 같지는 않고 장문의 편지를 보내 자오 나리 집안과 먼 친척뻘이라고 했다고 사람들은 수군거렸다. 자오 나리로서도 나쁠 것이 없을 것 같아 상자를 받아두기로 했고, 그래서 그 상자는 지금 나리 댁 마님 침대 밑에 숨겨져 있다는 것이다. 혁명당을 두고는, 그날 밤에 그들이 성안으로 들어왔으며 모두 하얀 갑옷에 하얀 투구를 썼는데 명나라 숭정(崇禎) 황제를 기리는 상복이라는 말도 있었다.

아Q도 진즉에 혁명당이라는 말을 들었고, 더구나 올해는 혁명당원의 목을 베는 것을 직접 보기도 했다. 하지만 그는 무슨 영문에서인지 몰라도 혁명당은 반란을 일으키는 사람들이고 반란은 그를 힘들게 할 것이라고 생각해서 줄곧 옛말 그대로 "심히 싫어하고 몹시 증오했다." 그런데 이제 혁명당 때문에 사방 100리에 이름을 떨치는 거인 나리가 이렇게 벌벌 떠는 것을 보고는 혁명에 조금 솔깃한 마음이 생겼고, 더군다나 웨이좡의 어중이떠중이들이 허둥대는 꼴을 보니 아Q는 더더욱 신이 났다.

'혁명도 좋은 것이구나.'

아Q는 생각했다.

'그 빌어먹을 것들을 혁명해버리자. 그 못된 것들! 가증스러운 것들……. 그래, 나도 혁명당에 가담해야지.'

아Q는 요즘 들어 돈이 궁해서 좀 불만스러웠다. 게다가 빈속에 낮술을 두 잔 마셨더니 더 빨리 취하는 것 같았고 이런저런 생각을 하면서 걷자니 붕 뜬 기분이었다. 왜 그런지는 몰라도 돌연 자신이 바로 혁명당원인 듯했고, 웨이좡 사람들이 죄다 자신의 포로인 듯했다. 그는 우쭐한 나머지 절로 큰 소리로 외쳤다.

"반란이다! 반란!"

웨이좡 사람들이 다들 두려운 눈초리로 그를 바라보았다. 그런 가련한 눈길은 예전에 본 적이 없었고, 한 번 보고 나자 오뉴월에 얼음물을 마신 것처럼 속이 시원했다. 그는 더욱 기쁨에 차서 걸어가면서 소리를 질렀다.

"좋구나, 좋아. …… 원하는 것은 모두 다 내 것이고, 마음에 드는 사람도 다 내 것이다. 얼씨구, 덩덩. 후회해도 소용없어, 술김에 잘못 알고 정(鄭) 아우의 목을 날렸네. 후회해도 소용없어, 아, 아, 아. 덩더쿠, 덩덩, 덩더쿠, 덩덩. 쇠 채찍으로 네놈들을 후려치리라."

마침 그때 자오 나리 집안의 두 남자와 진짜 일가친척인 두 사람이 대문 앞에서 혁명 이야기를 하고 있었는데, 아Q는 보지 못하고 고개를 꼿꼿이 세운 채 노래를 부르며 지나갔다.

"덩더쿠……."

"어이, 아Q 씨."

자오 나리는 겁에 질린 채 다가오면서 기어드는 소리로 불렀다.

"덩덩."

아Q는 자기 이름 뒤에 '씨' 자가 붙으리라고는 생각도 못해서 자기와 상관없는 말인 줄 알고 계속 노래만 불렀다.

"덩더쿠, 덩덩, 덩더쿠!"

"아Q 씨."

"후회해도 소용없어……."

"아Q!"

생원이 하는 수 없이 그냥 이름을 불렀다.

아Q는 그제야 멈추어 서서 고개를 삐딱하게 돌리며 말했다.

"뭐요?"

"아Q 씨, …… 요즘……."

자오 나리는 다시 말을 잇지 못했다.

"요즘 …… 돈벌이가 좋다며?"

"돈벌이요? 좋지요. 원하는 것은 모두 다 내 것이니까……."

"아……Q 씨, 우리 같은 가난한 친구들은 괜찮겠지?"

자오바이옌이 잔뜩 겁을 먹은 채 말했다. 혁명당의 속내를 떠보려는 심산인 듯했다.

"가난한 친구들이라고? 당신들은 그래도 나보다 돈이 많잖아."

아Q는 그렇게 말하고는 그냥 가버렸다.

다들 멍한 표정으로 아무 말이 없었다. 자오 나리 부자는 집으로 들어가 밤에 불을 켤 때까지 의논했다. 자오바이옌도 집으로 돌아가 허리춤에서 전대를 풀어 부인에게 주면서 고리짝 밑에 숨겨두라고 했다.

아Q는 날아갈 듯 기분이 좋아서 돌아다니다 사당으로 돌아왔다. 그날 밤, 사당을 관리하는 노인네도 왠지 살갑게 대하면서 차를 권했다. 아Q는 그에게 떡 두 개를 달라고 해서 다 먹고 쓰다 둔 네 냥짜리 초와 촛대를 달라고 해 불을 밝히고는 좁은 자기 방에 혼자 누웠다. 그는 말할 수 없이 새롭고도 기뻤다. 정월 대보름날처럼 환하게 촛불이 번쩍거렸고, 그의 생각도 덩달아 춤을 추었다.

'반란이라? 재미있군. …… 하얀 모자에 하얀 갑옷을 입은 혁명당이 왔것다. 다들 칼을 차고 쇠 채찍을 들고, 폭탄에다 서양 총, 양날 칼, 갈고리 창을 들고 사당으로 와서 "아Q! 어서 같이 가자고, 같이." 하면 같이 가는 거지. …… 그러면 웨이좡의 머저리 같은 사내들과 계집들이 무릎을 꿇으며 말하겠지. "아Q, 제발 살려주세요!" 그런다고 누가 들어주나? 가장 먼저 처치할 놈은 샤오D하고 자오 나리이고, 그다음은 생원, 그다음은 가짜 양놈, 누굴 봐줄까? 왕 털보는 봐줄 만하지만, 그래도 안 돼…….

물건은 어떡하지? …… 바로 들이닥쳐서 상자를 열면 보석, 돈, 비단……. 생원 마누라의 닝보(寧波)식 침대는 사당으로 가져오고, 밖에는 첸 집안네 의자와 걸상을 가져다 놓자. 자오 집안네 것이어도 좋고. 난 손 하나 까닥하지 말고 샤오D더러 옮기라고 해야지. 게으름을 피우면 뺨따귀를 올려붙이고…….

자오쓰천의 여동생은 생긴 게 완전 꽝이야. 쩌우치 딸년은 아직 어리니 몇 년 뒤에 보고. 가짜 양놈 마누라는 변발을 자른 놈하고 잠을 잤으니 질이 나쁘고! 생원 마누라는 눈두덩에 흉터가 있고…… 우 어멈은 오랫동안 보지 못했네, 어디 있을까. 발만 조금 작았어도…….'

아Q는 생각이 다 끝나기도 전에 코를 골기 시작했고, 네 냥짜리 초는 채 반도 타지 않은 채 붉은빛을 그의 벌어진 입에 비추었다.

"어, 아!"

아Q는 갑자기 큰 소리를 지르며 깨어났다. 고개를 들어 주위를 돌아보고는 네 냥짜리 초가 눈에 들어오자 다시 머리를 눕히고 잠이 들었다.

다음 날, 그는 늦잠을 자고 일어나서 거리로 나갔는데 모든 게 그대로였다. 배가 고팠고, 허기를 채울 무슨 좋은 수가 없을까 머리를 굴려보았지만 전혀 떠오르지 않았다. 그러다가 한참 만에 문득 좋은 생각이 떠올라 천천히 걷다 보니 어느덧 정수암에 와 있었다.

암자는 지난봄처럼 조용했고 하얀 담장과 검은 문도 그대로였다. 그는 잠시 생각을 해보더니 앞으로 가서 문을 밀쳤다. 안에서 개가 짖었다. 허겁지겁 돌멩이를 집어 들고 힘껏 던졌다. 검은 문에 흠집이 여러 개 날 무렵에야 문을 열고 나오는 사람 소리가 들렸다.

아Q는 재빨리 돌멩이를 집어 들고 다리를 쩍 벌리고 서서 검은 개와 일전을 벌일 준비를 했다. 하지만 암자의 문만 조금 열렸을 뿐 검은 개는 뛰쳐나오지 않았고, 들여다보니 늙은 비구니만 혼자 있었다.

"너 또 왜 왔어?"

비구니가 깜짝 놀라며 말했다.

"혁명이야. …… 알고 있어?"

아Q는 얼버무렸다.

"혁명이라고, 혁명? 혁명은 진즉에 끝났어. …… 너희가 도대체 어떻게 우리를 혁명하겠다는 거야?"

늙은 비구니가 두 눈에 핏대를 세우며 말했다.

"뭐라고?"

아Q로서는 도무지 알다가도 모를 노릇이었다.

"몰랐어? 그 사람들 벌써 와서 혁명했어."

"누가?"

더더욱 알다가도 모를 노릇이었다.

"생원이랑 가짜 양놈!"

아Q는 너무나도 뜻밖이어서 어안이 벙벙했다. 아Q가 멍하니 있는 사이 늙은 비구니가 재빨리 문을 닫아걸었고, 아Q가 다시 밀어보았지만 꿈쩍도 하지 않았다. 아무리 두드려도 반응이 없었다.

오전에 일어난 일이었다. 자오 생원은 소식이 빨라서 혁명당이 밤에 성안에 들어왔다는 소식을 듣자마자 변발을 머리 위로 말아 올리고는 아침 일찍 그동안 친분도 없던 첸 대감 댁 가짜 양놈을 찾아갔다. 당시는 모든 사람에게 새 출발의 기회를 주는 '유신(維新)'의 시대였던지라, 이야기를 나누다 보니 죽이 잘 맞은 두 사람은 바로 의기투합해 동지가 되어 혁명을 하기로 약조했다. 그들은 생각에 생각을 거듭하다 정수암에 '황제 폐하 만세, 만세, 만만세' 라고 적힌 위패가 있다는 것을 생각해내고는 그것을 마땅히 혁명해서 없애야 한다고 여겨 바로 정수암으로 가서 혁명을 한 것이었다. 늙은 비구니가 가로막으며 몇 마디 하자 그들은 그녀를 청나라 만주 정부 인물로 몰아세우면서 머리에 지팡이와 주먹을 몇 대 날렸다. 그들이 간 뒤 비구니가 정신을 차리고 살펴보니 위패는 땅바닥에 산산조각이 나 있었고 관음상 앞에 있던 명나라 때 향로도 보이지 않았다.

그런 사실을 아Q는 나중에야 알았다. 그는 늦잠 잔 것을 후회했다. 하지만 그보다는 그들이 자기를 부르러 오지 않은 것이 더 원망스러웠다. 그는 한 걸음 물러나 생각했다.

'설마 그놈들이 내가 진즉에 혁명당에 들기로 한 걸 아직 모른단 말인가?'

8장 혁명 참여를 금지당하다

웨이좡 마을의 민심은 나날이 안정되어갔다. 들리는 소식에 혁명당이 성에 들어오기는 했지만 별다른 큰 변화가 일어나지는 않았다고 했다. 지사 나리는 여전히 그대로이고 관직명만 달라졌다고 했다. 거인 나리도 무슨 직책을 맡았다고 했는데, 그 직책의 이름이 무엇인지 웨이좡 사람들은 말해도 몰랐다. 군을 책임지는 사령관도 예전의 그 대장이라고 했다. 다만 한 가지 끔찍한 일은 몇몇 질 나

뿐 혁명당이 끼어서 난동을 부리고 성에 들어온 이튿날부터 변발을 자르기 시작했다는 것이다. 듣자 하니 이웃 마을에 사는 뱃사공인 치진이라는 사내는 길을 가다 붙잡혀 머리카락이 잘려서는 사람 꼴이 아니게 되었다는 것이다. 하지만 그런 일들은 크게 겁낼 게 못 되었다. 왜 그런가 하면 웨이좡 사람들은 원래 성에 잘 드나들지 않았고, 어쩌다 성에 들어가고자 하는 사람이 있더라도 즉시 그 계획을 바꾸기만 하면 위험에 빠질 염려가 없었기 때문이다. 아Q도 원래는 성에 들어가 옛 친구를 만나볼까 했지만 그 소식을 듣고는 이내 생각을 바꾸었다.

하지만 웨이좡에도 개혁이 없었다고는 할 수 없었다. 며칠 뒤부터 변발을 머리 위로 말아 올린 사람들이 점점 늘어났다. 앞에서도 말한 바 있지만 그 일에 가장 먼저 나선 사람은 당연히 생원 선생이었고, 그다음이 자오쓰천과 자오바이옌, 그다음은 아Q였다. 여름이었다면 사람들이 변발을 머리 위로 말아 올리거나 묶는 게 해괴한 일이 아니지만 지금은 때가 늦가을이다 보니 영락없이 '가을에 여름옷' 걸친 꼴이어서 변발을 말아 올린 당사자들로서는 일대 용단을 내린 것이었으니, 웨이좡이 개혁과 무관하다고 말할 수 없었다.

자오쓰천이 변발을 말아 올려 뒤통수가 휑한 채로 저쪽에서 걸어오자 그를 본 사람들이 소리쳤다.

"저 봐! 혁명당이 온다!"

그 말을 듣고 아Q는 부러웠다. 생원이 변발을 말아 올렸다는 일대 소식을 진즉에 들어 알고 있었지만 자기도 그렇게 할 수 있을지는 자신이 없었다. 그런데 이제 자오쓰천까지 그러는 것을 보고는 따라 하고 싶은 마음이 들었고 실행하기로 마음을 굳혔다. 그는 변발을 대나무 젓가락을 써서 머리 위로 말아 올리고는 잠시 머뭇거리다 용기를 내어 밖으로 나갔다.

그가 거리에 나섰지만 사람들은 그를 보고도 아무 말이 없었다. 아Q는 처음에는 불쾌했고 나중에는 불만스러웠다. 그는 요즘 걸핏하면 신경질을 냈다. 사실 그는 반란에 가담하기 전보다 사는 게 나쁘지는 않았는데, 사람들은 그를 공손히 대했고, 가게에서도 현금을 달라고 하지 않았다. 그런데도 아Q는 스스로 요즘 기운이 나지 않는다고 생각했다. 혁명을 한 이상 이래서는 안 되는 일이었다. 더구나 샤오D를 본 뒤로 더욱 화가 치밀어 올랐다.

샤오D도 변발을 머리 위로 말아 올린 것이었다. 게다가 대나무 젓가락을 썼다. 아Q는 그가 감히 그러리라고는 꿈에도 생각하지 못했고, 죽어도 그렇게 하게 내버려둘 수 없었다. 샤오D 네까짓 게 뭐라고 감히? 그는 당장에 멱살을 잡고 대나무 젓가락을 분질러서 말아 올린 그의 변발을 풀어버리고는 뺨따귀를 올려붙여 감히 자기 분수도 모르고 혁명당원이 되려던 죄를 응징할 생각이었다. 하지만 그는 결국 용서하기로 하고 그저 노려보면서 "퉤!" 하고 침을 뱉는 것으로 그쳤다.

요 며칠 동안 성에 들어가는 사람이라고는 가짜 양놈뿐이었다. 자오 생원도 옷상자를 맡아준 은혜를 핑계 삼아 거인 나리를 직접 찾아가 보고 싶었지만 그러다 변발이라도 잘릴까 싶어 그만두었다.

그는 '노란 우산 형식(黃傘格: 옛 문인들이 쓰던 가장 격식을 차린 편지 형식—옮긴이)'으로 편지를 한 통 써서 가짜 양놈더러 성에 들어가는 길에 가져가 달라고 했고, 자기도 쯔여우당(自由黨)에 들어갈 수 있도록 주선해달라고 간청했다. 가짜 양놈은 돌아와서 생원에게 자기가 대신 냈다면서 은전 네 냥을 달라고 했고, 그 뒤부터 생원은 쯔여우당 배지인 은복숭아를 가슴에 떡하니 달고 다녔다. 웨이좡 사람들은 놀라고 존경스러워했다. 다들 이것이 스여우당(柿油黨: 웨이좡 사람들은 발음이 비슷하기도 하고 '자유'라는 말을 몰라서 쯔여우당을 스여우당으로 잘못 알고 불렀다—옮긴이) 훈장이라고 했고, 이것을 달면 최고 학자인 한림원 학자가 된 것이나 마찬가지라고 했다. 그리하여 자오 나리조차 아들이 생원 시험에 급제했을 때보다 더 눈에 보이는 것 없이 굴었고 아Q를 거들떠보지도 않았다.

아Q는 불만스러웠고 푸대접을 받던 터여서 은복숭아 이야기를 듣자마자 자신이 푸대접을 받는 이유가 퍼뜩 떠올랐다. 혁명을 하려면 말로만 가담해서는 안 된다. 변발을 말아 올리는 것만으로는 안 된다. 제일 중요한 것은 혁명당원을 알고 지내는 것이다. 그런데 그가 아는 혁명당원이라고는 딱 둘뿐이었다. 그중 한 사람은 성안에서 진즉에 '싹둑' 목이 잘려버렸으니 이제 남은 것은 가짜 양놈뿐이었다. 얼른 가짜 양놈을 찾아가 의논하는 것 말고는 달리 방법이 없었다.

첸 씨 집 대문은 마침 활짝 열려 있었고, 아Q는 잔뜩 겁먹은 걸음걸이로 안으로 들어갔다. 그는 안에 들어서자마자 깜짝 놀랐다.

가짜 양놈이 마당 한가운데 떡하니 서 있는 게 눈에 들어왔는데, 온몸에 검은 옷을 걸친 것이 필시 양복인 듯했고, 은복숭아를 달고 손에는 예전에 아Q를 때린 지팡이를 들고 있었다. 한 자 정도나 되는 변발은 풀어헤쳐서 어깨로 늘어뜨렸는데 봉두난발을 한 것이 꼭 옛날 유해(劉海: 중난산終南山에서 도를 닦아 신선이 되었다는 인물 —옮긴이) 신선 같았다. 그 앞에 자오바이옌과 동네 건달 셋이 부동자세로 서서 그의 이야기를 공손히 경청하고 있었다.

아Q는 살금살금 다가가 자오바이옌 뒤쪽에 섰는데, 속으로는 뭐라고 부르고 싶었지만 어떻게 말해야 할지 몰랐다. 가짜 양놈이라고 부르면 당연히 안 될 것이고 서양 양반이나 혁명당이라고 부르는 것도 적당치 않아 보였다. 어쩌면 서양 선생이라고 불러야 할 것 같았다.

하지만 서양 선생은 그를 보지 못했다. 눈을 희번덕이며 힘주어 연설하고 있었기 때문이다.

"난 성격이 급해서 만나자마자 말했어. 훙(洪) 형! 우리 시작합시다! 그런데 그 양반이 그러더군. 'NO!' 이건 서양 말이어서 자네들은 모를 거야. 그러지 않았으면 벌써 성공했겠지. 하지만 이게 다 그가 신중하게 일을 처리한다는 뜻이야. 그는 두 번, 세 번 거듭 내게 후베이(湖北)로 가달라고 했지만 난 아직 승낙하지 않았어. 나 아니면 누가 이런 작은 동네에서 일하겠어……."

"아…… 저……."

아Q는 그가 잠시 말을 멈춘 틈을 타 마침내 있는 용기 없는 용기를 다 짜내 입을 열었다. 그런데 웬일인지 서양 선생이란 말은 좀체 나오지 않았다.

이야기를 듣고 있던 네 사람은 다들 놀라서 그를 돌아다보았다. 서양 선생도 그제야 바라보았다.

"뭐야?"

"저어……."

"나가!"

"저도 가담하려고……."

"썩 꺼져!"

서양 선생이 곡상봉을 쳐들었다.

자오바이옌과 건달들이 소리쳤다.

"선생님이 꺼지라고 하시잖아? 안 들려?"

아Q는 손으로 머리를 싸매고는 자신도 모르게 문밖으로 도망쳐 나왔다. 서양 선생은 쫓아 나오지 않았다. 그는 60걸음쯤 달려 도망친 뒤에야 걸음을 늦추었는데 그 순간 설움이 복받쳤다. 서양 선생이 혁명에 가담하는 것을 허락하지 않으니 달리 길이 없었다. 하얀 투구에 하얀 갑옷을 입은 사람들이 그를 부르러 오리라는 기대는 완전히 사라졌고, 그의 꿈과 바람, 희망, 앞날이 죄다 물거품이 되어버렸다. 건달들이 이 일을 소문내서 샤오D나 왕 털보 같은 것들에게까지 놀림을 당하는 것은 오히려 그다음 문제였다.

그는 이렇게 재미가 없기는 난생처음이었다. 변발을 말아 올린 것조차 무의미하고 바보같이 느껴졌다. 복수할 생각에 변발을 바로 풀어버릴까 싶었지만 그러지도 못했다. 밤까지 쏘다니다가 외상으로 두어 잔 걸친 술이 배 속으로 들어가자 점점 기분이 좋아져 또다시 하얀 투구와 하얀 갑옷 생각이 조각조각 떠올랐다.

그러던 어느 날, 그날도 그는 밤늦게까지 쏘다니다 술집이 문을 닫을 때가 되어서야 사당으로 돌아갔다.

"탕, 타당!"

갑자기 이상한 소리가 들렸는데, 폭죽 소리는 아니었다. 원래 구경거리라면 밥 먹다가도 뛰쳐나가고 쓸데없이 끼어들기 좋아하는 아Q인지라 어둠을 뚫고 달려갔다. 맞은편에서 발소리가 들리는가 싶더니 갑자기 누가 튀어나왔다. 그것을 보자마자 아Q는 덩달아 몸을 돌려 그 사람을 따라 도망쳤다. 그 사람이 모퉁이를 돌자 아Q도 모퉁이를 돌았고, 그 사람이 모퉁이를 돌아 멈추어 서자, 아Q도 멈추어 섰다. 뒤를 돌아보니 아무도 없었고, 앞에 가던 사람은 다름 아닌 샤오D였다.

"뭐야?"

아Q가 화가 나서 물었다.

"자오…… 자오 나리 댁이 털렸어!"

샤오D가 숨을 헐떡이며 말했다.

아Q는 가슴이 쿵쾅쿵쾅 뛰었다. 샤오D는 그 말을 하고는 가버렸다. 아Q는 도망가다 두세 번이나 멈추었다. 하지만 그래도 왕년에 이런 장사를 해본 사람이어서 대담하게 길모퉁이에서 나와 바짝 귀를 세웠다. 와글거리는 소리가 나는 듯했다. 자세히 보니 하얀 투구를 쓰고 하얀 갑옷을 입은 사람들이 줄줄이 상자를 들고나오고 세간도 들고나오고 생원 마누라의 고급 닝보 침대까지 들고나왔는데, 어두워 잘 보이지는 않았다. 그는 더 가까이 다가가 보려 했지만 도무지 발이 떨어지지 않았다.

그날 밤에는 달도 없어 웨이좡은 어둠 속에서 아주 고요했고, 고요하다 못해 신화 속 복희 시대처럼 태평스러웠다. 아Q는 오랫동안 그 자리에 서 있었다. 아까처럼 사람들이 들락거리며 상자를 들어 나르고 세간도 들어 나르고 생원 마누라의 고급 닝보 침대도 들어 나르는 것 같았다. …… 자기 눈으로 보고도 믿기지 않을 만큼 들어내는 것 같았다. 하지만 더는 앞으로 나가지는 않으리라 마음먹고 사당으로 돌아왔다.

사당은 더 어두웠다. 그는 대문을 닫고 자기 방으로 더듬거리며 들어갔다. 한참을 누워 있으니 정신이 들고 진정이 되었다. 하얀 투구를 쓰고 하얀 갑옷을 입은 사람들이 왔는데 나를 부르지도 않고, 게다가 그렇게 많은 짐을 들어내면서도 내 몫은 없다니, 그게 다 그 빌어먹을 가짜 양놈이 내가 반란에 끼는 걸 막았기 때문이야. 그러지 않았으면 왜 내 몫이 없겠어? 아Q는 생각할수록 화가 치밀어 속이 부글부글 끓어오르는 것을 참을 수 없어 고개를 사납게 저으며 말했다.

"나는 반란에 끼지 못하게 하고 자기들만 반란을 해? 개 같은 가짜 양놈 새끼. 그래, 네가 반란을 했겠다, 반란죄는 목이 날아가. 내 기어이 고발해서 성에 끌려가 목이 날아가는 꼴을 보고 말 거야. 집

안 모두 목을 벨 것이다, 싹둑! 싹둑!"

9장 대단원

자오 나리 댁이 털린 뒤 웨이좡 사람들은 다들 고소하면서도 두려웠고, 아Q도 마찬가지였다. 그로부터 나흘 뒤 아Q는 한밤중에 갑자기 체포되어 성으로 끌려갔다. 마침 아주 어두운 밤이었는데, 군인 한 소대와 자위단 한 소대, 경찰 한 소대, 그리고 밀정 다섯 명이 슬그머니 어둠을 타고 웨이좡에 들어와 사당을 포위하고는 대문 맞은편에 기관총을 설치했다. 하지만 아Q는 뛰쳐나오지 않았다. 아무리 기다려도 기척이 없자 다급해진 대장이 상금 20냥을 걸었고, 그제야 자위대원 둘이 위험을 무릅쓰고 담을 뛰어넘었다. 그런 뒤 안팎으로 호흡을 맞추어 한꺼번에 쳐들어가 아Q를 붙잡았다. 아Q는 사당 바깥의 기관총이 있는 데까지 끌려 나와서야 정신이 들었다.

성에 들어왔을 때는 벌써 정오였다. 아Q는 자기가 관청의 낡은 문으로 들어가 대여섯 개 모퉁이를 돌아서 작은 방에 내쳐졌다는 것을 알았다. 뒤에서 밀치는 바람에 비틀거리던 그의 발뒤꿈치를 때리면서 통나무 감방 문이 꽝 하고 닫혔다. 문 쪽을 제외하고는 삼면이 다 벽이었고 자세히 보니 방구석에 두 사람이 더 있었다.

아Q는 불안하기는 했지만 심란하지는 않았다. 그가 살던 사당의 침실도 이보다 나을 게 없어서였다. 먼저 들어온 두 사람도 시골 촌놈 같았고, 시간이 지나면서 그에게 말을 걸어왔다. 하나는 자기 할

아버지가 예전에 빚진 소작료 때문에 거인 나리에게 독촉을 당하다 들어왔다고 했고, 다른 하나는 자기가 왜 잡혀 들어왔는지 모른다고 했다. 당신은 왜 들어왔느냐고 묻자, 아Q는 아주 시원하게 대답했다.

"내가 반란을 하려고 했거든."

아Q는 오후에 감방에서 끌려 나와서 대청으로 갔다. 마루 위에는 머리를 박박 깎은 노인이 앉아 있었다. 그는 중인가 보다 하고 생각했지만, 아래에 병사들이 일렬로 서 있고 양쪽에 장삼을 걸친 사람들이 열 명 남짓 서 있는데 다들 머리를 그 노인처럼 깎고, 개중에는 가짜 양놈처럼 한 자쯤 되는 머리를 어깨에 늘어뜨린 사람도 있는 것이 눈에 들어왔다. 다들 흉악한 인상에 성난 눈으로 그를 노려보았다. 그는 위에 앉아 있는 사람들이 필시 중요한 인물이라는 감이 들자 무릎 관절에서 절로 힘이 빠지면서 그대로 무릎을 꿇었다.

"서서 말하거라! 누가 무릎 꿇으라더냐!"

장삼을 입은 이가 호통을 쳤다.

아Q도 무슨 말인지 알듯하여 일어서려고 했지만 도무지 설 수가 없었고, 자기도 모르게 몸이 움츠러들더니 결국 그 자리에 다시 무릎을 꿇고 말았다.

"저런 노예근성……!"

장삼을 입은 이가 경멸하듯 말했지만 다시 일어서라고는 하지 않았다.

"네 이놈, 이실직고하면 고생을 면할 것이니라. 내가 이미 다 알고 있다. 실토하면 놓아줄 것이다."

머리털이 없는 노인이 아Q의 얼굴을 쏘아보더니 차분한 목소리로 또렷하게 말했다.

"실토해라!"

장삼을 입은 이도 소리쳤다.

"저는 사실…… 반란에 가담해볼……."

아Q는 종잡을 수 없는 생각을 잠시 가다듬은 뒤 더듬더듬 말하기 시작했다.

"그럼, 왜 가지 않았더냐?"

노인이 부드럽게 물었다.

"가짜 양놈이 못하게 했습니다요."

"무슨 헛소리냐! 이제 이미 늦었다. 네놈 일당은 어디 있느냐?"

"네?"

"그날 밤 자오 씨 집을 턴 일당 말이다!"

"그 사람들은 절 부르러 오지 않았는데요. 자기들끼리 들고 갔습지요."

아Q는 그 생각에 분이 치밀었다.

"어디로 갔느냐? 말하면 풀어주마."

노인은 아까보다 더 부드럽게 말했다.

"전 모릅니다. …… 그자들이 절 부르지 않아서……."

그러자 노인이 눈짓을 했고, 아Q는 다시 감방에 처넣어졌다.

그가 다시 감방에서 끌려 나온 것은 이튿날 오전이었다.

대청의 상황은 그대로였다. 위에는 그 노인이 그대로 앉아 있었고, 아Q도 똑같이 무릎을 꿇었다.

노인네는 부드럽게 물었다.

"더 할 말은 없느냐?"

아Q는 잠시 생각해보았지만 딱히 할 말이 없었다.

"없습니다요."

그러자 장삼을 입은 이들이 종이 한 장을 아Q 앞에 가져와서는 손에 붓을 쥐어주려 했다. 그러자 아Q는 놀라서 혼비백산할 지경이었다. 그의 손이 붓과 관계를 맺은 적은 한 번도 없었기 때문이다. 그는 어떻게 쥐어야 하는지도 몰랐다. 하지만 그 사람은 한 군데를 가리키며 그 자리에 서명하라고 했다.

"전 …… 전 …… 글을 모릅니다."

아Q는 붓을 움켜쥐고 어쩔 줄 모른 채 부끄럽게 말했다.

"그럼, 너 편한 대로 동그라미를 하나 그려라!"

아Q는 동그라미를 그리려고 했지만 붓을 쥔 손이 계속 덜덜 떨렸다. 그러자 아까 붓을 쥐어준 사람이 종이를 바닥에 펴주었고, 아Q는 엎드려서 젖 먹던 힘까지 다해 동그라미를 그렸다. 그는 남들이 웃을까 봐 최대한 동그랗게 그리려고 했지만 빌어먹을 붓이 무거운 데다 도통 말을 듣지 않았고, 벌벌 떨며 겨우 동그라미를 다 그릴 때쯤에 밖으로 삐쳐 나가 호박씨 꼴이 되고 말았다.

아Q는 동그라미를 제대로 그리지 못해 부끄러웠는데, 그 사람은 개의치 않고 벌써 종이와 붓을 거두어 갔고, 여럿이 다가와 그를 다시 감옥에 넣었다.

다시 감옥에 들어왔지만 그리 걱정되지 않았다. 그는 살다 보면 감옥에 잡혀 들어올 때도 있고 종이에 동그라미를 그릴 때도 있으나, 다만 동그라미를 동그랗게 그리지 못해 그의 '이력'에 오점이 남았다고 생각했다. 하지만 곧 마음이 가벼워졌는데, '동그라미는 손자뻘 되는 놈들이나 잘 그리지.'라고 생각해서였다. 그러고서 그는 잠이 들었다.

그런데 그날 밤 거인 나리는 오히려 잠을 이루지 못했다. 그는 대장과 다투었다. 거인 나리는 먼저 장물을 찾아내야 한다고 했지만 대장은 먼저 사람들 앞에서 본보기를 보여야 한다고 했다. 그즈음 대장은 거인 나리를 전혀 안중에 두지 않았고, 책상을 치고 의자를 두드리며 말했다.

"일벌백계해야 합니다! 보세요, 내가 혁명당원이 된 지 채 20일도 안 되었는데 발생한 사건이 벌써 열 건이 넘고, 게다가 하나도 해결을 못했으니 내 체면이 뭐가 됩니까? 사건을 하나 해결했더니 당신이 와서 한가한 소리나 늘어놓고 말이죠. 이건 내 소관입니다!"

거인 나리는 어처구니가 없었지만 그래도 물러서지 않고 장물 수사를 하지 않으면 자신이 맡은 민정협력관 일을 당장 그만두겠다고 말했다. 그러자 대장이 말했다.

"마음대로 하세요!"

그래서 거인 나리는 그날 밤 잠을 이루지 못했다. 다행히 다음 날에도 그는 사임하지 않았다.

사흘째 되는 날 아Q가 감옥 문을 나온 것은 거인 나리가 밤잠을 설친 다음 날 오전이었다. 그는 대청으로 갔고, 그곳에는 전처럼 노인이 앉아 있었다. 아Q도 전처럼 무릎을 꿇었다.

노인이 부드럽게 물었다.

"할 말이 있느냐?"

아Q는 잠시 생각해보았지만 딱히 할 말이 없었다.

"없습니다."

장삼과 단삼을 입은 사람들 여럿이 갑자기 그에게 흰 광목 조끼를 입혔고, 거기에는 까만 글자가 적혀 있었다. 아Q는 기분이 상했다. 영락없이 상복 같아서였다. 재수 없이 상복이라니. 그는 두 손마저 뒤로 결박된 채 관아 문을 나섰다.

아Q는 아무것도 덮지 않은 수레에 태워졌고, 짧은 옷을 입은 사내 몇이 함께 탔다. 수레는 바로 출발했다. 앞에는 총을 멘 군인과 자위대원이 있었고, 길 양쪽은 입을 헤벌린 구경꾼들로 북적거렸다. 아Q는 뒤가 어떤지 볼 수 없었다. 그때 퍼뜩 정신이 들었다. 이것은 내 목을 날리러 가는 것이 아닌가? 그는 다급해져 눈앞이 깜깜해지고 귀에 천둥이 치고 정신이 아득해졌다. 하지만 혼절하지는 않았다. 마음이 다급해지다가도 다시 태연해지곤 했다. 살다 보면 원래 목이 날아갈 때도 있게 된다는 생각이 들었다.

그는 길을 훤히 알고 있었는데, 이상했다. 왜 형장으로 가지 않지? 그는 사람들에게 본을 보이려고 거리로 끌고 다니려 한다는 것을 몰랐다. 설사 알았다고 해도 그는 살다 보면 원래 사람들에게 본을 보이려고 거리로 끌려다닐 때도 있게 마련이라고 생각했을 것이다.

그는 깨달았다. 이것은 멀리 돌아서 형장으로 가는 길이다. 분명 '싹둑' 목이 잘릴 것이다. 그가 슬픈 눈으로 주위를 둘러보니 온통 사람들이 개미 떼처럼 따라오는데, 문득 길가 사람들 속에서 우 어멈을 발견했다. 얼마나 오랜만인가, 그이가 성에서 일을 하고 있었구나. 아Q는 풀 죽은 자기 모습이 갑자기 부끄러워졌다. 노래 한두 소절도 못 부르다니. 생각이 그의 머리에서 한차례 회오리바람을 일으켰다. 〈청상과부 산소에 가네〉는 폼이 나지 않고 〈용쟁호투〉의 한 대목인 "후회한들 무엇하랴……."는 너무 따분하니, 역시 "쇠 채찍으로 너를 후려치리라!"가 낫겠다. 그는 손을 번쩍 쳐들려고 하다 두 손이 묶여 있다는 사실을 떠올리고 "쇠 채찍……."도 포기했다.

"20년이 지나 다시 한번 사내로 태어나……."

아Q는 다급한 나머지 누구에게도 배운 적이 없는, 지금껏 한 번도 불러본 적이 없는 노래가 저절로 튀어나왔다.

"잘한다!"

사람들 무리에서 이리의 울음 같은 소리가 터져 나왔다.

수레가 계속 앞으로 나아가고 아Q는 박수갈채 속에서 눈알을 굴리며 우 어멈을 찾았지만, 그녀는 그를 전혀 알아보지 못한 채 그저 군인들이 멘 총에만 넋을 잃고 있었다.

아Q는 다시 박수갈채를 보내는 사람들을 보았다.

그 순간, 그의 머릿속에서 다시 한번 회오리바람이 일었다. 4년 전 그는 산 밑에서 우연히 굶주린 이리를 만난 적이 있었다. 이리는 더 다가오지도 더 멀어지지도 않은 채 꼭 그만큼의 거리를 유지하고 따라오면서 그를 잡아먹으려 했다. 그때 그는 거의 숨이 넘어갈 정도로 놀랐다. 다행히 손에 도끼 한 자루를 들고 있어서 그것에 의지해 힘을 내어 웨이좡까지 올 수 있었다. 하지만 이리의 그 눈초리는 영원히 기억에 남았고, 사나우면서도 겁에 질린 귀신불처럼 번득이던 두 눈길은 아무리 먼 데서도 영원히 그의 피부와 살을 꿰뚫을 것만 같았다. 지금 그는 그보다 더 무섭고 이전에 한 번도 본 적이 없는 무서운 눈길을 보았다. 무디면서도 날카롭고, 아Q의 말을 진즉에 삼켜버리고, 이제는 그의 피부와 살을 제외한 모든 것을 삼키려고 가까이 다가오지도 멀리 물러서지도 않은 채 영원히 그를 따라오는 그 눈길을.

그 눈길들이 한데 뭉쳐 벌써 그의 영혼을 물어뜯는 것 같았다.

"사람 살려……."

그러나 아Q는 입 밖으로 소리를 지르지는 않았다. 그는 벌써 두 눈이 캄캄해지고 귀가 윙윙거리고 온몸이 산산이 흩어지는 것만 같았다.

그 사건으로 가장 큰 손해를 본 것은 거인 나리였다. 도둑맞은 물건을 결국 찾지 못해 온 집안이 울고불고 난리였다. 다음은 자오 나리 집안이었는데 생원이 도둑맞았다고 성에 신고하러 가다가 질 나쁜 혁명당원에게 잡혀 변발을 잘렸고, 게다가 현상금 20냥까지 내걸었기에 온 집안이 난리였다. 그날 이후 그들은 점점 멸망한 왕조의 후손 신세가 되어갔다.

웨이좡의 여론은 당연히 한결같이 아Q가 잘못했다고 떠들어댔다. 총살당한 것이 그 잘못의 증거라고, 그가 나쁜 사람이 아니면 왜 총살을 당했겠느냐고 했다. 그런데 성안의 여론은 좋지 않아서 다들 불만이었다. 총살은 목을 치는 것보다 볼거리가 못 된다는 것이었다. 더구나 그는 얼마나 덜떨어진 사형수였는가? 그렇게 오래 거리를 끌려다녔으면서도 노래 한 소절 못하다니. 괜히 따라다니느라 헛고생만 했다고 사람들은 말했다.

〈아Q정전(阿Q正傳)〉, 《외침(吶喊)》

05

어떤 개혁가가 필요한가

개혁에는 피가 따르기 마련이다. 그러나 유혈이 바로 개혁은 아니다. 피는 돈을 쓰듯이 해야 한다. 인색해서도 안 되지만, 낭비하는 것도 크나큰 오산이다. 나는 이번 희생자들에 대해 말할 수 없는 슬픔을 느낀다.

〈빈말(空談)〉, 《화개집속편(華蓋集續編)》

루쉰은 개혁이나 혁명이 희한한 것이 아니라고 생각한다. 변화라는 것이다. 허물을 벗지 않으면 뱀이 죽듯이, 개혁이나 혁명도 그런 변화라는 것이다. 좀 더 좋은 세상, 좀 더 발전된 세상에서 품위 있는 인간으로, 인간답게 살기 위해 변화하고 개혁하고 혁명하자는 것이다. 하지만 그것이 쉬울 리가 없다. 변화를 원하지 않는 기득권이 많아서다. 소수 기득권의 저항이 거세기 때문이다. 그런 기득권의 저항 때문에 한국과 중국 근현대사는 민중의 피로 얼룩졌다. 수많은 젊은이가 안타깝게 목숨을 잃었다. 그런데 루쉰 생각에 혁명 자체가 궁극적인 끝은 아니고, 혁명에는 더러움이 개입한다. 자기 이익을 위해서 혁명에 투신하는 사람도 있고, 관념적인 급진론자도 있다. 개혁이든 혁명이든 그 자체가 중요한 것이 아니라, 개혁과 혁명 이후의 세계가 과연 그전보다 좋아졌는지가 중요하다는 것이다.

이러한 전사

이런 전사(戰士)가 있었으면…….

아프리카 토인들처럼 잘 닦은 모제르 총을 등에 메고 있는 사람도 아니다. 중국의 녹영병(綠營兵: 청나라 때 한족으로 이루어진 군대—옮긴이)처럼 피곤에 찌든 채 소총을 들고 있는 사람도 아니다. 그는 소가죽이나 쇠로 만든 갑옷과 투구에는 전혀 의지하지 않는다. 그는 오직 자기 몸뿐이다. 물론 원시인들이 쓰던 한 손으로 던지는 투창은 들고 있다.

그가 형체가 없는 적진으로 들어간다. 만나는 사람들이 다들 그에게 고개를 끄덕이며 인사를 한다. 그는 안다, 이렇게 고개를 끄덕이는 것이 적들의 무기라는 것을. 피를 흘리지 않고 사람을 죽이는 무기로 수많은 전사가 사라졌고, 폭탄처럼 용맹스러운 용사들을 무력하게 만들었다는 것을.

그들의 머리에는 각종 깃발이 있고, 여러 가지 좋은 이름이 수놓아 있다. 자선가, 학자, 문인, 어른, 청년, 신사, 군자……. 머리 밑에는 여러 가지 외투가 있고, 여러 가지 좋은 모양이 수놓아 있다. 학문, 도덕, 민족의 정수, 민의(民意), 논리, 대의, 동양 문명…….

하지만 그는 투창을 든다.

그들은 한목소리로 맹세를 하며 말한다. 자신들은 심장이 가슴

한가운데 있어서 다른 사람들이 한쪽에 치우친 심장을 가진 것과 다르다고. 그들은 자기들 심장이 가슴 한가운데에 있다고 확신한다는 것을 증명하려고 가슴 한복판에 호심경(護心鏡: 고대 중국에서 가슴을 보호하려고 달던 둥근 구리 조각—옮긴이)을 달고 있다.

하지만 그는 투창을 든다.

그가 미소를 지으며 한쪽으로 치우치게 던졌지만 그들의 심장을 정확히 적중했다.

모든 것이 우수수 땅에 쓰러진다. 하지만 외투만 있을 뿐, 그 안에는 아무것도 없다. 그 무형의 물건은 벌써 달아났고, 승리했다. 전사는 이제 자선가 등을 살해한 죄인이 되었기 때문이다.

하지만 그는 투창을 든다.

그는 무형의 진지 속으로 성큼성큼 걸어가고, 다시 예전처럼 고개를 숙이고 여러 가지 깃발이 꽂혀 있고 여러 가지 외투가 놓여 있고…….

하지만 그는 투창을 든다.

그는 마침내 무형의 진지 속에서 늙어가고, 생을 마감한다. 그는 마침내 전사가 아니다. 그리하여 무형의 물건은 승리했다.

상황이 이렇게 되자 누구도 싸움 소리를 듣지 않게 되었다. 태평하다. 태평하다…….

하지만 그는 투창을 든다.

〈이러한 전사(這樣的戰士)〉, 《들풀(野草)》

빈말

1

나는 전부터 청원 시위라는 것이 못마땅했다. 그러나 3·18과 같은 학살이 두려워 그런 것은 결코 아니다. 나는 그런 학살 사건은 정말 꿈에도 생각하지 못했다. 나는 단지 그들이 목석같고 양심이 없으며 더불어 말할 바가 못 되는 자들이기에 청원, 그것도 맨손 청원 같은 것은 소용없다고 생각했을 뿐이다. 그들이 그렇게도 흉악하고 잔인할 줄은 몰랐다. 그것을 예상한 사람은 돤치루이(段祺瑞, 1865~1936: 1920년대 중반 베이징을 통치하던 인물—옮긴이)와 그의 동아리 사람들뿐일 것이다. 47명의 청년들의 생명은 완전히 기만으로 빼앗겼다. 그야말로 유인 학살이었다.

어떤 물건들은—나는 그것들을 무엇이라 불러야 할지 모르겠다—시위 지도자들에게 도의적인 책임이 있다고 말한다. 이런 물건들은 '맨손' 시위대에게 총질한 것도 당연한 일이며 정부 청사 앞은 원래가 '죽음의 땅'이고 희생자들이 자진하여 거기에 뛰어들었다고 생각하는 모양이다.

그러나 시위 지도자들은, 돤치루이 일당과 이심전심으로 통하는 사이도 아니고, 서로 연락이 있는 것도 아닌 이상 어떻게 그런 음흉하고 악독한 짓을 예상할 수 있었겠는가. 사람다운 면을 털끝만큼이라도 지닌 사람이라면 이런 악랄한 짓은 누구도 예상하지 못했을 것이다.

기어이 시위 지도자들에게 죄를 뒤집어씌우려 한다면 단 두 가지 죄일 뿐이다. 청원이 유용하다고 여긴 것, 상대방을 너무 좋게 본 것이다.

2

개혁에는 피가 따르기 마련이다. 그러나 유혈이 바로 개혁은 아니다. 피는 돈을 쓰듯이 해야 한다. 인색해서도 안 되지만, 낭비하는 것도 크나큰 오산이다. 나는 이번 희생자들에 대해 말할 수 없는 슬픔을 느낀다.

이러한 청원 시위가 다시는 없기를 바란다.

청원 시위는 어느 나라에서나 흔한 일이고, 죽음까지는 이르지 않는 일이다. 그러나 우리는 이미 알았다. 총의 숲과 빗발치는 총알을 제거하기 전에 중국에서는 그것이 예외라는 것을. 정규 전법(戰法)은 상대가 영웅인 경우에나 적용할 수 있는 법이다. 한(漢)나라 말, 사람의 마음이 그래도 소박했던 때를 다룬 《삼국지(三國志)》의 한 대목을 보자. 조조(曹操) 휘하의 명장 허저(許楮)는 알몸으로 싸우러 나갔다가 화살을 맞았다. 뒷날, 청나라 문인 김성탄(金聖嘆, 1608~1661)은 이를 평하여, "누가 그대더러 알몸으로 나서라고 했던가?"라며, 허저에게 야유를 보냈다.

오늘날처럼 무기가 발달된 시대에는 참호전(塹壕戰)이 보편적이다. 이것은 생명을 인색하게 쓰려는 것이 아니라, 전사의 생명이 귀중하므로 그 생명을 낭비하지 않기 위해서다. 전사가 적은 땅에서 그 생명은 더욱 귀중하다. 그렇다고 보물처럼 깊이 감추어두자는 말이 아니다. 적은 원금으로 최대의 이익을 얻어야 하고, 적어도 손해는 보지 말아야 한다. 피바다를 이루어 단지 적 하나만을 익사시켰다든지, 동포의 주검으로 단 하나의 구멍을 메우는 방식은 이미 진부하다. 최신 전술의 견지에서 볼 때 이는 너무 큰 손실이다.

이번 희생자들이 뒷사람들에게 남겨준 공덕은, 많은 물건의 인두겁을 벗겨내 그들의 흉악한 마음을 폭로함으로써, 뒤를 이을 전사들에게 이번과는 다른 방법으로 싸워야 함을 가르쳐준 점이다.

〈빈말(空談)〉, 《화개집속편(華蓋集續編)》

민중 속으로

많은 청년이 시골로 떠나고 있다.

요즘 언론계 동향으로 보면, 구식 가정이 흡사 청년의 생명을 삼켜버리는 무서운 요괴처럼 여겨지기 십상이다. 그러나 가정은 그래도 애정이 가는 곳이고 다른 무엇보다 흡인력이 크다는 데는 변함이 없다. 어렸을 때 놀던 놀이터, 그곳이 그리운 것은 당연하다. 반년 이상 지속된 시위 등으로 발생한 피로를 풀려면 대도시와 격절된 마을이나 시골이 안성맞춤일 것이다.

더구나 이런 것들이 '민중 속으로'에 해당하는 것이라면 더더욱 그렇다. 이런 시간을 통해 민중의 깊은 속이 어떠한지, 혼자서 민중 속으로 들어갔을 때 자신의 힘이나 마음이, 베이징에서 집단적으로 '민중 속으로'란 구호를 외치던 때와 비교하여 어떠한지를 알 수 있을 것이다.

청년들은 그 경험을 가슴에 단단히 새겨두어야 한다. 그러면 훗날 민중 속에서 다시 베이징으로 돌아와 그 구호를 외칠 때 그것을 다시금 생각해보면 자기가 참말을 하는지 거짓말을 하는지를 알 수 있을 것이다.

그때 일부 사람들은 침묵에 빠질지도 모른다. 침묵하면서 고통스러워할 것이다. 그러나 청년이여, 새로운 생명은 그 고통스러운 침묵 속에서 싹이 틀 수 있나니!

〈홀연히 생각났다(忽然想到)〉, 《화개집(華蓋集)》

2부

페어플레이는 아직 이르다

06

중간물로 살아가라

들풀은 뿌리도 깊지 않고, 꽃과 잎도 예쁘지 않다. 하지만 들풀은 이슬을 먹고 물을 마시고 오래전에 죽은 사람의 피와 살을 먹고 자라 저마다 자기 삶을 누린다. 들풀은 살아가면서 인간들에게 짓밟히고, 낫에 베이기도 하며, 그러다 결국 죽는다. 썩는다.
그러나 나는 담담하다. 기쁘다. 나는 크게 웃는다. 나는 노래한다.

〈머리글(題辭)〉, 《들풀(野草)》

기성세대와 젊은 세대는 어떻게 조화를 이루며 살 수 있을까? 세대 전쟁이 벌어지는 한국에서 절실한 고민이다. 루쉰이 늘 고민한 문제이기도 하다. 루쉰은, 세상은 지금보다 더 발전해야 하고 인간은 지금보다 더 품위 있고 훌륭한 인간으로 발전해야 한다고 생각한다. 이를 위해서는 어른 중심 사회를 어린 사람 중심, 청년 중심 사회로 바꾸어야 하고, 모든 사람이 미래를 위한 중간물적 존재가 되는 희생이 필요하다고 말한다. 미래 세대를 위해 기꺼이 희생하는 다리 역할을 하는 어른이 필요하다고 말한다. 기성세대의 희생으로 미래 세대를 해방하자는 것이다. 이를 위해 기성세대의 역할, 부모의 새로운 역할을 말한다. 사회의 최약자는 과거나 지금이나 여자다. 어떻게 여성이 새롭게 살까? 루쉰은 경제력이 그 출발점이라고 생각한다.

중간물의 선택

모든 사물은 변화의 과정에서 중간물이 얼마간 있기 마련이다. 동물과 식물, 무척추동물과 척추동물 사이에는 모두 중간물이 있으며, 진화의 고리에서 모두가 중간물이라고 말할 수도 있다. 혹은 이렇게 말할 수도 있다. 진화의 고리에서 모든 것은 다 중간물이라고. 처음 문장을 개혁할 때는 이도저도 아닌 작가들이 있게 된다. 그것은 당연하고, 그럴 수밖에 없으며, 또 그럴 필요도 있다. 그들의 임무는 얼마간 각성한 뒤에 새로운 소리를 외치는 것이다.

그들은 낡은 진영에서 왔기 때문에 그곳 사정에 비교적 밝아 돌아서서 치면 쉽게 적들에게 치명적인 타격을 줄 수 있다. 그러나 그들은 의연히 세월과 함께 사라지고 점차 스러져야 한다. 기껏해야 다리에 들어간 나무 하나나 돌 하나에 지나지 않으며 무슨 앞길의 목표나 본보기일 수는 없다. 하지만 그들의 뒤를 이어 일어나는 자는 그들과 달라야 한다. 타고난 성인이 아닌 이상 오랫동안 쌓인 습성을 단번에 말끔히 씻어버리지는 못하겠지만 어쨌거나 새로운 기상이 있어야 한다.

《〈무덤〉 뒤에 쓰다(寫在《墳》後面)》, 《무덤(墳)》

자식의 아버지, 인간의 아버지

전에 어떤 책에서 옌푸(嚴復, 1853~1921: 토머스 헉슬리의 《진화와 윤리Evolution and Ethics》를 번역했다. 몽테스키외, 밀 등의 근대 사상서를 번역하여 소개하는 데 공적을 남겼다—옮긴이)의 견해를 읽은 적이 있다. 책 이름과 정확한 원문은 잊어버렸으나 대강 이런 뜻이었다.

'베이징 길거리에서는 아이들이 수레바퀴나 말 다리 사이를 빠져나가는 놀이를 한다. 언제 치일지 아슬아슬해 보고 있자면 가슴이 절로 서늘해진다. 그리고 그들이 장래 어떻게 될지를 생각하면 몹시 두렵다.'

그런데 이런 일은 비단 이곳뿐만 아니라 다른 곳에서도 벌어지고 있다. 단지 차이가 있다면 수레나 말의 숫자가 많은지 적은지의 차이뿐이다. 이런 상태는 지금의 베이징에서도 마찬가지다. 나도 종종 그와 똑같은 불안을 느낀다. 그런 가운데 헉슬리의 《진화와 윤리》를 번역한 사람은 역시 다르고, 19세기 말 중국에서 예민한 감각을 소유한 사람이라고 감탄을 했다.

가난한 집 아이들은 흙투성이에다 땟국을 줄줄 흘리며 길거리에서 나뒹군다. 부잣집 응석받이 아이들은 집 안에서 낄낄거리며 논다. 성인이 되면 그 양쪽 모두 열심히 세상을 헤집고 다닌다. 그들의 아버지들이 그러했듯이, 아니면 그들보다 더욱 나쁘게.

열 살 정도의 아이들을 보면 20년 뒤의 중국의 상태를 알 수 있고, 스무 살이 조금 넘은 청년들—그들은 대부분이 이미 자식을 두어서 어엿한 아버지들이다—을 보면 그들의 아들이나 손자들의 시대, 즉 50년 뒤나 70년 뒤의 중국의 상태를 알 수 있다.

중국에서는 자식을 낳기만 하면 그만이고 잘 기르고 못 기르고는 관심 밖이다. 숫자만 많으면 그만이고 재능이 있는지 없는지는 문제가 되지 않는다. 아이를 낳은 부모는 자식의 교육을 책임지지 않는다. '우리나라는 인구가 많아서' 어쩌고 하면서 눈을 감은 채 자랑만 늘어놓을 뿐, 그 많은 인구가 흙먼지 속에 방치되어 있다. 어릴 적에도 인간 취급을 받지 못하고, 커서도 사람 몫을 하지 못한다.

중국에서는 일찍 장가를 들면 복이 있고, 자식이 많으면 복이 있다고 여긴다. 자식은 그저 부모의 복을 위한 수단일 뿐, '인간'의 싹은 아니다. 그래서 애들이 멋대로 나뒹굴든 어떻든 신경 쓰는 사람이 없다. 숫자와 수단이라는 측면만으로 이미 인간으로서의 존재 조건이 충족되었기 때문이다. 뉘 집 아들이 학교에 들어가도 사회와 학교에서 배우는 것이 기성 사회나 가정의 습관, 어른이나 동료들의 성향과는 전혀 딴판이어서 그는 이런 새 시대에 적응해 나가지를 못한다. 자식이 도중에 죽지 않고 다행히 성인이 되더라도 오직 과거의 습관을 그대로 추종할 뿐이다. 그 역시 자식을 만드는 도구일 뿐, '인간'의 부모가 되지 못한다. 그가 아이를 낳아도, 그 자식이 '인간'의 싹은 아니다.

오스트리아의 사상가 오토 바이닝거(Otto Weininger, 1880~1903)는 여성을 아주 경멸했는데, 그는 여성을 '모성형'과 '창녀형'으로 나누었다. 이것을 남성에게 적용하면 '부성형'과 '탕아형'으로 나눌 수 있을 것이다. '부성형'은 다시 둘로 나눌 수 있는데, '자식의 아버지'와 '인간의 아버지'가 그것이다. 전자는 낳기만 할 뿐 교육하지 않기에 그런 면에서는 탕아형에 가깝다. 인간의 아버지는 낳을 뿐만 아니라 그 자식을 장래의 완전한 인간으로 만들려면 어떻게 교육해야 하는가를 생각한다.

청나라 말기 어떤 성(省)에 처음 사범(師範)학교가 설립되었을 때, 한 나이 든 어르신이 벌컥 화를 내며 말했다.

"선생이 왜 교육을 받아야 해? 그런 이치라면 아버지를 교육하는 '부범(父範)학교'도 있어야지!"

그 노 선생은 아버지의 자격을 자식을 낳는 것으로만 믿고 있다. 자식을 낳는 것은 가르침을 받지 않아도 누구나 할 수 있는 것이니 무슨 교육을 받을 필요가 있느냐는 것이다. 하지만 지금 중국에 필요한 것은 사실 부범학교라는 것을 모르고 있으니, 그 노 선생은 부범학당의 1학년에 반드시 입학해야 한다.

중국에는 자식의 아버지는 너무 많다. 그러나 앞으로 진정 필요한 것은 '인간'의 아버지다.

〈수감록 25(隨感錄二十五)〉, 《열풍(熱風)》

우리는 지금 어떻게 아버지 노릇을 할 것인가

내가 이 글을 쓰는 뜻은 사실 어떻게 가정을 개혁할 것인지를 연구하고 싶어서다. 중국은 부모의 권리를 중요시하고, 특히 부권(父權)이 강하기 때문에 옛날부터 신성불가침으로 여겨온 아버지와 자식 관계에 관한 문제에 의견을 말하고 싶다. 요컨대 혁명을 아버지에게로 끌고 가자는 것이다. 그런데 왜 거창하게 이런 제목을 붙였는가? 두 가지 이유에서다.

첫째, 중국의 이른바 '성인의 무리'는 그들의 두 가지를 동요시키는 것을 제일 싫어한다. 하나는 말할 것도 없이 우리와 상관이 없고, 다른 하나는 그들이 내세우는 오륜(五倫)이다. 우리가 우연히 몇 마디 논쟁을 하다 보면 거기에 저촉되어 오륜을 망쳤다느니 짐승의 행동이라느니 하는 악명을 얻는다. 그들은 아버지는 자식에 대해 절대적 권력과 위엄을 지니고 있고 아버지 말은 당연히 옳고 아들의 말은 말을 꺼내기도 전에 이미 틀렸다고 생각한다. 하지만 할아버지, 아버지, 자식, 손자는 본래 각각 생명이라는 교량의 한 단계일 뿐이고 결코 고정불변하는 것은 아니다. 지금의 아들은 미래의 아버지이고 미래의 할아버지다. 우리와 독자들의 경우 지금 아버지가 아니면 분명 미래에 아버지가 될 아버지 후보일 것이고, 조상이 될 희망을 지니고 있다는 것을 나는 안다. 그 차이는 오직 시간일 뿐이다. 여러 가지 번잡한 문제를 피하려고 사양할 필요 없이 선제적으로 부친의 존엄을 차리면서 우리와 우리 자녀들의 일을 이야기해보자. 이렇게 하면 실행하는 데도 어려움이 줄 것이고, 중국에서도 순리에 맞는 일이어서 '성인의 무리'도 듣고 두려워하지 않을 것이며, 그러면 일거양득이 아닐 수 없다. 그래서 '우리는 어떻게 아버지 노릇을 할 것인가'를 말하려는 것이다.

둘째, 나는 《신청년》에 발표한 몇 편의 글(〈수감록 25〉, 〈수감록 40〉, 〈수감록 49〉—옮긴이)에서 가정 문제에 대해 개략적으로 언급했는데, 대체적인 뜻은 우리부터 시작하여 다음 세대를 해방해야 한다는 것이다. 자녀를 해방하는 것은 사실 지극히 평범한 일이고 당연히 무슨 토론이 필요한 것도 아니다. 중국의 나이 든 사람들은 낡은 습관과 사상에 너무 심하게 중독되어 있어서 결코 각성할 수 없다. 예를 들어, 아침에 까마귀 우는 소리를 들으면 젊은이들은 전혀 개의치 않지만 미신을 믿는 나이 든 사람들은 반나절은 기분이 상해한다. 가엽지만 구제할 방법이 없다. 각성한 사람들이 먼저 시작하여 각자 자기 아이들을 해방하는 수밖에 없다. 스스로가 인습의 무거운 짐을 지고 암흑의 갑문을 두 어깨로 짊어지고 아이들을 드넓은 광명의 세상으로 내보내 앞으로 행복하게 살고 제대로 사람 노릇을 하도록 해야 한다.

전에 나는 무엇인가를 창조하는 사람이 아니라고 말했다가 상하이의 한 신문에 실린 〈새로운 교훈〉이라는 글에서 욕을 먹은 적이 있다. 하지만 우리가 어떤 일에 대해 논평할 때는 먼저 자기 자신에 대해 논평해야 하고 사칭하지 말아야 제대로 말할 수 있고 자기는 물론 다른 사람에게도 떳떳하다. 나 자신이 무엇을 창조하는 사람이 아니며 진리의 발견자도 아니다. 말하고 글로 쓰고 하는 것은 그저 일상생활에서 보고 듣는 것 가운데 내가 옳다고 생각하는 이치를 취한 것들이다. 궁극적 진리에 대해서는 알지 못한다. 몇 년 뒤 학문적 견해가 얼마나 발전하고 변할지 모르겠지만 지금보다는 발전하고 변화가 있을 것이라고 믿는다. 그래서 나는 '우리는 지금 어떻게 아버지 노릇을 할 것인가'라고 말하는 것이다.

내가 지금 옳다고 생각하는 이치는 지극히 간단하다. 생물계의 현상을 보면 첫째는 생명을 보존해야 하고, 둘째는 그 생명을 연장해야 하며, 셋째는 그 생명을 발전(즉, 진화)시켜야 한다. 생물들이 다 이러하기에 아버지도 이러해야 한다.

생명의 가치나 그 가치의 높고 낮음의 문제는 여기서 거론하지 않겠다. 상식적으로 판단하더라도 생물인 이상 제일 중요한 것은 당연히 생명이다. 생물이 생물인 이유가 오직 이 생명에 달려 있고, 그러지 않으면 생물의 의미를 잃어버린다. 생물은 생명을 보존하려고 갖가지 본능을 지니고 있고 가장 대표적인 것이 식욕이다. 식욕이 있어야 식품을 섭취할 수 있고, 식품이 있어야 열을 발생시켜 생명을 보존할 수 있다. 하지만 하나의 개체로서의 생물도 늙고 죽기 마련이다. 생명을 지속시키기 위한 또 한 가지 본능이 있는데, 바로 성욕이다. 성욕이 있어야 성교를 할 수 있고, 성교를 해야 후손이 생겨 생명을 지속시킬 수 있다. 성욕은 후손을 보존하고 생명을 영원히 보존하기 위한 일이다. 음식을 먹는 것이 죄악이 아니고 깨끗하지 못한 일이 아니듯이, 성교 역시 죄악이 아니고 깨끗하지 못한 일이 아니다. 음식을 먹어 자기를 살리는 일이 자기에게 무슨 은혜를 베푸는 일이 아니듯이, 성교로 자녀를 낳는 일 역시 자녀들에게 무슨 은혜를 베푸는 일이라고 할 수 없다. 앞에 서거나 뒤에 서서 다들 생명이라는 기나긴 길을 가는 일이며, 단지 선후관계만 있을 뿐 누가 누구에게 은혜를 베푸는 것은 아니다.

안타까운 것은 중국의 낡은 생각의 관점은 이러한 이치와 완전히 반대라는 점이다. 부부는 인륜의 중간에 속하는데도 '인륜의 시작(人倫之始)'이라며 신중하라고 말한다. 성교는 일상적인 일인데도 부정한 것으로 여긴다. 자식을 낳고 기르는 것 역시 일상적인 일인데도 하늘만큼 큰 공로라고 생각한다. 사람들은 결혼에 대해 부정하다는 사상적 선입견을 지니고 있다. 친지나 친구들이 심하게 놀리고 자신들도 매우 부끄러워한다. 아이를 낳았는데도 자신들이 결혼했다는 것을 이리저리 숨기며 차마 밝히지를 못한다. 하지만 아이에게만은 위엄이 대단하다. 이러한 행동은 훔친 돈으로 부자가 된 것만큼 나쁜 일이 아닐 수 없다. 나는 나를 공격하는 사람들이 생각하듯이 인간의 성교도 다른 동물들처럼 아무렇게나 행해져야 한다거나 부끄러움을 모르는 불량배들처럼 나쁜 행동을 하고서도 득의양양하라고 말하는 것이 아니다. 내가 말하려는 것은, 앞으로 깨어난 사람들은 동양 고유의 깨끗하지 못한 사상들을 먼저 씻어낸 뒤 깨끗해지고 좀 더 아는 게 많아져서 부부란 동반자이고 함께 노동하는 사람이라는 것, 그리고 새로운 생명의 창조자라는 것을 이해하여야 한다는 것이다. 낳은 자녀들이 새로운 생명을 받은 사람들이더라도 그들 역시 영원히 세상을 독차지하지 못하고 그들의 자녀에게 넘겨주어야 한다. 그들의 부모가 그러했듯이 말이다. 여기에는 오직 선후관계만 있을 뿐이며 모두가 이어받아서 넘겨주는 중개인일 뿐이다.

생명은 왜 계속되어야 하는가? 발전하고 진화하기 위해서다. 개체는 죽음을 피할 수 없지만 진화에는 결코 끝이 없기에 계속 이어나가면서 이러한 길을 가는 수밖에 없다. 이러한 길을 가는 데 내적 노력이 꼭 있어야 한다. 단세포동물이 내적 노력이 있어야 그것이 쌓여 번식할 수 있고, 무척추동물이 내적 노력이 있어야 그것이 쌓여 척추가 생길 수 있는 것과 같다. 그래서 뒤에 생겨난 생명은 이전 생명보다 더 의미가 있고, 더 완전에 가까워지게 되며, 이로 인해 더욱 가치 있고, 더욱 고귀하게 된다. 앞선 생명은 그들을 위해 희생하여야 한다.

하지만 중국의 낡은 생각은 이러한 이치와 완전히 반대다. 어린 사람들이 근본이 되어야 하는데 거꾸로 나이 든 사람들이 근본이다. 무게중심을 미래에 두어야 하는데 거꾸로 과거에 둔다. 앞에 산 사람들은 그들보다 더 앞에 살았던 사람들을 위해 희생하고 정작 자신들은 생존해 나갈 힘을 잃게 되자 다음 세대에게 자신들을 위해 희생하라고 가혹하게 요구하여 다음 세대가 스스로를 발전시켜 나갈 능력을 파괴해버린다. 나를 공격하는 사람들이 주장하듯이,

나는 손자들이 하루 종일 할아버지를 실컷 두드려 패야 하고 딸들은 늘 어머니를 저주해야 한다고 말하는 것이 아니다. 내가 말하고자 하는 것은 이렇다. 앞으로 각성한 사람들은 예로부터 전해 내려오는 동양의 잘못된 사상을 먼저 깨끗이 씻어내고, 자녀에 대해 의무 사상을 배가시키고 권리 사상은 크게 줄여 '어린 사람들을 근본〔幼子本位〕'으로 한 도덕으로 바꿀 준비를 해야 한다. 어린 사람들이 권리를 차지한다고 해도 영원히 그것을 독점하는 것이 아니다. 훗날 그들도 그들의 어린 사람들에게 돌려주어야 하고 의무를 다해야 한다. 여기에는 오직 선후관계만 있을 뿐이며, 모두가 이어받아서 넘겨주는 중개인일 뿐이다.

"부모와 자식 사이에 은혜는 없다."라는 나의 단언이 '성인의 무리'가 얼굴을 붉히게 된 중요한 원인이었다. 하지만 그들의 잘못은 '어른을 근본으로 삼는 점〔長子本位〕'과 이기적인 사상, 그리고 권리에 대한 사상은 많은 반면에 의무에 대한 사상은 매우 적다는 데 있다. 부자 관계는 '아버지가 나를 낳으셨다'는 한 가지만으로, 어린 사람들의 모든 것이 어른들 소유라고 생각한다. 더욱 타락한 것은 보상을 바라면서 어린 사람들의 모든 것은 당연히 어른들을 위해 희생되어야 한다고 여기는 점이다. 하지만 자연계의 이치는 하나하나 이와 반대다. 우리는 자고이래로 하늘의 이치를 거슬러 행동해온 셈이고, 그래서 사람의 능력이 아주 위축되고 사회의 진보도 따라서 멈추었다. 멈춤이 곧 죽음의 길이라고 말할 수는 없지만, 진보와 비교해볼 때 멈춤은 죽음의 길과 가깝기 마련이다.

자연계의 질서에도 결함이 있기는 하지만 어른과 어린 사람들을 연결하는 방법에는 틀린 게 없다. 자연계는 '은혜'라는 말을 쓰지 않고 생물에게 한 가지 천성을 부여했는데, 그것은 바로 우리가 '사랑'이라 부르는 것이다. 동물계에서는 어류처럼 너무 많이 자식을 낳아 일일이 관심을 기울일 수 없는 것들 말고는 다들 자기 어린 것들을 진지하게 사랑하며, 이익을 보려는 마음이 결코 없고, 심지어 자기를 희생하여 미래 생명이 발전의 기나긴 길을 가도록 한다.

인류도 예외가 아니다. 서구의 가정에서는 대개 어린 사람들을 근본으로 하고 있어 생물학적 진리에 맞는 방법이다. 중국에서도 마음이 깨끗하고 이른바 '성인의 무리'에 유린당하지 않으면 자연스럽게 그러한 천성을 발견할 수 있다. 예컨대, 한 시골 부인이 아이에게 젖을 먹일 때 자기가 은혜를 베풀고 있다고 생각하지 않는다. 한 농부가 아내를 맞을 때도 빚을 주는 것이라고 생각하지 않는다. 자녀가 생기면 자연스럽게 사랑하고 잘 살기를 바라며 더 나아가 자녀가 자기보다 더 잘되기를, 즉 진화하기를 바란다. 이는 교환관계, 이해관계를 떠난 사랑이고, 이것이 바로 인륜의 줄, 이른바 '벼리(綱)'다. 옛날처럼 '사랑'을 말살시키고 '은혜'만을 이야기하며 보상을 갈망하는 것은 부모와 자식 사이의 도덕을 망치는 것이자 현실에서 부모의 진정한 정에도 부합되지 않고 갈등의 씨만 뿌리는 것이다. 어떤 사람이 〈효를 권한다(勸孝)〉라는 악부(樂府)를 지었는데, 내용은 "아들은 서당에 공부하러 가고, 어머니는 집에서 살구씨를 갈아, 아들이 돌아오면 먹이려 하네. 그런데 효도를 안 할 것인가."라는 내용으로 자기는 '목숨 바쳐 도를 수호'하고 있다고 생각한다. 하지만 부자의 살구씨 즙이나 가난한 사람의 콩국이나 사랑의 가치는 동등하고, 단지 차이가 있다면 부모가 보답을 원하지 않는 마음에 있다는 것을 왜 모르는가. 그렇지 않다면 이는 일종의 매매 행위로 변질된 것이고, 살구씨 즙을 먹었더라도 '사람이 돼지를 젖 먹여 키운 것'과 다를 바 없다. 돼지는 아무리 살이 찌더라도 인륜 도덕적으로 조금도 가치가 없다.

그래서 나는 지금 오직 '사랑'만이 옳다고 생각한다.

어느 나라 어떤 사람이건 '자기를 사랑하는 것'이 옳은 일이라고 인정할 것이다. 이것이 바로 생명을 보존하는 참뜻이고 생명을 지속시키는 바탕이다. 미래의 운명은 현재에 일찍이 결정되기 때문에 부모의 결점은 곧 자손들이 멸망할 조짐이고 생명의 위기다. 헨리크 입센(Henrik Ibsen, 1828~1906)의 《유령(Gengangere)》은 남녀 문제가 중심이지만 유전이 얼마나 무서운지를 알 수 있게 한다. 오스왈드는 삶을 원하고 창작을 할 수 있는 사람인데, 아버지의 생활이 방탕하여 선천적인 병을 지니게 되었고, 결국 사람 구실을 못하게 된다. 어머니를 지극히 사랑하는 그이기에 어머니에게 시중을 들게 할 수가 없어 모르핀을 숨겨두고서 시녀 레지네에게 발작이 일어날 때마다 자신에게 먹여 죽여달라고 한다. 하지만 시녀 레지네가 가버려서, 하는 수 없이 어머니에게 도움을 청한다.

오스왈드 어머니 이제 저를 도와주셔야겠습니다.

아르빙 부인 내가?

오스왈드 누가 어머니만 하겠어요?

아르빙 부인 난, 네 어미야!

오스왈드 그래서 말하는 거예요.

아르빙 부인 난 너를 낳은 사람이야!

오스왈드 저는 어머니더러 저를 낳아달라고 한 적 없어요. 제게 어떤 삶을 주셨나요? 전 이제 제가 필요 없어요. 가져가세요.

이 부분의 묘사는 실로 우리 같은 아버지들이 놀라고 조심하고 탄복해야 할 일이다. 양심을 속이고 아들이 죄를 받아 마땅하다고 말할 수 없다. 이런 일은 중국에도 많다. 병원에서 일해보면 선천성 매독을 앓는 아이들의 참상을 흔히 볼 수 있다. 그리고 아무렇지도 않은 듯이 아이를 데리고 오는 사람들은 대개 그들의 부모다. 하지만 무서운 유전은 매독만이 아니다. 그 밖에도 정신적, 체질적 결점도 자손들에게 유전될 수 있고, 그것이 오래 지속되면 사회도 그 영향을 받을 수 있다. 거창하게 사회 이야기를 하지 않고 자녀 이야기만 하더라도 자기를 사랑하지 않는 사람은 부모 될 자격이 없다고 말할 수 있다. 억지로 부모가 된다고 해도 그저 고대에 도둑이 자칭 왕이라고 한 것처럼 결코 정통성이 없다. 장래 학문이 발달하고 사회가 개조되면 그들이 어찌어찌하여 남긴 후손들은 우생학적 조치를 받아야 할 것이다.

지금 부모들이 정신적, 체질적 결함을 자녀들에게 넘겨주지 않고 뜻밖의 사고도 없다면 자녀들은 당연히 건강하고 생명을 지속할 것이다. 그렇다고 부모의 책임이 끝난 것은 아니다. 생명이 지속된다고 해도 발전이 멈추어서는 안 되기에 그 새로운 생명을 발전시켜야 한다. 비교적 고등한 동물들은 새끼를 키우고 보호해줄 뿐만 아니라 그들이 살아가는 데 필요한 요령을 가르쳐준다. 새는 나는 법을 가르치고 맹수는 싸우는 법을 가르쳐준다. 인류는 그보다 몇 단계 더 높기에 자손들이 한층 더 발전된 천성을 지니기를 원한다. 이것 역시 사랑이다. 앞에서 이야기한 것은 현재에 대한 사랑이고, 이것은 미래에 대한 사랑이다. 사상이 막히지 않은 사람이라면 누구나 자식들이 자기보다 더 강하고 더 건강하며 더 총명하고 더 고상하며 더 행복하기를, 요컨대 부모를 넘어서고 과거를 넘어서기를 원한다. 그렇게 넘어서려면 바꾸어야 한다. 자손들은 선조들의 일을 바꾸어야 한다. "삼년상을 지내는 동안 부친이 가시던 길을 바꾸지 않는다면 효성스럽다고 할 수 있다(三年無改於父之道可謂孝矣)."(〈학이學而〉 편, 《논어論語》) 이 말은 당연히 틀린 말이고, 퇴보를 초래하는 병의 뿌리다. 고대의 단세포동물이라도 이 교훈을 지켰다면 영원히 분열·번식을 하지 못했을 것이고, 세상에 인류는 출현하지 못했을 것이다.

다행히 이러한 가르침이 많은 사람에게 해를 입히기는 했어도 모든 사람의 천성을 완전히 말살할 수는 없었다. '성현의 책'을 읽지 않은 사람들은 유교의 도끼날 아래서도 그러한 천성을 수시로 드러내고 새싹을 틔웠다. 이것이 바로 중국인들이 시들고 위축되기는 했어도 멸종하지는 않은 이유다.

그래서 각성한 사람들은 앞으로 그러한 천성적인 사랑을 더욱 확장하고 순화시켜야 한다. 무아(無我)의 사랑으로 미래의 새로운 사람들을 위해 희생하여야 한다. 그 가장 중요한 것은 바로 이해다. 옛날 서구인들은 어린이는 성인을 위한 준비 단계라고 이해했고, 중국인들은 축소된 성인이라고 오해했다. 최근에 와서 많은 학자의 연구를 통해 아이들의 세계가 성인과 전혀 다르다는 것이 알려졌다. 이 점에 대한 이해가 선행되지 않고서 무턱대고 한다면 아이들의 발달에 크게 장애가 된다. 그래서 모든 시설은 아이들을 근본으로 삼아야 한다. 일본은 근래 들어 깨어난 사람들이 적지 않다. 아동 시설과 아동에 관한 연구가 크게 유행하고 있다.

둘째는 지도다. 세상이 변한 이상 생활도 진화해야 한다. 그래서 후세의 인물들이 앞 세대보다 뛰어나야 하고 같은 틀로 무리하게 꿰맞추어서는 안 된다. 어른들은 지도자, 협력자여야 하지 명령자여서는 안 된다. 어린이들에게 자기를 봉양하라고 강요하지 말아야 하고, 오직 그들을 위해 온 정신을 쏟아 그들이 힘든 일을 할 수 있는 체력과 순결하고 고상한 도덕, 폭넓고 자유롭게 새로운 조류를 받아들일 수 있는 정신을, 요컨대 세계의 새로운 조류 속에서 유영하며 익사하지 않을 힘을 키우도록 해야 한다.

셋째는 해방이다. 자녀들은 나이되 나 아닌 사람이다. 하지만 이미 내게서 독립한 이상 인류 가운데 하나다. 나이기 때문에 교육할 의무를 다해야 하고, 그들에게 자립의 능력을 주어야 한다. 내가 아니기에 해방해야 하고, 모든 것이 그들 자신의 소유인 독립적인 사람이 되도록 해야 한다.

이렇게 부모는 자녀들을 온전하게 낳고, 온 힘을 다해 교육하며, 완전히 해방해야 한다.

하지만 어떤 사람들은 그러고 나면 부모가 가진 게 아무것도 없고 지극히 무료해질 것 같다고 걱정한다. 그러한 쓸데없는 공포와 무료한 감상은 그릇된 낡은 사상 때문에 생기는 것이다. 생물학의 진리를 안다면 자연스럽게 소멸할 것이다. 자녀를 해방하는 부모는 능력을 갖추어야 한다. 자기가 과거에 물든 인물이라고 하더라도 자립할 능력과 정신을 잃지 말아야 하고 폭넓은 취미와 고상한 오락을 지니고 있어야 한다. 행복을 원하는가? 그대의 미래의 생명도 행복할 것이다. 다시 젊어지고 청년으로 돌아가고 싶은가? 자녀들이 바로 그 돌아가고 싶은 청년이고, 독립적이고 더 좋아졌다. 이렇게 해야 어른들의 임무가 완성되고 인생의 위안을 얻을 수 있다. 사상이나 본성이 옛날 그대로이고 고부간의 싸움이나 업으로 삼으며 위아래를 따지는 것을 자랑스러워하면 공허하고 무료한 고통을 면할 수 없을 것이다.

혹자는 자녀를 해방한 뒤 부자 사이가 소원해질까 걱정하기도 한다. 서구 가정의 독재가 중국만 못하다는 것은 이미 다들 아는 바다. 서구의 가정을 두고 금수에 비유했지만, 지금은 '도를 수호하는' 성도들조차 서양 사람들을 변호하면서 그들의 가정에 불효자가 없다고 말한다. 그러니 오직 자녀를 해방해야 부자가 서로 친해질 수 있다. 자식들을 구속하는 가장이 없어야 구속에 반항하는 불효자가 없다. 협박하고 유혹하는 것으로는 가정이 영원히 평안할 수 없다. 그 좋은 예가 바로 우리 중국이다. 한나라 때는 효자를 관리로 뽑는 거효(擧孝) 제도가 있었고, 당(唐)나라 때는 효제역전과(孝悌力田科)가, 청나라 말기에는 효염방정(孝廉方正) 제도가 있어서 효자는 관리가 될 수 있었다. 부모에게 먼저 은혜를 베풀면 황제가 상을 주는 것이었는데, 그래도 부모의 병을 고치려고 자신의 살을 잘라내는 자들은 극히 적었다. 중국의 옛 이론이나 방법은 옛날이나 지금이나 전혀 소용이 없으며, 나쁜 사람들의 허위의식을 조장하고 좋은 사람들이 공연히 자기에게나 남에게 모두 도움이 되지 않는 고통만 더 받게 했을 뿐이라는 사실을 입증하기에 충분하다.

오직 사랑만이 진실이다. 노수(路粹, ?~215)가 공융(孔融, 153~208)을 중상모략하면서 공융이 이렇게 말했다고 조조에게 일러바쳤다.

"아버지가 자식에게 무슨 친함이 있겠는가? 아버지와 아들 사이는 사실 욕정으로 생긴 것이다. 자식과 어머니의 관계도 마찬가지로 그릇과 그 속에 담긴 내용물과 같아서 내용물이 밖으로 나오면 관계도 끊어진다."(한나라 말의 공자 집안에서는 특색 있는 기인을 많이 배출했고, 지금처럼 싸늘하지 않았다. 이 말도 공융 선생이 실제 한 말일 수 있다. 하지만 공융을 공격한 것이 노수와 조조였다는 사실이 웃길 뿐이다.) (노수가 공융이 이런 말을 한 사람이라고 일러바치자 조조는 공융을 불효죄로 죽였다—옮긴이)

공융의 이 말도 낡은 이론에 타격을 가한 것일 수 있지만 사리에 맞는 이야기는 아니다. 왜냐하면 부모가 자식을 낳으면 그와 동시에 천성적 사랑도 생기게 된다. 이런 사랑은 아주 깊고도 넓고 영원하며 그 인연도 바로 사라지지 않는다. 지금 세상은 아직 이상적인 세상이 되지 못하기에 사랑에도 차등이 있어 자식들이 가장 사랑하고 가장 관심을 기울이며 가장 오래 인연을 맺는 사람은 바로 부모다. 이 때문에 자식과 부모 사이가 조금 소원해진다고 해도 걱정할 필요가 없다. 혹시 그렇지 않은 예외적인 부자 관계가 있다면 그 부자 관계는 사랑으로도 이어놓지 못한다. 사랑의 힘으로도 잇지 못하는데 다른 '은혜나 명분, 하늘의 이치, 땅의 이치' 같은 것들을 가지고는 더더욱 잇지 못한다.

혹자는 자식들을 해방하고 나서 어른들이 고생할까 걱정하기도 한다. 이는 두 가지 측면에서 살펴볼 수 있다. 첫째, 중국 사회는 도덕이 훌륭하다고 자랑하지만 실제로 보면 서로 사랑하고 돕는 마음이 정말 부족하다. 효도나 정절 같은 것도 다른 사람들은 전혀 책임지지 않고 나이 어린 사람들과 약한 사람들을 통제하려는 방법일 뿐이다. 이런 사회에서는 나이 든 사람들만 살아가기 힘든 것이 아니라 해방된 나이 어린 사람들도 살아가기 힘들다. 둘째, 중국의 남녀는 대개 나이를 먹기도 전에 시들어버린다. 심지어 스무 살도 못 되어 벌써 노인 티가 나기도 하여 진짜 나이가 들어 쇠약해졌을 때는 남의 부축을 받아야 한다. 그래서 나는 자녀를 해방하려는 부모는 먼저 준비를 해야 한다고 본다. 지금과 같은 사회에서는 더더욱 합리적 생활을 할 수 있도록 개조해야 한다. 많은 사람이 지속적으로 준비해서 사회를 개조해 나가면 틀림없이 실현할 수 있을 것이다. 과거 외국의 경우만 보더라도, 허버트 스펜서(Herbert Spencer, 1820~1903)는 결혼을 하지 않았지만 낙심하고 무료하게 살았다는 말을 듣지 않았고, 제임스 와트(James Watt, 1736~1819)는 일찍 자녀를 잃었지만 천수를 누렸으니 미래의 아들딸이 있는 사람들이야 이야기할 것이 있겠는가?

혹자는 자녀들을 해방한 뒤 자녀들이 고생할까 우려한다. 위에서 말한 바와 같이 이것도 두 가지 측면이 있다. 하나는 늙고 무능해서 고생하는 경우이고, 다른 하나는 젊고 경험이 없어서 고생하는 경우이다. 이 때문에 각성한 사람들이 더더욱 사회 개조의 책임을 느껴야 한다. 이와 관련하여 중국에 전해 내려오는 방법은 두 가지다. 하나는 아이들을 가두어두고 사회와 격리하면 영향을 받지 않는다고 생각하는 것이며, 다른 하나는 아이에게 나쁜 재주를 가르쳐 이렇게 해야 사회에서 살아갈 수 있다고 생각하는 것이다. 이런 방법을 쓰는 어른들의 경우, 생명을 지속시키려는 좋은 뜻을 담고 있다고는 하지만 이치에 비추어보면 분명 잘못된 것이다. 그 밖의 한 가지는 사람을 접대하는 방법을 가르쳐주어 사회에 순응하게 만드는 것이다. 이것은 몇 년 전에 '실용주의'를 주장하는 사람들이 시장에 가짜 은화가 돌자 학교에서 학생들에게 가짜 은화를 식별하는 법을 가르쳐야 한다고 한 것과 같은 잘못을 범하는 것이다. 어쩔 수 없이 사회에 순응할 수는 있겠지만 정당한 방법은 결코 못 된다. 사회에 좋지 않고 나쁜 현상들이 많기에 모두 순응할 수는 없고, 순응하게 되면 합리적 생활에 어긋나는 것이고 진화의 길에 역행하는 것이기 때문이다. 그래서 근본적인 치료법은 오직 사회를 개조하는 것이다.

사실, 중국의 낡은 이상적 가족 관계 따위는 진즉 붕괴했다. 오늘날 심해진 것이 아니라 옛날부터 이미 그러했다. 자고로 5대가 한 집에 사는 것을 표창했다는 것은 5대가 함께 사는 것이 어렵다는 것을 넉넉히 말해주는 것이다. 또 결사적으로 효도를 권장한 것도 사실상 효자가 드물었다는 것을 증명하는 것이다. 그 원인은 모두 위선적인 도덕만 제창할 뿐 진정한 사람들의 정을 멸시했기 때문이다. 대갓집 족보를 보면 시조는 대개 단신으로 이주하여 집안을 세우고 돈도 모은 경우다. 그런데 가족들이 모여 살게 되고 족보가 나올 때가 되면 망해가는 길에 놓이게 된다. 더구나 미래에 미신이 타파되면 계모를 위해 겨울날 죽순을 구하려다 대숲에서 울거나 겨울날 부모에게 생선을 대접하려고 냇가 얼음 위에 눕는 일도 사라질 것이다. 그리고 의학이 발달하면 부모의 병을 알려고 부모의 똥을 맛보거나 부모를 살리려고 자신의 허벅지 살을 자르는 일도 없어질 것이다. 그리고 경제적인 이유로 결혼이 늦어질 수밖에 없고 자식도 늦어질 것이며, 어떤 경우에는 자녀들이 독립하게 되었을 때 부모가 이미 늙어 부양을 받지 못할 수도 있다. 이렇게 되면 부모만 의무를 다한 셈이다. 이렇게 하여 생존해 나갈 것인지 아니면 다 같이 멸망할 것인지 세계 조류는 지금 묻고 있다. 각성한 사람이 많아져서 여기에 힘을 쏟는 사람이 늘어나면 위기는 줄어들 것이다.

앞에서 말한 대로 중국의 가정이 '성인의 무리'가 헛소리하는 것과 달리 실제로는 이미 붕괴했는데도 왜 지금까지 여전히 옛날 그대로이고 조금도 진보가 없었는가? 대답은 간단하다. 첫째, 붕괴하는 가정도 제멋대로이고, 싸우고 있는 가정도 제멋대로이며, 새로 가정을 꾸리는 경우도 제멋대로여서 조금도 삼가는 마음이 없는데다 개혁하려고도 하지 않기 때문이다. 둘째, 예전 가정에는 싸우는 일이 흔했는데, 새로운 단어들이 유행한 뒤부터는 그것을 모두 '혁명'이라고 부르게 되었다. 하지만 그런 것들은 사실 기생집에 가려고 부모에게 돈을 달라고 하다가 욕설이 오가는 경우라든가 노름할 돈을 달라고 하다가 싸우는 것들로 각성한 사람들의 개혁과는 전혀 무관한 일이다. 이런 자칭 '혁명적'이라며 집 안에서 싸우는 자녀들은 완전 구식 무리이고, 자신들 자녀가 생기게 되면 결코 자녀를 해방하지 않는다. 아니면 자녀들을 내버려둔 채 전혀 신경을 쓰지 않거나 《효경(孝經)》을 읽으라고 윽박지르고 옛날 가르침을 배운 자신을 위한 희생물이 되게 한다. 이것은 전적으로 낡은 도덕, 낡은 습관, 낡은 방법의 책임이며, 생물학적 진리는 결코 잘못이 없다.

앞에서 언급한 대로 생물은 진화하기 위해 생명을 지속시켜야 한다면, "불효에는 세 가지가 있는데 그 가운데 자식이 없는 것이 가장 크다〔不孝有三, 無後爲大〕."(〈이루離婁〉 편, 《맹자孟子》)라는 말에 비추어보면 첩을 셋 얻고 넷 얻어도 지극히 당연할 수 있다. 하지만 이것도 답은 지극히 간단하다. 인류가 후손이 없어 장래의 생명이 끊기는 것은 불행한 일이기는 하다. 하지만 그렇다고 옳지 못한 방법으로 생명을 구차하게 연장하여 사람들에게 해를 끼친다면 한 사람의 후손이 끊어지는 것보다 더 큰 불효다. 지금 사회에서 일부일처제가 가장 도리에 맞으며 다처제는 인간을 타락시킨다. 타락은 퇴화에 가까워서 생명을 지속시키는 목적과는 완전히 반대다. 후손이 없으면 자기만 사라지지만 퇴화 상태인 후손이 있게 되면 다른 사람들까지 망치게 된다. 인류는 항상 남을 위해 자신을 희생하는 정신을 지녀왔다. 더구나 생물은 생겨나면 서로 관계를 맺기 마련이어서 한 사람의 혈통은 다른 사람들과 연관되는 만큼 완전히 절멸할 수는 없다. 이 때문에 생물학적 진리가 다처제를 옹호한다고 볼 수 없다.

요컨대, 각성한 부모는 전적으로 의무적이고 이타적이며 희생적이어야 한다. 이는 쉽지 않다. 중국에서는 더더욱 쉽지 않다. 중국의 각성한 사람들은 어른들을 따르면서 나이 어린 사람들을 해방하고 있다. 묵은 빚을 갚으면서 새로운 길을 여는 것이다. 이것이 바로 서두에서 말한 "스스로가 인습의 무거운 짐을 지고 암흑의 갑문을 두 어깨로 짊어지고 아이들을 드넓은 광명의 세상으로 내보내 앞으로 행복하게 살고 제대로 사람 노릇을 하도록 해야 한다."는 것이다. 이것은 위대하고도 중요한 일이자 지극히 힘들고 어려운 일이다.

하지만 세상에 또 다른 부류의 어른들이 있다. 자녀를 해방하려 하지 않을 뿐만 아니라 자녀들이 그들의 자녀를 해방하는 것조차 용납하지 않는 사람들이다. 손자의 손자까지 무의미하게 희생시키려는 것이다. 이것도 분명 하나의 문제다. 하지만 나는 평온하기를 바라는 사람이기 때문에 이 문제에 대해서는 지금 답을 할 수 없다.

1919년 10월

〈우리는 지금 어떻게 아버지 노릇을 할 것인가(我們現在怎樣做父親)〉, 《무덤(墳)》

아이들에게

〈우리는 지금 어떻게 아버지 노릇을 할 것인가〉를 쓰고 이틀 뒤, 아리시마 다케오(有島武郎, 1878~1923)의 저작집에서 《아이들에게》라는 소설을 읽었는데, 좋은 말이 많이 있었다.

> 시간은 쉼 없이 흘러간다. 너희의 아버지인 내가 그때가 되면 너희에게 어떻게 비칠까? 그것은 상상할 수 없다. 아마 내가 지금 가련한 지난 시대를 비웃듯이, 너희도 나의 고리타분한 생각을 비웃을지도 모르겠다. 나는 너희를 위해 그렇게 하기를 바란다. 너희가 나를 발판으로 삼아 나를 뛰어넘어 높고 먼 곳으로 나아가지 않는다면 그것은 잘못된 것이다.

> 세상은 몹시 적막하다. 내가 그저 이렇게 말만 하면 그만인가? 너희와 나는, 피의 맛을 본 짐승처럼 사랑을 맛보았다. 가자, 그리고 우리 주위를 적막에서 구하기 위해 힘을 쏟아 일하자. 나는 너희를 사랑했다. 그리고 영원히 사랑한다. 이것은 결코 아버지로서 너희에게 보답을 받으려고 하는 말이 아니다. '내가 너희를 사랑하도록 가르쳐준 너희'에게 내가 바라는 것은 단지 나의 감

사를 받아달라는 것뿐이다. …… 죽은 어미를 먹어치우면서 힘을 기르는 사자 새끼처럼 힘차고 용감하게, 나를 버리고 인생의 길로 나아가거라.

내 일생이 아무리 실패한다 하더라도, 내가 아무리 유혹을 이기지 못한다 하더라도 나의 발자취에서 너희가 불결한 어떤 것을 발견하는 일은 없을 것이다. 그렇게 할 것이다. 꼭 그렇게 하마. 너희는 내가 쓰러져 숨을 거둔 그곳에서 새로운 발걸음을 내디뎌야 한다. 어디로 갈지, 어떻게 갈지, 너희는 나의 발자취에서 모색할 수 있을 것이다.

아이들아, 불행하지만 동시에 행복한 너희 아버지와 어머니의 축복을 가슴 깊이 간직하고 인생의 여정에 오르거라. 앞길은 멀다. 그리고 어둡다. 그러나 두려워하지 마라. 두려워하지 않는 자의 앞에 길은 열리기 마련이다.
가거라, 용감하게. 아이들아!

다케오 씨는 시라카바하(白樺派: 일본 다이쇼 시대에 동인 잡지인 《백화白樺》를 중심으로 한 문학자들. 자연주의에 반대하고 자아를 존중하며 인간의 가능성을 신뢰하는 이상주의를 표방했다—옮긴이)로 각성한 사람이다. 그래서 이런 말을 하는 것이다. 하지만 속에는 아쉽고 서글픈 기분이 어쩔 수 없이 느껴진다.

역시 시대 탓이다. 장래에는 특별한 해방을 위한 말이 필요 없어지고, 해방의 마음도 일지 않으며, 무슨 아쉽거나 서글픈 마음도 들지 않을 것이다. 오직 사랑만이 의연히 존재할 것이다. 모든 아이에 대한 사랑이.

〈수감록 63 – '아이들에게'(隨感錄六十三 –"與幼者")〉, 《열풍(熱風)》

남녀평등의 길

모든 여자가 남자와 동등한 경제권을 얻지 못하면 모든 이름 좋은 명목들은 다 공염불이라고 생각한다. 물론 생리나 심리에서 남자와 여자는 차이가 있다. 그리고 동성끼리도 차이가 있다. 그렇지만 지위는 반드시 동등해야 한다. 지위가 먼저 동등해져야 참다운 남자와 여자가 있을 수 있으며, 한숨과 고통이 사라질 수 있다.

참다운 해방이 있기 전에 필요한 것은 전투다. 여자들이 남자들처럼 총을 들어야 한다거나 자기 아이에게 한쪽 젖만 물리고 남자더러 절반을 책임지게 하라는 것이 아니다. 나는 지금의 임시적인 위치에 편히 만족하지 말고 사상 해방을 위해, 경제 등을 위해 부단히 전투를 벌여야 한다는 것이다. 사회를 해방하면 자신도 해방이 된다. 물론 지금 여자들만이 당하고 있는 질곡을 위한 투쟁도 당연히 필요하다.

〈여성해방에 관하여(關於婦女解放)〉, 《남강북조집(南腔北調集)》

노라는 집을 나간 뒤 어떻게 되었는가

– 1923년 12월 26일 베이징여자고등사범학교 문예회에서 한 강연

제가 오늘 여러분에게 이야기하려는 것은 '노라는 집을 나간 뒤 어떻게 되었는가' 하는 것입니다.

헨리크 입센은 19세기 후반 노르웨이의 작가입니다. 그의 저작은 몇십 편의 시 외에는 모두 희곡입니다. 그의 희곡들은 대부분 사회 문제를 다루었고, 세상 사람들은 그것을 사회극이라고 하기도 했습니다. 그중 하나가 《노라(Nora)》입니다.

《노라》는 일명 《아인 푸펜하임(Ein Puppenheim)》이라고 하는데, 중국에서는 《인형의 집(傀儡家庭)》이라고 번역했지요. 그런데 '푸페Puppe'는 줄을 매달아 조정하는 인형뿐만 아니라 어린이들이 안고 노는 인형이란 뜻도 있습니다. 뜻을 더 넓히면 남이 시키는 대로 하는 사람도 여기에 포함될 수 있겠지요. 노라는 처음에는 이른바 행복한 가정에서 만족스럽게 살고 있었습니다. 그러나 그녀는 문득 깨달았지요. 자기는 남편의 인형이고 아이들은 또 그녀의 인형이라는 것을 말입니다. 이리하여 그녀는 집을 나갑니다. 문 닫는 소리와 함께 극의 막이 내리게 됩니다. 이것은 여러분도 다 알고 있으리라 생각되기 때문에 자세하게 말하지 않겠습니다.

어떻게 했어야 노라가 집을 나가지 않았을까요? 이에 대해 입센이 해답을 주었다고 말한 사람도 있습니다. 《바다에서 온 여인(Die

Frau vom Meer)》이란 작품이 그것이지요. 중국에서는 이를《해상 부인(海上夫人)》이라 번역한 사람도 있더군요. 거기서 여인은 이미 결혼한 처지였습니다. 옛 애인이 바다 건너에 살고 있었는데, 하루는 그 사람이 갑자기 찾아와서는 같이 떠나자고 합니다. 그러자 그 여인은 그 일을 남편에게 말하고, 남편은 그 사람을 만나보게 합니다. 마지막으로 남편은 이렇게 말합니다.

"나는 지금 당신에게 완전한 자유를 주겠소. (떠나든 말든) 당신 자신에게 달렸고, 그 책임도 당신이 져야 하오."

이렇게 되자 사태는 완전히 변하여 그 여인은 나가지 않기로 합니다. 이것을 보면 노라 역시 그러한 자유를 얻었다면 집을 나가지 않고 살았을지도 모릅니다.

하지만 노라는 집을 나갔습니다. 집을 나간 뒤 어떻게 되었는지, 입센은 여기에 아무런 해답도 주지 않았고, 그는 이미 죽고 없습니다. 설사 그가 아직 죽지 않았다 해도 답할 책임은 없지요. 입센은 극을 썼을 뿐이지 사회를 위해 문제를 제기하고 사회를 대신해 해답을 주려는 것이 아니었기 때문입니다. 이는 꾀꼬리가 노래하는 것과 같습니다. 꾀꼬리는 노래하고 싶어서 노래하는 것이지, 사람들을 즐겁게 하고 이로움을 주려고 노래하는 것이 아니지요. 입센은 세상 형편에 어두운 사람이었습니다. 이런 얘기가 있습니다. 많은 여성이 그를 파티에 초청했답니다. 그 자리에서 한 대표자가 일어나, 그가《인형의 집》을 써서 여성들의 각성과 해방에 대한 새로운 계시를 주었다고 사의를 표시하자 그는 이렇게 말했습니다.

"나는 그런 의도로 그 작품을 쓰지 않았습니다. 나는 그저 시를 썼을 뿐입니다."

노라는 집을 나간 뒤 어떻게 되었는가? 여기에 대해서 몇몇 사람이 자신의 견해를 내놓기도 했습니다. 한 영국인이 쓴 희곡에서는, 신식 여성이 집을 나간 후에 갈 곳이 없어 끝내 창녀로 전락해버립니다. 한 중국인은—뭐라고 불러야 할까요? 상하이 작가라고 하지요—자기는 지금 번역본과 다른《노라》를 읽었는데 거기서는 노라가 나중에 집으로 돌아왔다고 하더군요. 유감스럽게도 그 사람 말고는 그 극본을 보았다는 사람이 하나도 없으니 입센이 직접 그에게 부쳐준 모양입니다. 이치로 미루어보면, 기실 노라에게는 두 가지 길밖에 없다고 할 수 있지요. 타락하거나 집으로 돌아오는 길입니다. 가령 한 마리 새가 있다고 합시다. 그 새는 새장 안에서는 물론 자유가 없었지요. 그래서 자유를 찾아 새장에서 나와 보니 매라든가 고양이가 있고, 그 밖에도 온갖 것이 노리고 있지요. 새장 속에 오래 갇혀 있었기 때문에 날개가 굳어 날 힘도, 나는 법도 잊어버렸다면 이런 바깥세상에서 도무지 살아갈 길이 없는 것입니다. 한 가지 길, 굶어 죽는 방법이 있긴 합니다. 그러나 굶어 죽는다는 것은 삶을 떠나는 것이므로 문젯거리가 되지 않습니다. 그런 건 길이라고도 할 수 없지요.

인생에서 가장 고통스러운 것은 꿈에서 깨어났을 때 갈 길이 없는 것입니다. 꿈을 꾸고 있는 사람은 행복합니다. 아직 갈 길을 발견하지 못했다면, 제일 중요한 것은 그를 꿈에서 깨우지 않는 것입니다.

당나라 때의 시인 이하(李賀, 790~816)를 보십시오. 그는 평생 괴롭게 살았지 않습니까? 그가 죽을 무렵, 어머니에게 이렇게 말했다고 합니다.

"어머니, 옥황상제가 백옥루(白玉樓)를 지어놓고 저더러 낙성식에 쓸 글을 지어달라고 합니다."

이야말로 순전히 거짓말이고 꿈이 아니고 무엇입니까? 그러나 이로 인해 아들과 어머니, 죽는 사람과 살아 있는 사람 사이에서, 죽는 사람은 기쁘게 죽고 살아 있는 사람은 마음 놓고 살게 되었습니다. 이럴 때 거짓말과 꿈의 위대함을 볼 수 있습니다. 그러기에 나는 가령 길을 찾지 못했을 때 우리에게 필요한 것은 오히려 꿈이라고 생각합니다.

그러나 미래에 대한 꿈은 절대 꾸지 말아야 합니다. 러시아의 소설가 미하일 아르치바셰프(Mikhail Petrovich Artsybashev, 1878~1927)는 자신의 소설에서 미래의 황금 세계를 꿈꾸는 이상주의자에게 따진 적이 있습니다. 그런 세계를 창조하자면 먼저 많은 사람을 깨워 고통을 주기 때문입니다. 그는 말합니다.

"당신들은 황금 세계를 그들의 자손에게 약속합니다. 그러나 당신들이 정작 그들 자신에게 주는 것은 무엇입니까?"

주는 것이 있기는 합니다. 바로 미래에 대한 희망입니다. 하지만 대가 역시 매우 큽니다. 그 희망을 위해 사람들은 감각을 더욱 날카롭게 하여 고통을 더 깊이 느껴야 하고, 영혼을 불러 깨워서 자신의 썩은 시체를 직시하도록 해야 합니다. 그래야만 거짓말과 꿈의 위대함을 볼 수 있습니다. 이 때문에 나는 이렇게 생각합니다. 길을 찾지 못했을 때 우리에게 필요한 것은 꿈이다. 하지만 그것은 미래에 대한 꿈이 아니라 현재에 대한 꿈이라고 말입니다.

노라는 이미 깨어났습니다. 다시 꿈나라로 돌아간다는 것은 어렵습니다. 그러므로 그녀는 집을 나가는 수밖에 없었습니다. 그러나 집을 나간 뒤, 경우에 따라서는 타락할 수도 있고 돌아올 수도 있을 것입니다. 그렇지 않다고 한다면, 저는 이런 질문을 드리고 싶습니다. '그녀는 각성한 마음 이외에 또 무엇을 지니고 나갔는가?' 만일 지닌 것이 여러분이 가지고 있는 것과 같은 빨간 털목도리 하나뿐이라면, 그 넓이가 두 자이건 석 자이건 아무 소용이 없습니다. 그녀는 더 부자여야, 핸드백 속에 준비되어 있어야 합니다. 단도직입적으로 말하면 돈이 있어야 합니다.

꿈이 좋습니다. 그렇지 않다면 돈이 필요합니다.

돈이란 말은 매우 귀에 거슬리지요. 혹 고상한 군자들한테 비웃음을 받을지도 모릅니다. 하지만 저는 인간의 의견은 어제와 오늘이 다를 뿐만 아니라, 식전과 식후가 왕왕 다르다고 생각합니다. 무릇 밥은 돈을 주어야 사 먹을 수 있다는 사실을 인정하면서도 돈 소리 하는 것을 비천하다고 하는 인간들은, 그들의 위를 눌러보면 틀림없이 배 속에 아직 소화되지 않은 고기와 생선이 남아 있을 것입니다. 그러한 사람들에게는 온종일 굶긴 뒤에 다시 의견을 들어보는 것이 좋습니다.

그렇기에 노라를 위해서는 돈, 고상한 말로 경제가 제일 중요합니다. 자유는 물론 돈으로 살 수 없습니다. 하지만 돈에 팔릴 수는 있습니다. 인간에게는 한 가지 큰 결점이 있지요. 자주 배가 고픈 것입니다. 이 결점을 보완하려면, 그리고 인형이 되지 않으려면 오늘날 사회에서 경제권이 제일 중요합니다. 따라서 첫째는 가정에서 남녀 간에 균등한 분배가 이루어져야 합니다. 둘째로는 사회에서 남녀 간에 동등한 힘을 지녀야 합니다. 그런데 유감스럽게도 이런 권리를 어떻게 해야 얻을 수 있는지, 나는 알지 못합니다. 단지 아는 것이라고는 싸워야 한다는 것입니다. 참정권을 요구하는 것보다 더 격렬한 싸움을 해야 할지도 모릅니다.

경제권을 요구하는 것은 물론 아주 평범한 일입니다. 그러나 고상한 참정권을 요구하거나 폭넓은 여성해방을 요구하는 것보다 더 번거롭고 어려울지도 모릅니다. 세상에는 작은 일이 큰일보다 더 번거롭고 어려운 경우가 있습니다. 이를테면 요즘 같은 겨울에 솜저고리 단벌밖에 없는 처지인데, 금세 얼어 죽을 것 같은 불쌍한 사람을 구하든지 보리수 밑에 가 앉아서 전 인류를 구원할 방법을 명상해야 한다고 합시다. 전 인류를 구원하는 일과 한 사람을 살리는 일은 그 비중에 있어 차이가 몹시 큽니다. 그러나 나더러 둘 중 하나를 택하라고 하면 나는 주저 없이 보리수 밑에 가 앉을 것입니다. 그렇게 하면 단벌뿐인 솜저고리를 불쌍한 사람에게 벗어주고 정작 자신은 얼어 죽는 그런 처지를 모면할 것이기 때문입니다. 그래서 가정에서 참정권을 요구할 때는 큰 반대를 하지 않더라도 경제의

균등한 분배를 꺼내면 당장에 적을 만나게 될 것이고, 그렇게 되면 당연히 격렬한 전투가 벌어질 것입니다.

전투는 좋은 것이라고 할 수 없으며, 모두 다 전사가 되라고도 할 수 없습니다. 그러기에 평화적인 방법도 중요합니다. 그 평화적인 방법 가운데 하나는 친권(親權)을 이용해 앞으로 자기 자녀들을 해방하는 것입니다. 중국에서 친권은 절대적인 것이지요. 그렇게 하면 재산을 자녀들에게 평등하게 나누어줄 수 있고, 자녀들이 충돌 없이 평화롭게 동등한 경제권을 얻을 수 있으며, 그런 뒤에는 각자가 공부를 하는 데 쓰든, 돈벌이에 나서든, 자신을 위해 쓰든, 아니면 사회를 위해 사업을 하든, 그저 탕진해버리든, 자기가 책임을 지는 것이지요. 이것 역시 아득한 꿈이기는 하지만 황금 세계에 대한 꿈보다는 상당히 가까운 편입니다.

이렇게 하려면 무엇보다 먼저 기억력이 필요합니다. 기억력이 나쁘면 자기 자신만 이득을 보고 자손들에게는 손해를 끼치게 됩니다. 사람들은 망각이 있기에 자기가 겪은 고통에서 점차 해탈할 수도 있지만, 망각 때문에 왕왕 앞사람들이 범한 오류를 다시 범하게 됩니다. 학대받은 며느리가 시어머니가 되면 언제 그랬느냐는 듯이 며느리를 학대합니다. 지금 학생들을 증오하는 관리들은 모두 학생 시절에 관리를 욕한 사람입니다. 지금 자녀를 억압하는 자 가운데 혹자는 10년 전만 하더라도 가정 혁명을 주장한 사람이었습니다. 이것은 나이나 지위 때문이기도 하겠지만, 기억력이 나쁜 것도 큰 원인입니다. 그 구제책은 각자가 노트를 한 권씩 사서 자신의 지금 사상과 행동을 모조리 적어두었다가 나이와 지위가 변한 다음에 참고하는 것입니다. 가령 아이가 공원에 가자고 졸라서 귀찮을 때 그것을 꺼내 펼쳐봅니다. 거기에 "나는 중앙공원에 가고 싶다."라는 구절이 적혀 있는 것을 보면 곧 화가 누그러질 것입니다. 다른 일도 이와 마찬가지입니다.

세상에는 깡패 기질이라는 것이 있습니다. 그 요점은 다름 아닌 끈기입니다. 듣자니 '권비(拳匪)의 난(의화단의 난—옮긴이)'이 있고 나서 톈진(天津)의 청피(青皮)라 불린 깡패들이 대단히 날뛰었다고 합니다. 이를테면 그들은 남의 짐을 운반해주고 2원을 내라고 합니다. 이 짐은 작지 않냐고 따져도 2원을 내라고 합니다. 길이 가깝다고 해도 2원을 내라고 합니다. 운반하지 말라고 해도 역시 2원을 내라고 합니다. 물론 청피를 본받을 일은 아니지만, 그 끈기만은 탄복할 만합니다. 경제권을 요구하는 것도 이와 마찬가지입니다. 누가 그런 것은 케케묵은 일이라고 말하더라도 끝까지 경제권을 달라고 해야 하며, 이제 곧 경제 제도를 개혁할 것이므로 걱정할 필요가 없다고 해도 끝까지 경제권을 달라고 요구해야 합니다.

어쨌든 지금은 노라가 집을 나가더라도 별로 어려움을 겪지 않을지 모르겠습니다. 그런 인물은 아주 비범하고 행동도 신선하기에 몇몇 사람의 동정과 도움을 받아 살아갈 수도 있기 때문입니다. 하지만 남의 동정을 받아 산다는 것은 이미 자유롭지 못한 것입니다. 만일 100명의 노라가 집을 나간다면 동정마저 적어질 것이고, 1,000명이나 1만 명이 집을 나간다면 혐오하게 될 것입니다. 그러므로 자기가 경제권을 장악하는 것이 제일 든든합니다.

경제적인 면에서 자유를 얻으면 그것으로 인형이 아닐까요? 역시 인형입니다. 다만 남에게 조종당하는 일이 적어지고, 자기가 조종할 수 있는 인형이 늘 수 있을 뿐입니다. 요즘 사회에서는 여자가 남자의 인형일 뿐만 아니라, 남자와 남자, 여자와 여자 사이에서도 그들끼리 서로 인형이 되기 때문입니다. 남자가 여자의 인형으로 되는 경우도 흔하지요. 이 점은 여성이 경제권을 얻었다 하여 해결되는 것이 아닙니다. 그렇다고 굶고 앉아서 이상적인 세계가 오기를 기다릴 수는 없는 일이며, 최소한 목숨은 부지해야 합니다. 흡사 마른 수레바퀴 자국에 빠진 붕어에게는 우선 한 줌의 물이 시급한 것처럼, 우선 비교적 절박한 것은 경제권이고, 그런 다음 다른 방법을 생각해야 합니다.

경제 제도가 개혁된다면 지금까지 한 말은 전혀 쓸모가 없겠지요.

그런데 위에서 한 말은 노라를 보통 인물로 간주하고 한 얘기입니다. 가령 그녀가 아주 특출한 인물이어서 스스로 뛰쳐나가 희생한다면 그것은 별개 문제입니다. 우리는 남에게 희생하라고 권유할 권리도 없거니와, 남이 스스로 희생하는 것을 막을 권리도 없습니다. 더구나 세상에는 기꺼이 희생하거나 고난에 뛰어드는 사람이 적지 않습니다.

유럽에 이런 전설이 있습니다. 예수가 십자가에 못 박히러 갈 때, 아하슈바(Ahasvar)의 처마 밑에서 좀 쉬고 가려 했답니다. 하지만 아하슈바는 그것을 허락하지 않았고, 그는 저주를 받아 최후의 심판

날까지 영원히 쉴 수가 없게 되었지요. 아하슈바는 그때부터 쉬지도 못하고 계속 걸어야 했고, 지금도 걷고 있습니다. 걷는 것은 고통스러운 일입니다. 편안히 쉬는 것이 즐겁지요. 그런데 그는 왜 편히 쉬지 않을까요? 저주를 받아 그렇다고는 해도, 걷는 편이 편안히 쉬는 것보다 마음에 들기 때문에 언제나 걷고 있을 것입니다.

그런데 어떤 희생이 마음에 든다는 것은 그 사람 본인의 일로서 이른바 지사(志士)들이 말하는 사회를 위해서 그렇게 한다는 것과는 관계가 없습니다. 대중, 특히 중국의 대중은 영원히 연극의 구경꾼입니다. 희생하는 장면이 등장한다고 합시다. 그 장면이 감격스러우면 그들은 비극을 구경한 셈이 되고, 비겁하면 희극을 구경한 셈이 될 뿐입니다. 베이징의 양고기 정육점 앞에는, 언제나 입을 벌린 채 양가죽 벗기는 것을 구경하는 사람들이 있습니다. 매우 재미있는 모양입니다. 인간의 희생이 그들에게 주는 유익함은 어쩌면 그러한 것에 불과할지도 모릅니다. 게다가 그들은 일이 끝나면 몇 발짝 안 가서 그 보잘것없는 즐거움조차 잊어버리고 말지요.

이런 대중에게는 다른 방법이 없습니다. 그저 그들이 구경할 연극을 없애버리는 편이 오히려 구제책일 것입니다. 참으로, 세상을 한때 짧게 놀라게 하는 희생보다는 깊고 끈기 있는 투쟁이 더 낫습니다.

안타깝지만 중국은 너무 변혁이 어렵습니다. 책상을 하나 옮기거나 난로를 하나 바꾸려 해도 피가 필요할 정도입니다. 더구나 피를 흘린다고 해서 옮기거나 바꿀 수 있는 것도 아닙니다. 아주 커다란 채찍이 등을 후려치지 않는 한 중국은 스스로 움직이려 하지 않습니다. 나는 그 채찍이 언젠가는 틀림없이 올 것이라고 생각합니다. 그것이 좋든 나쁘든, 어쨌든 분명히 내려칠 것입니다. 하지만 어디에서 올지, 어떻게 올지는 나도 분명히 알 수 없습니다.

나의 강연은 이것으로 끝났습니다.

〈노라는 집을 나간 뒤 어떻게 되었는가(娜拉走後怎樣)〉, 《무덤(墳)》

07

아이들을 구하라

4000년 동안 식인을 해온 곳. 오늘에야 알았다, 나도 그 속에 여러 해 동안 섞여 있었음을. 4000년 식인의 이력을 지닌 나, 처음에는 몰랐지만 이제는 알았다. 진정한 인간을 만나기가 어렵다는 것을!

〈광인일기(狂人日記)〉, 《외침(吶喊)》

습관은 먹는 것, 입는 것에만 있는 것이 아니라, 생각에도 있다. 제일 위험한 습관은 생각의 습관이다. 늘 그러했듯이 습관적으로 생각하고, 다들 그렇게 생각하듯이 생각한다. 우리 시대, 우리 체제가 설정한 대로 생각한다. 다들 그렇게 생각하고 예전부터 그렇게 생각해왔기 때문에 그렇게 생각한다. 하지만 변화를 위해서, 좀 더 좋은 세상을 위해서는 이단자가 필요하다. "다들 그렇게 생각하고, 예전부터 그렇게 생각해왔다고 해서, 그게 옳아?"라고 질문하는 혁신적인 이단자가 필요하다. 다들 한 무리가 되어서 습관적으로 식인(食人) 하는 세상에서 다수의 습관에 저항하는 이단자인 광인이 필요한 이유다.

광인일기

모(某) 군(君) 형제는 그 이름을 여기서 밝힐 수는 없으되 양인(兩人) 모두 내 예전 중학 시절 친한 벗이라. 다년간 격조하여 소식이 점차 끊겼다. 일전에 우연히 그중 하나가 큰 병을 얻었다고 들었다. 고향 가는 길에 돌아 찾아갔는데 병자는 동생이라더라. 군이 멀리서 수고로이 보러 왔으되 진즉 나아서 모처에 후보 관리(候補: 직함만 있을 뿐 실제 직무는 없는 청나라의 하급 관리로, 임용을 기다리는 사람을 가리킨다—옮긴이)로 갔네. 크게 웃더니 일기 두 권을 꺼내 보여주며, 당시 병증(病症)을 알 수 있을 터이고, 옛 벗에게 주는 것은 무방하리라 하더라. 가지고 돌아와 읽어본즉, 병이 '피해망상증'의 일종이라는 것을 알겠더라. 말의 순서가 맞지 않고 착종(錯綜)하며 황당하더라. 일월(日月)도 적지 않았고, 다만 먹빛과 글자체가 하나가 아니어서 어느 한 시기에 쓴 게 아니라는 건 알겠더라. 간혹 대략 연결되는 것도 있어, 여기 한 편을 옮겨 의학 연구 자료로 제공하려 함이라. 일기 중 틀린 말도 있으되 한 자도 고치지 않았음이라. 다만 인명은 다 시골 사람들이라 세간에 알려지지 않아서 대체로 무관하긴 하더라도 다 고쳤다. 책 제목은 본인이 나은 후 단 것이라 고치지 않았다.

7년('중화민국 7년'이라는 뜻으로, 1918년이다—옮긴이) 4월 20일

1

오늘 저녁은 달이 아주 밝다.

내가 달을 보지 못한 지도 30년이나 되었다. 오늘 보게 되니 기분이 몹시 상쾌하다. 지난 30여 년 동안 전혀 내 정신이 아니었다는 것을 이제야 알았다. 하지만 각별히 조심해야 한다. 그러지 않으면 자오(趙)네 개가 왜 나를 노려보겠는가?

내가 무서워하는 것도 일리가 있다.

2

오늘은 달이 없다. 조짐이 좋지 않다는 것을 나도 안다. 아침에 조심스레 문을 나서는데, 자오구이(趙貴) 영감의 눈빛이 심상치 않았다. 나를 무서워하는 것 같기도 하고, 해치려는 것 같기도 했다. 예닐곱 명이 이마를 맞대고 소곤거리며 내 이야기를 하고 있었는데, 그러면서도 내가 볼까 두려워하고 있었다. 길에 있는 사람들 모두가 그러했다. 그중 가장 사납게 생긴 자는 입을 쩍 벌리고 내게 웃음을 흘렸다. 나는 온몸이 오싹해지면서 그들이 벌써 준비를 다 마쳤다는 것을 알았다.

하지만 나는 무서워하지 않고 계속 내 길을 갔다. 앞에 꼬마들도 내 이야기를 하고 있었다. 눈빛이 자오구이 영감하고 똑같았고, 낯빛이 온통 새파랬다. 나는 내가 꼬마 애들에게 무슨 원수를 졌기에 애들이 이러는지 생각해보았다. 그러다 더는 참을 수가 없어서 "얼른 말해!"라고 소리치자, 아이들이 도망쳐버렸다.

나는 생각했다. 나와 자오구이 영감 사이에 무슨 원한이 있을까? 길에 있던 사람들하고는 무슨 원한이 있을까? 20년 전에 구주(古久) 선생의 낡은 장부를 짓밟아서 선생이 기분 나빠했다. 자오구이 영감은 구주 선생을 알지 못하지만 분명 소문을 듣고서 대신 화풀이를 하는 것이고, 길에 있는 사람들과 짜고서 같이 나를 원수 취급하는 것이리라. 그런데 꼬마 애들은 왜 그럴까? 그때 저 애들은 아직 태어나지도 않았는데, 왜 이렇게 나를 무서워하는 것도 같고 해치려는 것도 같은 이상한 눈으로 보는 것일까? 이것이 정말 나를 무섭게 하고 놀라게 하며 가슴 아프게 한다.

알겠다. 이것은 아이들 아비, 어미가 가르쳐서 그런 거다!

3

밤에 도무지 잠을 이룰 수가 없다. 모든 일은 연구를 해야 알 수 있는 법이다.

그들 중에는 현(縣)의 지사(知事)에게 두들겨 맞고 목에 칼을 쓴 자도 있고, 동네 유지에게 뺨을 얻어맞은 자도 있으며, 아전에게 처를 빼앗긴 자도 있고, 아비, 어미가 빚쟁이에게 시달리다 죽은 자도 있다. 하지만 그때도 그들 얼굴빛이 어제처럼 그렇게 무섭고 사납지는 않았다.

가장 이상한 것은 어제 길에서 만난 여자가 자기 아들을 때리면서 입으론 "이놈의 자식, 네놈을 씹어먹어야 내 속이 풀리지!" 하면서 나를 쳐다본 일이다. 나는 깜짝 놀라 어쩔 줄을 몰랐는데, 납빛 얼굴에 날카로운 이가 튀어나온 사람들이 다들 웃음을 터뜨렸다. 천라오우(陳老五)가 얼른 다가와 나를 집으로 끌고 갔다.

집에 끌려 들어온 나를 집안사람들은 다 모른 체했다. 그들의 눈빛도 다른 사람들하고 똑같았다. 서재에 들어서자 밖에서 문을 채웠다. 닭이나 오리를 가두듯이. 이 일로 나는 더더욱 영문을 알 수 없게 되었다.

며칠 전 랑즈춘(狼子村)에서 소작인이 와 흉년이 들었다면서 큰형에게 말하길, 자기 동네에 아주 나쁜 인간이 있었는데 사람들에게 맞아 죽었다는 것이다. 그런데 몇 사람이 그 사람의 심장과 간을 기름에 볶아 먹었는데, 그렇게 하면 담이 커진다고 했다. 내가 한마디 거들자 소작인과 큰형이 둘 다 나를 힐끔거렸다. 오늘에야 알았다. 그들의 눈빛이 밖에 있던 그 사람들과 똑같다는 것을.

생각만 해도 온몸이 오싹했다.

그들이 사람을 잡아먹을 수 있는 이상 나를 잡아먹지 않으리란 법이 없다.

그 여자가 '네놈을 씹어먹'을 거라고 말하고 납빛 얼굴에 날카로운 이가 튀어나온 사람들이 웃음을 터뜨린 것, 그리고 며칠 전에 소작인이 한 말은 분명 암시다. 그들 말에 독이 차 있고, 웃음에 칼이 가득하다는 것을 이제 알았다. 그들의 이가 온통 저리 번쩍거리며 사나운 것을 보면 그들은 분명 식인하는 무리다.

나 스스로 생각해봐도 내가 나쁜 사람은 아니지만, 구가네 장부를 짓밟은 뒤로 사정이 달라졌다. 그들에게 다른 속내가 있는 것 같긴 한데 나로서는 전혀 알아낼 길이 없다. 더구나 그들은 단번에 안면을 바꾸고 상대를 나쁜 인간이라고 지목하곤 한다. 형이 내게 글쓰기를 가르칠 때, 아무리 훌륭한 사람이라도 그 사람을 조금 비판하면 동그라미를 여러 개 쳐주었고, 나쁜 사람을 조금 변호하면 "절묘하도다, 독창적이구나."라고 말하곤 했다. 그러니 내가 그들의 속내를 어떻게 알아차릴 수 있겠는가? 더구나 지금 그들은 사람을 잡아먹으려고 하는 참인데 말이다.

모든 일은 연구를 해야 알 수 있는 법이다. 옛날부터 흔히 식인을 해왔다는 것을 나도 기억하지만, 분명하지는 않았다. 나는 역사책을 뒤졌다. 이 역사책에는 연대가 없고, 페이지마다 삐뚤삐뚤 '인의도덕(仁義道德)'이라는 글자가 적혀 있었다. 나는 잠을 이룰 수가 없어서 한밤중까지 자세히 들여다보았다. 그러자 글자들 틈에서 다른 글자가 보이면서 책에 온통 '식인'이라는 두 글자가 적혀 있었다!

책에도 온통 이렇게 적혀 있고 소작인도 그렇게 말했을뿐더러 다들 실실 웃으며 나를 이상한 눈으로 본다.

나도 사람이기에 그들은 나를 먹으려는 것이다!

4

아침에 한동안 마음을 가다듬고 앉아 있었다. 천라오우가 식사를 내왔는데, 채소와 생선찜이었다. 그런데 생선의 하얀 눈알이 딱딱하게 굳어 있고 입은 쩍 벌린 것이 식인하려는 사람과 똑같았다. 몇 젓가락 입에 대보니 미끌미끌한 것이 생선인지 사람인지 알 수가 없어 배 속의 것을 죄다 토해냈다.

내가 말했다.

"라오우, 큰형에게 말해주게. 내가 답답해서 정원을 좀 걷고 싶다고."

라오우가 대답도 하지 않고 가버리더니, 조금 있으니까 문이 열렸다.

나는 꿈쩍도 하지 않은 채 그들이 나를 어떻게 하는지 연구할 참이었다. 그들은 분명 나를 풀어주지 않을 것이다. 역시 그랬다! 큰형이 한 노인네를 안내해 천천히 걸어왔다. 그자는 눈에 흉악한 빛이 가득했는데 내가 알아챌까 봐 시종 고개를 숙이고 안경테 너머로 슬그머니 나를 쳐다보았다. 큰형이 말했다.

"오늘은 괜찮은 것 같구나."

내가 말했다.

"네."

큰형이 말했다.

"오늘 허(何) 선생에게 오셔서 너를 좀 진찰해달라고 부탁드렸다."

내가 말했다.

"그러세요."

이 영감이 실은 인간 백정이라는 것을 내가 어찌 모를 것인가! 진맥한다는 핑계로 분명 내 살집을 살필 것이고, 그 공으로 고기를 나누어 먹을 것이다. 그래도 나는 무섭지 않았다. 내가 식인하지 않아도 그들보다 담은 크다. 두 주먹을 내밀고 그가 무슨 수작을 하는지 보았다. 영감은 앉아서 눈을 감고 한참을 만져보고 한동안 멍하니 있더니 음흉하게 눈을 뜨며 말했다.

"허튼 생각 말고 조용히 며칠 요양하면 좋아질 것이네."

허튼 생각 말고 조용히 요양하라고! 요양해서 살이 오르면 그들에게는 먹을 게 늘어나겠지만, 나한테는 뭐가 좋고 뭐가 '좋아질 것'인가? 저 인간들이 식인하고 싶으면서도 몰래 눈속임 방법만 궁리하며 차마 직접 손을 쓰지 못하는 꼴이 정말 우스워 죽겠다. 나는 참을 수 없어 크게 웃었더니 속이 시원했다. 이 웃음에 용기와 정의로운 기개가 담겨 있다는 것을 나는 안다. 영감과 형의 안색이 변했다. 내 용기와 정의로운 기개에 압도당한 것이다.

하지만 내게 용기가 있기 때문에 그들은 더욱 나를 먹고 싶어 한다. 그 용기를 나누고 싶은 거다. 방을 나선 영감이 몇 걸음 가더니 목소리를 낮추어 큰형에게 말했다.

"얼른 먹세!"

큰형이 고개를 끄덕였다. 알고 보니 형도 한패였다. 이 대단한 발견은 예상 밖인 것 같지만 사실 짐작하던 바이기도 하다. 한패가 되어 나를 먹으려는 사람이 바로 나의 형이다!

식인하는 사람이 바로 나의 형이다.

나는 식인하는 사람의 형제다.

내가 다른 사람에게 잡아먹혀도 나는 식인하는 사람의 형제다.

5

요 며칠 동안 한 걸음 물러나 생각을 해보았다. 그 영감이 인간 백정이 아니고 진짜 의사라고 해도 식인하는 사람이기는 마찬가지다. 그들의 스승인 이시진이 쓴 본초 어쩌고 하는 책(《본초강목》을 가리킨다—옮긴이)에도 사람 고기를 삶아 먹을 수 있다고 분명히 적혀 있다. 그런데도 자기는 식인하지 않는다고 말할 것인가?

우리 형도 억울할 것이 조금도 없다. 나한테 공부를 가르치며 자기 입으로 "자식을 바꾸어 먹는다〔易子而食〕."라고 말한 적도 있고, 한번은 우연히 나쁜 사람을 거론하다 죽여야 할뿐더러 놈의 "살은 삶아 먹고 가죽은 깔고 잔다〔食肉寢皮〕."라고 한 적도 있다(둘 다《춘추좌씨전春秋左氏傳》에 나오는 고사성어다—옮긴이). 그때 나는 어려서 한참이나 가슴이 두근거렸다. 며칠 전에 랑즈춘의 소작인이 와서 심장과 간을 먹은 이야기를 할 때도 형은 전혀 이상하게 생각하지 않고 계속 고개를 끄덕였다. 이걸 보면 마음이 예전처럼 모질다는 것을 알 수 있다. '자식을 바꾸어 먹'을 수 있으니 뭐든지 바꿀 수 있을 것이고 어떤 사람이든 먹을 수 있을 것이다. 전에 나는 그가 그런 이치를 말할 때 그저 듣기만 하고 뭐가 뭔지도 모른 채 넘어갔다. 그런데 이제 생각해보니 형이 그런 이치를 말할 때 형 입가에는 사람 기름이 번들번들했고 속은 사람을 먹을 생각으로 가득 차 있었다.

6

칠흑처럼 어두워 낮인지 밤인지 모르겠다. 자오네 개가 다시 짖기 시작한다.

사자 같은 사나운 마음, 토끼의 나약함, 여우의 교활함…….

7

난 그들의 계략을 안다. 직접 죽이는 것은 내키지 않고 차마 그러지도 못하는데, 혹시나 재앙을 입을까 무서워서다. 그래서 그들은 서로 연락을 하여 그물을 쳐놓고 내가 스스로 죽도록 압박하는 것이다. 며칠 전에 길에서 만난 사내들과 여자들의 모습, 요 며칠 사이 큰형의 행동을 보면 십중팔구 틀림이 없다. 허리띠를 풀어 대들보에 걸고 스스로 목매어 죽는 것이 가장 좋을 것이다. 그러면 그들은 살인했다는 죄명을 받지 않고도 뜻하는 바를 이루게 되니 기뻐 날뛰며 환호성을 지를 것이다. 그러지 않고 놀라서 죽거나 근심 걱정 때문에 죽는다 해도, 조금 마르긴 하겠지만 고개를 끄덕이며 만족할 것이다.

그들은 그저 죽은 고기나 먹을 줄 아는 자들이다! 어떤 책에서 본 기억이 있는데, 하이에나라는 동물은 눈빛이나 생김새는 볼품없고 죽은 고기를 주로 먹는데 커다란 뼈다귀도 아작아작 씹어 삼킨다고 한다. 생각만 해도 오싹하다. 하이에나는 이리의 친척이고 이리는 개와 조상이 같다. 며칠 전 자오네 개가 나를 힐끔거린 것을 보면 녀석도 한통속으로 다 모의가 끝난 것이다. 저 영감이 땅만 쳐다보고 있지만 어찌 나를 속일 수 있겠는가.

가장 불쌍한 것은 큰형이다. 그도 사람인데 왜 조금도 무서워하지 않는 것일까? 게다가 한패가 되어 나를 잡아먹으려고 하는 것일까? 예전부터 그렇게 해오다 보니 습관이 되어 나쁜 줄 모르는 것일까? 양심을 잃어 분명히 알면서도 일부러 그런 짓을 하는 것일까?

나는 식인하는 사람을 저주해도 먼저 형부터 시작하고, 식인하는 사람들에게 그러지 말라고 권할 때도 먼저 형부터 시작할 것이다.

8

사실 이런 이치쯤은 그들도 진즉 깨달았어야 한다…….

갑자기 어떤 사람이 왔다. 스무 살쯤 되어 보이는데 생김새는 또렷이 보이지 않는다. 얼굴에 온통 웃음을 띤 채 내게 알은체하는데 진짜로 웃는 것 같지는 않았다. 내가 그에게 물었다.

"사람을 잡아먹는 것이 옳은 일이야?"

그가 계속 웃으며 말했다.

"흉년도 아닌데 왜 사람을 잡아먹어요."

나는 바로 알아차렸다. 이자도 한패로 식인을 즐긴다는 것을. 그래서 더욱 용기를 내어 따지듯 물었다.

"옳다는 거야?"

"그런 건 뭐하러 묻고 그러세요. 당신도 정말 …… 농담도 잘하시네요. …… 오늘은 날씨가 참 좋네요."

날씨도 좋고 달빛도 아주 좋았다. 하지만 나는 기어이 물었다.

"옳다는 거야?"

그는 그렇게 생각하지 않는지 얼버무리며 대답했다.

"아니요……."

"옳지 않다고? 그런데 그들은 왜 먹는 거지?!"

"아닐 텐데요……."

"아니라고? 랑즈춘에서는 지금도 먹는데. 책에도 그렇게 쓰여 있고. 온통 붉은 글씨로 선명하게."

그의 안색이 납빛으로 변하더니 눈을 부릅뜨며 말했다.

"그랬을 수도 있지요. 옛날부터 그래왔으니까요……."

"옛날부터 그래왔다고 해서 옳단 말이야?"

"당신하고 그런 도리를 따지고 싶진 않아요. 어쨌든 아무 말도 하지 마세요. 했다 하면 틀린 말이니까."

벌떡 일어나 눈을 떠보니 그 사람은 보이지 않았다. 온몸이 땀투성이였다. 그는 큰형보다 나이가 훨씬 적지만 역시 한패였다. 이것은 분명 그의 아비, 어미가 가르쳐준 것이고, 자식에게도 벌써 가르쳐주었을지 모른다. 그러기에 꼬마 아이들까지 나를 험악한 눈길로 쳐다보는 것이다.

9

자기도 식인하고 싶으면서도 다른 사람에게 먹힐까 무서워 다들 더없이 의심스러운 눈길로 서로를 노려본다…….

이런 생각을 버리고 마음 놓고 일하고 길을 가고 밥을 먹고 잠을 자면 얼마나 편하겠는가. 그저 문지방 한 고비만 넘으면 되는데. 하지만 그들은 부모와 자식, 형제, 부부, 친구, 스승과 제자, 원수, 그리고 서로 모르는 사람들까지 한패가 되어 서로 권하고 서로 견제하면서 죽어도 그 한 걸음을 내디디려 하지 않는다.

10

이른 아침에 큰형을 찾아갔다. 큰형은 대문 밖에 서서 하늘을 바라보고 있었다. 나는 그의 등 뒤로 걸어가 문을 가로막고는 아주 침착하고 부드럽게 말했다.

"큰형, 말씀드릴 게 있는데요."

"말해라."

그가 바로 얼굴을 돌리며 고개를 끄덕였다.

"간단한 이야기인데, 말을 꺼내기가 어렵네요. 큰형, 옛날 야만인이었던 시절에는 다들 사람을 조금 잡아먹었겠지요. 하지만 나중에 생각이 달라져 어떤 사람들은 사람을 더는 먹지 않고 좋아지려고 하여 사람이 되고, 진정한 인간이 되었습니다. 그러나 어떤 사람들은 계속 사람을 먹었습니다. 벌레와 똑같이요. 그중 어떤 이들은 물고기나 새, 원숭이로 변했다가 사람이 되기도 했지요. 하지만 좋아지려고 하지 않은 이들은 지금도 벌레로 있습니다. 식인하는 이런 사람들은 식인하지 않는 사람들과 비교하면 얼마나 부끄럽습니까? 벌레가 원숭이에게 부끄러운 것보다 훨씬 더 부끄러운 일입니다.

역아(易牙: 춘추시대 제齊나라 환공桓公의 총신寵臣으로서 요리를 잘했다. 환공을 기쁘게 하려고 자기 자식을 삶아서 바쳤다고 한다—옮긴이)가 그의 아들을 끓여 걸왕과 주왕에게 바친 일은 아주 옛날 일입니다. 하지만 반고(盤古)가 천지를 창조하고부터 역아의 아들이 먹히고, 역아의 아들에서 쉬시린(徐錫林: 루쉰과 동향 사람으로, 공화국의 혁명운동에 참가해 무장봉기를 일으켰다가 처형당한 실존 인물에서 따왔다—옮긴이)으로, 다시 랑즈춘 사람에게까지 이를 줄 누가 알았겠습니까? 작년 성안에서 죄인을 처형했을 때는 폐병을 앓는 사람이 만터우(饅頭: 소가 들어 있지 않은 찐빵—옮긴이)를 그 피에 찍어 먹었습니다.

그들이 나를 잡아먹으려고 하니 형 혼자서야 어찌할 수 없을 것입니다. 하지만 그렇다고 한패가 될 것은 무엇입니까? 사람을 먹는 사람이 무슨 짓인들 못하겠습니까? 그들이 나를 잡아먹을 수 있는 이상, 형도 잡아먹을 수 있고 자기들끼리도 잡아먹을 수 있을 겁니다. 하지만 한 걸음만 방향을 바꿔 즉시 고친다면 사람들이 다들 평안해질 것입니다. 옛날부터 그래왔다 해도 우리는 오늘이라도 좋아지려고 노력할 수 있고, 이제 안 된다고 말할 수 있어요! 큰형님, 나는 형이 그렇게 말할 수 있다고 믿어요. 그제 소작인이 세를 깎아달라고 했을 때도 안 된다고 했잖아요."

처음에 형은 쌀쌀히 웃기만 하더니 나중에는 눈빛이 험악해졌고, 그들의 속내를 들추어내자 얼굴이 온통 창백해졌다. 대문밖에 많은 사람이 서 있었는데, 자오구이 영감과 그 집 개도 거기에 끼어 이쪽 저쪽 두리번거리며 안으로 들어왔다. 어떤 사람은 천으로 가린 듯 외모를 알아볼 수 없었고, 어떤 사람은 여전히 납빛 얼굴에 튀어나온 날카로운 이를 드러낸 채 웃음을 흘렸다. 나는 그들이 한패이고 다들 식인하는 사람이라는 것을 알았다. 하지만 그들의 생각이 다 같지는 않다는 것도 알았다. 옛날부터 그래왔으니까 먹어야 한다고 생각하는 부류가 있는가 하면, 먹지 말아야 한다는 것을 알면서도 먹으려 하는 부류가 있다. 그들은 남이 자기 속내를 알아챌까 봐 내 말을 듣고 잔뜩 화를 내면서도 그저 쌀쌀히 웃기만 하는 것이다.

그때 큰형이 갑자기 험한 얼굴로 크게 소리쳤다.

"다들 나가요! 미친놈이 무슨 구경거리라고!"

그때 나는 그들의 교묘한 술수를 또 하나 알아챘다. 그들은 고칠 생각이 없을 뿐만 아니라 진즉 계획을 다 짜놓은 것이다. 내게 미치광이라는 누명을 씌울 준비를 다 해놓은 것이다. 이렇게 하면 나를 잡아먹어도 태평 무사할 뿐 아니라 동정해주는 사람도 있을 것이다. 소작인이 다 같이 나쁜 사람을 먹었다고 말한 그런 방법인 것이다. 이는 그들이 흔히 쓰는 방법이다!

천라오우가 씩씩거리며 달려왔다. 하지만 내 입을 어떻게 막을 것인가. 나는 기어이 그 사람들에게 말했다.

"당신들은 고칠 수 있어. 진심으로 고쳐야 해! 앞으로 사람을 잡아먹는 사람은 이 세상에서 살아가는 게 용납되지 않을 거야. 고치지 않으면 당신들도 잡아먹힐 거야. 아이를 아무리 많이 낳아도 진정한 사람에게 멸망당하고 말 거야. 사냥꾼이 이리를 사냥하듯 말이야! 벌레처럼 말이야!"

패거리는 천라오우에게 쫓겨났다. 큰형도 어디 갔는지 보이지 않았다. 천라오우가 나더러 방으로 들어가라고 권했다. 방 안은 온통 깜깜했다. 대들보와 서까래가 머리 위에서 흔들렸다. 한참 흔들리더니 점점 커지면서 내 몸을 짓눌렀다.

몹시 무거웠다. 움직일 수가 없었다. 저들의 뜻은 나를 죽이려는 것이다. 나는 그 무게가 거짓이라는 것을 알기에 몸부림치며 빠져나왔다. 온몸이 땀투성이였다. 그래도 나는 말했다.

"당신들 지금 바로 고쳐야 해. 진심으로 고쳐야 해. 앞으로 식인하는 사람은 세상이 용납하지 않는다는 것을 당신들은 알아야 해……."

11

해도 뜨지 않고 문도 열리지 않는다. 날마다 두 끼 밥.

젓가락을 들자 큰형 생각이 났다. 여동생이 죽은 이유도 다 형 때문이라는 것을 안다. 그때 여동생은 겨우 다섯 살이었다. 귀엽고 불쌍한 모습이 눈에 선하다. 어머니가 계속 울자 형은 어머니더러 그만 울라고 했다. 자기가 잡아먹었으니 계속 울면 마음이 좋지 않아서였을 것이다. 만약 계속 마음이 좋지 않을 수 있었다면…….

여동생은 큰형에게 먹혔다. 어머니가 이 사실을 아는지 모르는지 나는 모르겠다.

어머니도 알았을 것이다. 하지만 울면서는 아무 말도 없었다. 당연하다고 여긴 모양이었다. 내가 네다섯 살쯤 되었을 때, 방 앞에 앉아 바람을 쐬는데 큰형이 부모가 병이 나면 자식으로서 살을 한 점 도려내 삶아서 드시게 해야 훌륭한 인간이라고 말했다. 그때 어머니도 아니라는 말을 하지 않았다. 한 점을 먹을 수 있다면 자연히 전부 다 먹을 수도 있을 것이다. 하지만 그날 울음은 지금 생각해도 가슴이 아프니, 정말 이상한 일이다!

12

생각을 할 수 없다.

4000년 동안 식인을 해온 곳. 오늘에야 알았다, 나도 그 속에 여러 해 동안 섞여 있었음을. 큰형이 집안일을 관장할 때 마침 여동생이 죽었으니 형이 음식에 섞어 내게 몰래 먹이지 않았다고 장담할 수 없다.

나도 모르는 사이에 내 여동생의 고기를 몇 점 먹지 않았다고 장담할 수 없다. 이제 내 차례가 되었다…….

4000년 식인의 이력을 지닌 나, 처음에는 몰랐지만 이제는 알았다. 진정한 인간을 만나기가 어렵다는 것을!

13

식인해보지 않은 아이가 혹시 아직도 있을까?

아이들을 구하라…….

1918년 4월

〈광인일기(狂人日記)〉, 《외침(吶喊)》

08

무조건 옳은 사람은 없다

내가 보기에 중국의 수많은 지식인은 입으로는 학설이니 도리니 하는 것을 들고나와 자기의 행동을 치장하지만, 실은 자기가 편안한 것만 생각하며 눈에 보이는 것은 죄다 생활의 재료로 삼아 개미처럼 쉴 새 없이 먹어치우고 결국 배설한 똥밖에 남기지 않습니다. 사회에 이런 물건들이 많아지면 사회는 망합니다.

〈샤오쥔, 샤오훙에게(致蕭軍, 蕭紅)〉, 《서신(書信)》

민중은 원래 위대하다는 것이 만고의 진리가 아니듯이, 지식인이 세상을 이끄는 선봉이라는 것도 영원한 진리가 아니다. 민중은 빛이자 어둠이고, 지식인은 더더욱 그러하다. 민중은 주인이자 노예이기도 하고, 때로는 혁명가의 이름이지만, 때로는 폭군보다 더 폭군의 모습을 지니기도 한다. 민중의 어둠을 보지 못하면 민중의 진정한 빛을 볼 수 없다. 지식인의 위선과 추함을 보지 못하면 모두 지식인의 노예가 된다. 루쉰이 민중과 지식인을 가차 없이 비판하는 것이 지닌 의미가 여기에 있다.

서민과 멀어진 지식인

유럽의 유명 작가 중에는 서민 출신이 많습니다. 서민들의 고통을 그들도 같이 느끼기 마련이어서 서민들을 대변하는 글을 시원스럽게 쓸 수 있습니다. 그래서 서민들은 지식인 계급이 자신들에게 도움이 된다고 여기게 되지요. 그래서 그들에게 지지를 보내고 그들을 환영합니다. 하지만 지식인 계급이 이런 영예를 누리고 지위가 높아지면서 서민들을 잊게 되고, 특별한 계급이 되지요. 이제 그들은 자신들이 대단하다고 여기며 부자들 집으로 가 파티를 하고, 돈도 많아지며, 집도 좋아집니다. 결국 서민들과는 아득히 멀어집니다.

그들은 고귀한 생활을 누리면서 예전 가난했던 시절을 더는 떠올리지 않습니다.—그러니 여러분은 박수를 치지 마십시오. 박수를 보내 저의 지위를 올리게 되면 제가 할 말을 잊어버리거든요—지식인들은 서민들을 더는 동정하지 않게 되고, 서민들에게 압박을 가하기도 하며, 서민들의 적으로 변하게 됩니다. 지금은 귀족 계급이 존재할 수 없으니 귀족적 지식인 계급도 당연히 존재할 수 없습니다. 이것이 바로 지식인 계급의 결점 가운데 하나입니다.

〈지식계급에 관하여(關於知識階級)〉, 《집외집습유보편(集外集拾遺補編)》

폭군의 신민

전에 청나라 때 있었던 몇 가지 중대 사건에 관한 기록을 본 적이 있다. 신하들이 극형을 내리고, 성상(聖上)께서는 죄를 감해주는 것을 보고 어진 임금이라는 미명이 탐나서 그런 수작을 부렸나 보다 하고 생각했다. 그러나 후에 곰곰이 생각해보니 꼭 그런 것만도 아닌 듯했다.

폭군 치하의 신민은 대개 폭군보다 더 포악하다. 폭군의 폭정으로도 폭군 치하 신민들의 욕망을 채워주지 못하는 경우가 흔하다.

중국의 예는 접어두고 외국의 예를 들어보자. 작은 일로는, 니콜라이 고골(Nikolai Vasil'evich Gogol, 1809~1852)의 희곡 《검찰관》이 있다. 사람들은 공연을 금지했으나 차르는 도리어 허락했다. 큰 사건으로는, 로마의 본디오 빌라도(Pontius Pilate) 총독은 예수를 석방하려 했으나 사람들이 도리어 십자가에 못 박을 것을 요구했다.

폭군의 신민들은 폭정이 남의 머리에 떨어지기만을 바라고, 그것을 보고 기뻐하며, 남의 참혹함을 오락으로 삼고, 남의 고통을 구경거리로 삼으면서 위안을 얻는다.

'운 좋게 걸려들지 않는 것'만이 그의 유일한 능력이다.

하지만 그런 운 좋게 걸려들지 않는 사람 가운데서 다시 희생물이 뽑혀 폭군 치하 신민들의 피에 주린 욕망을 위해 제공된다. 하지만 누가 또 그 희생물이 될지는 아무도 모른다. 죽는 사람은 "으악!" 하고 소리를 지르지만, 살아 있는 사람은 기뻐한다.

〈폭군의 신민(暴君的臣民)〉, 《열풍(熱風)》

물의 속성

20여 일이 넘도록 불볕더위다. 《상하이신문》에서는 연일 미역 감다 익사한 기사가 보도되고 있다. 상하이 같은 수향(水鄕: 물가에 있는 마을—옮긴이)에서는 좀처럼 없던 일이다.

수향에는 물이 많다. 그래서 물에 대한 지식도 풍부하며, 헤엄칠 줄 아는 사람도 많다. 헤엄을 칠 줄 모르면 함부로 물에 들어갈 수 없다. 헤엄칠 줄 아는 능력을 가리켜 흔히 '물의 속성을 안다'고 말한다.

물의 속성을 안다는 것이, 구체적으로 무엇을 안다는 건지 자세히 이야기하면 이렇다.

첫째, 불이 사람을 태워 죽이듯이 물은 사람을 빠져 죽게 한다. 그러나 이것을 알고 있더라도 물은 부드러운 외양을 하고 있어 접근하기 쉬운 것처럼 보여 쉽게 속아 넘어갈 수 있다.

둘째, 물은 사람을 빠져 죽게도 하지만 뜨게도 한다는 점을 안다는 것이다. 현재 물을 다루는 방법은, 물이 사람을 뜨게 하는 성질을 이용한 것이다.

셋째, 물을 다루는 법을 배우는 것으로, 이것에 익숙해지면 물의 속성을 아는 일은 끝나게 된다.

그러나 도시 사람들은 물에 뜰 줄도 모르는 데다 물이 사람을 빠져 죽게 한다는 것마저 잊고 있다. 평소에도 물에 대한 준비를 전혀 하지 않으며, 물에 들어갈 때 그 깊이를 재보지도 않는다. 더위를 못 참겠으면 그저 옷만 벗고 당장에 물에 뛰어든다. 불행히도 그곳이 깊은 곳이면 죽게 된다. 더군다나 물에 빠진 사람을 구하러 뛰어드는 사람도 도시가 시골보다는 훨씬 적다.

하기는 도시 사람을 구조하는 것은 꽤 어려운 일일 게다. 구조하는 사람도 물의 속성을 알아야 하지만, 구조받는 사람도 물의 속성을 알아야 하기 때문이다. 구조받는 사람은 몸에 힘을 쭉 빼고 구조하는 사람이 그의 턱을 받쳐 들도록 내맡긴 채 얕은 데로 나와야 한다. 급한 나머지 구조하는 사람의 몸에 매달리거나 하면 구조하는 사람이 아주 고수가 아닌 이상, 구조자 자신도 가라앉는다.

그러므로 물에 가려면 먼저 물에 뜨는 법을 배우는 것이 바람직하다. 꼭 무슨 풀장까지 갈 필요는 없고 물가이기만 하면 된다. 그러나 반드시 전문가의 지도를 받아야 한다. 만일 이러저러한 사정으로 물에 뜨는 법을 배우지 못했다면, 먼저 장대로 수심을 재보고 낮은 곳에서 그럭저럭 때우는 수밖에 없다. 가장 안전한 것은 물을 길어다가 물가에서 끼얹는 것일 게다.

무엇보다 중요한 것은, 물은 수영을 못하는 사람을 빠져 죽게 하는 성질이 있음을 아는 것이며, 이를 단단히 기억하는 일이다. 새삼스레 이런 상식을 선전하고 주장하는 것이 미친놈처럼 보일지도 모르겠다. 그러나 사실은 절대 그렇지 않음을 증명하고 있다. 괜히 진보적 비평가의 환심이나 사려고 턱없는 호언장담이나 늘어놓는 게 능사는 아니라는 것이다.

〈물의 속성(水性)〉, 《화변문학(花邊文學)》

진보적 비평가의 환심이나 사려고 턱없는 호언장담이나 늘어놓는 게 능사는 아니라는 것이다.

양과 고슴도치

우리 고향에서는 양고기를 먹지 않는다. 시내를 통틀어 하루에 죽어 나가는 양은 단지 몇 마리에 불과하다. 베이징은 그야말로 사람의 바다여서 사정이 전혀 다르다. 양고기 가게만 해도 곳곳에 널려 있다. 하얀 양 떼들이 거리를 흔히 메우곤 한다. 이것들은 모두 호양(胡羊)이다. 우리 고향에서 면양(綿羊)이라 부르는 것들이다. 염소는 아주 드물다. 베이징에서는 염소가 퍽 귀하다고 들었다. 염소는 호양보다 총명하여 양 떼를 이끌기도 하고 잘 데리고 다닐 수도 있기에 목축가들이 호양의 길잡이로만 쓰고, 잡지는 않는다고 한다.

이런 염소를, 나는 딱 한 번 본 적이 있다. 그는 목에 자그마한 방울을 달고 분명 양 떼 앞에서 걷고 있었다. 지식계급의 휘장으로서.

대개는 양치기가 이끌고 갔다. 호양들은 길게 꼬리를 이루고 서로 밀치면서 물 흐르듯 밀려갔다. 한없이 유순한 눈매로 양치기를 따라 총총히 앞길을 향해 달려갔다. 나는 이런 착실하고 바쁜 모습을 보며, 양들에게 어리석은 질문을 하나 던지고 싶었다.

“어디로 가는 거니?”

인간의 무리 중에도 이런 염소가 있다. 그들은 대중을 이끌고 침착하게 걸어간다. 그들이 가야 할 곳까지. 위안스카이도 이것을 알

긴 했으나 유감스럽게도 이를 교묘하게 이용하지 못했다. (위안스카이는 그의 심복들을 시켜 황제 복고를 선전하게 했다.) 아마 그가 무식한 탓으로 그 오묘한 이치를 사용하지 못했으리라.

그 뒤의 무인들은 더욱 아둔하여, 자신들이 손수 닥치는 대로 때리고 죽일 줄밖에 몰랐다. 어지러운 통곡 소리가 귓가에 흘러넘쳤다. 그 결과 백성들을 학대하고, 학문을 경시했으며, 교육을 황폐화했다는 오명을 얻었다. 그러나 '일을 한 차례 겪고 나면 그만큼 지혜로워진다'고, 20세기가 이미 4분의 1이 지난 지금 목에 작은 방울을 단 총명한 사람들은 언젠가는 분명 운이 트일 날이 있을 것이다. 지금은 표면상으로 작은 좌절을 면할 길이 없다 해도 그렇다.

그때가 되면 사람들, 특히 청년들은 모두 규범을 깍듯이 지키며 날뛰지 않고 고분고분 '바른길'을 향해 일심으로 전진할 것이다.

"어디를 가는 거니?!"라고 묻는 사람이 없기만 하다면…….

군자는 이렇게 말하리라.

"양은 어쨌든 양이다. 길게 줄지어 순종하여 걷지 않고 무슨 다른 방도가 있겠는가? 그대는 돼지를 보지 못했는가? 늘어 빼고, 도망가고, 꽥꽥거리고, 날뛰다가도 끝내는 가야 할 곳으로 끌려가며, 그러한 폭동은 공연히 힘만 뺄 뿐이지 않던가?"

이 말은 이런 뜻이다. 천하를 태평하게 하고 피차간에 힘을 절약하려면 설사 죽을지언정 양과 같아야 한다.

이 말은 지당하고 탄복할 만하다. 그러나 그대는 멧돼지를 보지 않았는가? 멧돼지는 이빨(齒) 두 개만 가지고도 노련한 사냥꾼을 물러서게 한다. 이런 단단한 이빨은 돼지가 우리를 뛰쳐나와 야산에 들어가기만 하면 금세 돋아나게 된다.

아르투어 쇼펜하우어(Arthur Schopenhauer, 1788~1860)는 일찍이 신사를 고슴도치에 비유했다. 나는 이것이 참으로 체통 없는 비유라고 생각한다. 그러나 쇼펜하우어는 무슨 다른 악의가 있어서가 아니라, 단지 그렇게 비유했을 뿐이다. 쇼펜하우어의 수필집《부록과 보유(Parerga und Paralipomena)》(우리나라에서는《쇼펜하우어의 행복론과 인생론》, 홍성광 옮김, 을유문화사, 2013으로 번역·출간되었다—옮긴이)에 이런 이야기가 있다. 고슴도치들이 서로의 체온으로 추위를 막으려고 한데 모인다. 그러나 그들은 서로의 가시에 찔려 아픔을 느끼고는 떨어진다. 다시 온기가 필요하여 서로 기대지만 똑같은 괴로움을 맛본다. 그러나 그들은 이러한 두 차례의 어려움 속에서 마침내 서로의 적당한 간격을 발견하고, 이 거리를 유지하며 가장 편안하게 살 수 있게 된다. 사람들은 사교의 필요 때문에 한곳에 모여 살고, 또한 각기 싫어하는 많은 성격과 흉한 결함 때문에 떨어져 산다. 그들이 마침내 발견한 것은 '거리'다. 그들을 한곳에 모이게 하는 중용의 거리가 바로 '예절'과 '상류사회의 풍습'이다. 이 거리를 지키지 않는 사람에게 영국에서는 이렇게 소리친다.

"Keep your distance!"

그러나 이렇게 소리쳐도 그 효력은 고슴도치와 고슴도치 간에나 나타날 수 있을 것이다. 고슴도치들이 서로 간의 거리를 지키는 것은 아프기 때문이지, 남이 소리를 쳐서가 아니기 때문이다. 고슴도치들 사이에 가시가 없는 다른 것이 끼어 있다면 아무리 소리를 치더라도 그들은 비비고 들 것이다. 공자는 "예절은 일반 백성에게는 적용되지 않는다."라고 했다. 현재의 사정에 비추어보건대, 백성들이 고슴도치에 접근하지 못하는 것이 아니라 고슴도치가 서민을 멋대로 찌르면서 온기를 얻고 있다. 백성들이 부상을 입는 것은 당연하다. 그러나 이는, 그대만이 가시가 없어 그들로 하여금 적당한 거리를 지키도록 하지 못한 탓이다. 공자는 "형벌은 사대부에게는 적용되지 않는다."라고 했다. 이 말을 듣고 보면, 사람들이 신사가 되려고 애쓰는 것이 당연하다고 여겨진다.

이러한 고슴도치들을 치아나 몽둥이로 막아낼 수는 있다. 그러나 적어도 고슴도치 사회가 제정해놓은 죄명을 뒤집어쓸 각오를 하지 않으면 안 된다. 예를 들어 이런 죄명들이다.

"저런 쌍놈들 같으니라고!"

"이런 무례한 놈!"

〈작은 비유(一点比喩)〉, 《화개집속편(華蓋集續編)》

총명한 사람과 어리석은 자 그리고 노비

노비는 걸핏하면 남에게 신세타령을 하곤 했다. 그럴 줄밖에 몰랐고, 그럴 수밖에 없기도 했다. 어느 날 그는 총명한 사람을 만났다.

"선생님!"

그는 슬프게 말했다. 눈물 한 방울이 금세 볼을 타고 흘렀다.

"선생님도 아시다시피, 저는 사는 꼴이 말이 아닙니다. 밥은 하루 한 끼 먹을까 하고, 그것도 수수 찌꺼기로, 개나 돼지도 거들떠보지 않는 것이지요. 게다가 겨우 손바닥만 한 그릇으로 한 그릇뿐이지요……."

"거, 참으로 불쌍하군."

총명한 사람은 안됐다는 듯이 말했다.

"그렇지요!"

그는 기뻤다.

"밤낮 일하느라 쉴 새가 없어요. 이른 아침에는 물을 길어야 하고, 저녁에는 밥을 지어야 하고, 낮에는 뛰어다니며 심부름하고, 맑은 날에는 빨래하고, 비 오는 날에는 우산잡이가 되고, 겨울이면 구들에 불 때고, 여름이면 부채 부쳐주고, 밤에는 버섯 요리를 만들어 주인님 마작 하는 방에 들여보내야 하지요. 그런데도 개평은 고사하고 매타작뿐이니…….”

“쯧쯧, 저런…….”

총명한 사람은 한숨을 내쉬었다. 눈시울이 붉어지며 금방이라도 눈물을 떨굴 것 같았다.

“선생님, 전 이렇게 살아갈 수 없습니다. 무슨 다른 방도를 찾아야 해요. 하지만 무슨 방법이 있을지요?”

“내 보기에, 자네는 분명 좋은 날이 올 걸세.”

“정말요? 그렇게만 된다면야. 어쨌든 이렇게 선생님께 제 신세를 털어놓고, 게다가 선생님께서 저를 동정해주시고 위로해주시니 마음이 한결 낫네요. 세상에 죽으란 법은 없다더니 말이에요.”

그러나 며칠 지나지 않아 그는 또다시 불평하기 시작했고, 신세타령을 들어줄 상대를 찾았다.

“선생님!”

그가 눈물을 흘리며 말했다.

“아시다시피 제집은 외양간만도 못하답니다. 주인은 저를 사람 취급도 안 해요. 저보다 강아지가 훨씬 더 귀여움을 받지요.”

“이런 멍청이!”

듣던 이가 버럭 소리를 질렀고, 그는 깜짝 놀랐다. 그 사람은 어리석은 자였다.

“선생님, 제가 사는 데는 다 쓰러진 오두막이고요, 눅눅하고 어둡고 게다가 온통 빈대가 우글거려 자려고 하면 여기저기 물고 난리지요. 썩은 냄새가 코를 찌르고요, 사방에 창문 하나 없어요…….”

"주인한테 창문 내달라는 말도 못해?"

"어떻게 그러겠어요?"

"좋아! 나랑 같이 가보자고!"

어리석은 자는 노비 집으로 갔다. 그러고는 이내 흙담을 허물었다.

"선생님, 지금 뭐 하시는 겁니까?"

그가 깜짝 놀라며 말했다.

"자네한테 창문을 내주려는 게야."

"안 돼요! 주인님께 혼납니다!"

"괜찮아!"

그는 계속 벽을 헐었다.

"누구 없어요! 강도가 집을 부숴요! 빨리요, 꾸물거리다가 벽에 구멍 나게 생겼어요."

그는 울부짖으며 바닥에 데굴데굴 굴렀다.

노비들이 우르르 몰려와 어리석은 자를 쫓아냈다.

고함을 듣고 주인이 제일 늦게 천천히 나타났다.

"강도가 집을 부수려 해서 제가 제일 먼저 소리를 질렀습죠. 저희가 함께 몰아냈습니다."

노비는 공손하게, 그러면서도 으쓱해하면서 아뢰었다.

"그래, 잘했다."

주인이 그를 칭찬했다.

그날, 여러 사람이 찾아와 그를 위로해주었다. 그중에는 총명한 사람도 있었다.

"선생님, 이번에 제가 공을 세워 주인님께서 칭찬해주셨지요. 선생님이 지난번에 그러셨죠, 분명 잘될 거라고요. 정말 선견지명이 있으십니다."

그는 꿈에 부푼 듯 유쾌하게 떠들었다.

"암, 그렇고 말고."

총명한 사람은 덕택에 자신도 유쾌하다는 듯이 고개를 끄덕였다.

〈총명한 사람과 어리석은 자 그리고 노비(聰明人和傻子和奴才)〉,
《들풀(野草)》

야수 훈련법

최근에 아주 유익한 강연이 있었다. 하겐베크 서커스단 대표인 사웨이드 씨가 중화학예사 3층에서 '동물을 어떻게 훈련시키는가'라는 주제로 강연을 했다. 유감스럽게도 직접 가서 듣지는 못했고 신문에 난 기사만 조금 보았다. 강연 내용 중에 기발한 말이 꽤 있었다.

> 야수를 무력이나 주먹으로 다룰 수 있다거나 억누를 수 있다고 여기는 사람들이 있다. 그러나 이는 잘못이다. 그것은 옛날 원시인들이 야수를 다루던 방법이다. 요즘 훈련법은 결코 그렇지 않다. 지금 우리가 사용하고 있는데, 사랑의 힘으로 그들이 사람들을 믿게 하고, 사랑의 힘과 따뜻한 마음으로 그들을 감동시키는 것이다.

이 말은 게르만인의 입에서 나왔지만, 옛날 성현들의 가르침과 아주 흡사하다. 무력과 주먹으로 다루는 것을 이른바 패도라 한다. 하지만 "힘으로 사람들을 복종시키는 자는 결코 마음을 복종시키지는 못한다〔以力服人者, 非心服〕."(〈공손축公孫丑〉 편, 《맹자孟子》)라고 했다. 그래서 문명인은 '왕도'로 '신임'을 얻는다. "백성의 신임을 얻지 못하면 존립할 수 없다〔民無信不立〕."(〈안연顔淵〉 편, 《논어》)라고 하지 않았던가.

일단 신임을 얻고 나면 야수가 재주를 부려야 한다.

> 조련사는 야수들의 신임을 얻고 나서야 조련을 시작할 수 있다. 첫 단계는 앉고 서는 위치를 알려주는 일이고, 다음은 건너뛰는 법과 일어서는 법을 가르치는 것이다.

야수 훈련법은 백성들을 다스리는 것과도 통한다. 그래서 우리 조상들은 백성을 다스리는 큰 인물을 가리켜 '목(牧)'이라 했다. 그러나 이 '치는〔牧〕' 대상이 소나 양이어서 야수에 비해 훨씬 겁 많고 약하다면 꼭 '신임'에만 의지할 필요는 없다. 주먹을 같이 써도 무방하고, 그것이 바로 '위신'을 당당하게 세우는 방법이다.

'위신'으로 다스려지는 동물은 "건너뛰거나 일어서는" 것만으로는 불충분하고, 털끝 하나까지, 피 한 방울까지, 고기 한 점까지 바쳐져야만 한다. 최소한 소나 양처럼 날마다 젖이라도 짜내야 한다.

이는 옛날 방법이다. 그런데 이것이 현대에까지 통용되는 줄은 몰랐다. 사웨이드 씨 강연이 끝나고 〈동방대악(東方大樂)〉과 〈제기차기〉 같은 영화도 상영했다고 하는데 신문에 상세한 보도가 없어 자세한 것은 알 수 없다. 그것만 없었더라면 아주 의미 있었을 것이라고 생각한다.

〈야수 훈련법(野獸訓練法)〉, 《풍월이야기(准風月談)》

전사와 파리

쇼펜하우어는 이런 말을 한 적이 있다. 사람의 위대함을 평가하는 데 있어서 정신의 크기, 체격의 크기와 관련된 법칙은 정반대다. 전자는 거리가 멀수록 커 보이고, 후자는 멀수록 작아 보인다.

정신의 크기는 거리가 가까울수록 더 작게 보이고, 결점과 상처가 눈에 더 들어온다. 그렇기에 전사(戰士)는 신도 아니고, 요귀도 아니고, 짐승도 아니다. 우리와 똑같은 사람이다. 그는 그저 사람일 뿐이다. 바로 이 때문에 그는 위대한 인간이다.

전사가 죽었을 때, 파리들이 맨 먼저 발견하는 것은 그의 결점과 상처다. 파리들은 그것을 빨고, 웽웽거리면서 날아다니며, 자신들이 죽은 전사보다 더 영웅인 것처럼 우쭐댄다. 전사는 이미 죽었기에 파리를 쫓지 못한다. 그리하여 파리들은 더욱 웽웽거리고, 그 웽웽거림을 영원불멸의 소리라고 여긴다. 그들이 전사보다 훨씬 완전하다는 것이다.

분명한 것은 아직 아무도 그런 파리의 결점과 상처를 발견하지 못했다는 점이다.

그러나 결점이 있더라도 전사는 결국 전사이며, 아무리 완전하더라도 파리는 결국 파리다.

가라, 파리 떼야! 아무리 날개가 있어도, 아무리 웽웽거려도 너희는 결코 전사를 초월할 수 없다! 너희, 이 벌레들아!

〈전사와 파리(戰士和蒼蠅)〉, 《화개집(華蓋集)》

가라, 파리 떼야! 아무리 날개가 있어도, 아무리 웽웽거려도 너희는 결코 전사를 초월할 수 없다! 너희, 이 벌레들아!

작은 사건

내가 시골에서 베이징에 온 지 어느새 6년째다. 그동안 귀로 듣고 눈으로 본 나라의 큰일도 적지 않다. 하지만 그것들은 내 마음에 아무런 흔적도 남기지 않았고, 그런 일들이 끼친 영향을 들라면 내 고약한 성깔을 더 나쁘게 만들었다는 것뿐이다. 솔직히 말해, 갈수록 사람들을 경멸하게 만들었다.

하지만 한 가지 작은 사건만은 의미가 있어서, 나를 고약한 성깔에서 끌어내었고 지금도 잊히지가 않는다.

그것은 민국 6년 겨울이었다. 거센 북풍이 사납게 몰아쳤지만 나는 생계 때문에 부득불 아침 일찍 길을 나서야 했다. 길에는 인적이 드물었고 겨우 인력거를 잡아 S문(門)으로 가달라고 했다. 얼마 지나지 않아 북풍이 잦아들었고, 길을 덮은 먼지도 말끔히 씻겨나가 하얀 대로가 드러났으며, 인력거꾼도 한결 빨리 달렸다. 거의 S문에 도착할 무렵 갑자기 인력거 손잡이에 어떤 사람이 걸려 천천히 넘어졌다.

넘어진 사람은 여자였는데 백발이 성성하고 차림새가 허름했다. 그 노파가 길가에서 갑자기 인력거 앞을 가로지르려 하자 인력거꾼이 재빨리 피했는데, 단추를 채우지 않은 노파의 낡은 솜저고리가 바람에 펄럭이면서 인력거 손잡이에 걸려버린 것이다. 다행히 인력거꾼이 재빨리 멈추었기에 망정이지 하마터면 곤두박질쳐서 머리가 깨질 뻔했다.

노파가 땅에 엎어지자 인력거꾼도 멈추어 섰다. 나는 이 노파가 다치지도 않고 다른 본 사람도 없는데 괜히 일을 벌이고 시비를 걸어서 내 갈 길을 지체시킨다고 생각했다.

그래서 인력거꾼에게 말했다.

"괜찮으니 어서 갑시다!"

인력거꾼은 조금도 아랑곳하지 않은 채—아니면 전혀 못 들었거나—인력거를 내려놓고 노파의 팔을 부축해 천천히 일으켜 세우더니 물었다.

"괜찮으세요?"

"넘어져서 부러졌어."

나는 생각했다. 당신이 천천히 넘어지는 것을 내가 똑똑히 보았는데, 넘어져서 부러지다니? 엄살도 유분수지, 정말 가증스럽군. 인력거꾼 당신이 쓸데없는 짓을 해 사서 고생하게 생겼으니 이제 알아서 하라고.

노파의 말을 들은 인력거꾼은 조금도 망설임 없이 그이의 팔을 부축하고 한 걸음 한 걸음 앞으로 걸어갔다. 조금 이상한 생각이 들어 서둘러 앞쪽을 보니 파출소였다. 거센 바람이 쓸고 간 뒤라 밖에는 사람 하나 없었다. 인력거꾼이 노파를 부축하고 그곳 정문을 향해 걸어가고 있었다.

그때 나는 갑자기 이상한 느낌이 들었다. 온통 먼지투성이인 그의 뒷모습이 순식간에 커다랗게 보이더니 갈수록 커졌고, 급기야 고개를 쳐들어야 볼 수 있을 정도가 되었다. 게다가 그는 내게 점점 위압적인 존재로 변했고, 심지어 내 가죽 외투 안에 감추어진 '좀스러움'을 쥐어짜는 것 같았다.

그 순간 내 생명력이 움직임을 멈춘 것 같았다. 나는 꼼짝 않고 아무 생각도 없이 앉아 있다가 파출소에서 순경이 나오는 것을 보고서야 인력거에서 내렸다.

순경이 내게 다가와 말했다.

"다른 인력거를 부르세요. 저 사람은 못 모시겠네요."

나는 곧장 외투 호주머니에서 동전 한 움큼을 꺼내 순경에게 쥐여주며 말했다.

"그 사람에게 좀 전해주시오……."

바람이 완전히 멈추었고 길도 조용했다. 나는 걸었다. 그러면서 생각했다. 하지만 생각이 나 자신에게 미칠까 두려웠다. 아까 일은 그렇다 치고, 동전 한 움큼을 준 것은 또 무엇이란 말인가? 그에게 상을 준 것인가? 내가 인력거꾼을 심판할 수 있는가? 나는 스스로에게 답을 할 수 없었다.

이 일은 지금까지도 늘 기억하고 있다. 그때마다 늘 고통스럽지만 스스로를 되돌아보려고 노력한다. 최근 몇 년 동안 일어난 나랏일은 내가 어려서 배운 "공자 왈, 《시경》에 이르기를"처럼 반 구절도 기억하지 못한다. 하지만 유독 이 작은 사건만큼은 늘 내 눈앞에 어른거리고, 어떤 때는 오히려 더 선명해져 나를 부끄럽게 하고 나를 새롭게 만들며 내게 용기와 희망을 불어넣어 준다.

1920년 7월

〈작은 사건(一件小事)〉,《외침(吶喊)》

쿵이지

루전(魯鎭)은 술집 구조가 여느 곳과 달랐다. ㄱ자 모양의 큰 카운터가 거리 쪽으로 나 있고 카운터 안쪽에는 뜨거운 물이 항상 준비되어 있어서 언제라도 술을 데울 수 있었다. 일꾼들이 점심나절이나 저녁나절에 일을 끝내고 저마다 4문(文) 동전을 내고 술 한 사발을 사서—그건 20여 년 전 일이다. 지금은 한 사발에 10문으로 올랐다—카운터에 기대선 채 데운 술을 마시며 쉬곤 했다. 1문을 더 내면 절인 죽순이나 후이샹더우(茴香豆: 누에콩을 물에 불린 다음 조미를 해 만든 음식으로, 술안주로 많이 먹는다—옮긴이) 한 접시를 사서 안주로 삼을 수 있고, 10문을 더 내면 고기 요리를 살 수 있었다. 하지만 손님 대부분이 단삼(短衫)을 입은 사람들로 대개 그리 넉넉하지 못했다. 장삼(長衫)을 입은 사람들만 술집 안쪽 방으로 들어가 술에 안주를 시키고 앉아서 천천히 마셨다.

나는 열두 살부터 마을 입구에 있는 셴헝(咸亨) 주점의 종업원이었다. 주인이 말했다. 아둔하게 생겨서 장삼을 입은 단골손님의 시중은 못 들겠으니 밖에서 잔심부름이나 하라고. 단삼을 입은 단골손님들은 말을 건네기는 쉬웠지만 시시콜콜 끝없이 귀찮게 구는 이들이 많았다. 그 사람들은 항아리에서 황주(黃酒: 누룩과 차조 또는 찰수수 따위를 원료로 하여 만든, 담갈색 또는 흑갈색의 중국 술—옮긴이)를 뜨는 것을 직접 자기 눈으로 확인하기도 하고 술병 바닥에 물이 있지는 않은지도 검사했으며, 술병을 뜨거운 물에 넣는 것까지 직접 보고 나서야 안심을 했다. 이렇게 엄하게 감시를 하니 물을 타기가 어려웠다. 며칠이 지나자 주인이 다시 나를 불러 그런 일도 못하냐고 타박했다. 다행히 나를 소개해준 사람 얼굴을 봐서 내치지는 못하고 술병 덥히는 무료한 일을 전담시켰다.

그때부터 나는 온종일 카운터에 서서 내 일만 신경 썼다. 일을 잘 못하지는 않았지만 늘 단조롭고 무료했다. 주인은 인상이 험상궂어서 단골들도 데면데면하여 활기를 느낄 일이 없었다. 쿵이지나 술집에 나타나야 그나마 웃을 일이 있었기에, 지금까지도 그를 기억한다.

서서 술을 마시는 사람 중에서 장삼을 입은 사람은 쿵이지뿐이었다. 그는 키가 컸다. 창백한 얼굴의 주름 사이로 늘 상처가 나 있었고, 하얀 수염은 헝클어져 있었다. 장삼을 입었지만 더러운 데다 여기저기 찢어진 것이 족히 10년은 깁지도 빨지도 않은 것 같았다. 사람들에게 말할 때면 항상 입에 '지호자야(之乎者也: 고대 한문에 자주 쓰는 허사로, 지식인인 체하는 말—옮긴이)'를 달고 살아서 사람들은 그의 말이 무슨 뜻인지 알아듣지 못했다. 성이 '쿵'이라 사람들은 아이들이 글자 연습하는 책에 나오는 "상다런 쿵이지(上大人孔乙己: 어린이의 글씨 연습 교본에 나오는 첫 여섯 글자—옮긴이)"라는 알듯 모를 듯한 말에서 그의 별명을 따와 '쿵이지'라고 불렀다. 쿵이지가 술집에 오면 술 마시던 사람들이 다들 그를 보고 웃었다. 누가 "쿵이지, 얼굴에 또 상처가 났네!"라고 해도 그는 대답하지 않고 카운터에 대고 말했다.

"술 두 사발 데워줘. 후이상더우하고."

그러면서 9문이나 되는 돈을 늘어놓았다. 사람들이 일부러 큰 소리로 말했다.

"남의 물건을 훔쳤지!"

쿵이지가 눈을 둥그렇게 뜨며 말했다.

"공연히 청백한 사람을 모함하지 말게……."

"뭐라고, 청백? 그저께 허(何)가네 책을 훔치다 붙들려 얻어맞는 것을 내 눈으로 봤는데도 그래."

얼굴이 붉어지고 이마에 파란 힘줄이 솟으면서 쿵이지가 따지듯 말했다.

"책을 훔치는 건 도둑질이 아니야. …… 책을 훔치는 것은 …… 서생의 일이거늘, 어찌 도둑질이라 할 수 있남?"

그러고는 이어 무슨 "군자고궁(君子固窮: 가난을 견디며 자기의 어려운 처지를 잘 참는다는 뜻—옮긴이) 하느니라."라든가 '자호(者乎)' 자가 들어가는 말들을 늘어놓아 사람들이 웃음을 터뜨렸고, 술집 안팎이 즐거운 분위기에 휩싸였다.

사람들이 뒤에서 하는 얘기를 들어보면, 쿵이지는 원래 서생이었지만 생원이 되지 못했고, 그렇다고 달리 먹고살 줄도 모른다는 거였다. 그래서 갈수록 가난해져 급기야 빌어먹게 되었다는 것이다. 다행히 글씨를 잘 써서 남의 책을 베껴주는 일로 먹고살았다. 그런데 유감스럽게도 성질이 괴팍한 데다 술을 좋아하고 게으르기까지 했다. 채 며칠을 앉아 있지 못하고 사람이며 책이며 종이, 벼루까지 한꺼번에 사라져버리는 것이다. 그러길 몇 차례, 이제는 그에게 책 베끼는 일을 맡기는 사람도 없었다. 쿵이지는 하는 수 없이 가끔 도둑질을 했다. 하지만 우리 가게에서는 품행이 다른 사람들보다 좋았고 술값을 미루는 법도 없었다. 물론 어쩌다 돈이 없을 때는 잠시 칠판에 적어두기도 했지만 한 달이 채 못 되어 깨끗이 갚고는 칠판에서 이름을 지웠다.

쿵이지는 술 반 사발이 들어가면 붉게 달아오른 얼굴이 점점 원래대로 돌아갔는데, 그러면 옆에 있던 사람이 물었다.

"쿵이지, 자네 정말 글자를 아나?"

쿵이지는 묻는 사람을 쳐다보며 대답할 가치도 없다는 듯한 표정을 지었다. 그러면 그들이 말을 이었다.

"그럼 왜 반쪽짜리 생원도 못 땄나?"

쿵이지는 바로 기가 죽어 어쩔 줄 몰라하며 얼굴은 잿빛이 되고 입으로는 무어라고 중얼거렸는데, 죄다 '지호자야' 어쩌구여서 알아들을 수가 없었다. 그러면 사람들이 다 웃음을 터뜨렸고, 술집 안팎이 즐거운 분위기에 휩싸였다.

그런 때면 나도 따라 웃었는데 주인도 꾸중을 하지 않았다. 그러기는커녕 쿵이지를 볼 때마다 그런 식의 질문을 던져서 사람들을 웃겼다. 쿵이지는 그런 사람들과는 말이 통하지 않는다고 생각하고는 그저 아이들한테만 말을 걸었다. 한번은 그가 내게 물었다.

"너 글공부를 했느냐?"

내가 대강 고개를 끄덕였다. 그가 말했다.

"글공부를 했다니 …… 한번 시험을 해보마. 후이샹더우의 후이 자를 어떻게 쓰는지 아느냐?"

나는 속으로 '거지꼴을 한 주제에 나를 시험하다니?' 하고는 고개를 돌려버리고 상대하지 않았다. 쿵이지가 한참을 기다리다 진지하게 말했다.

"쓸 줄 모르는 것이냐? …… 내 가르쳐주마. 잊지 마라! 그 글자는 필히 알아야 한다. 장차 네가 주인이 되면 장부를 써야 하니까."

나는 속으로 생각했다. 내가 주인이 될 날은 하늘과 땅만큼이나 아득하고, 게다가 우리 주인은 후이샹더우는 장부에 적지도 않는다고. 웃기기도 하고 귀찮기도 해서 심드렁하게 대답했다.

"누가 가르쳐달래요? 초두머리(艹)에 돌아올 후이(回) 아니에요?"

쿵이지가 아주 기뻐하며 두 손가락의 긴 손톱으로 카운터를 툭툭 치면서 고개를 끄덕였다.

"맞다! 맞아! …… 후이 자는 네 가지 필법이 있느니라. 그걸 아느냐?"

나는 점점 지겨워져 입을 삐죽거리며 자리를 피하려고 했다. 쿵이지는 손톱에 술을 묻혀 카운터 위에 글자를 쓰려다 내가 지겨워하는 것을 보고 한숨을 내쉬며 안타깝다는 표정을 지었다.

더러는 이웃 아이들이 웃음소리를 듣고 구경 와서 쿵이지를 둘러쌀 때도 있었다. 그러면 아이들 먹으라고 후이샹더우를 한 알씩 나누어주었다. 아이들은 콩을 다 먹고도 흩어지지 않고 여전히 접시를 쳐다보았다. 쿵이지는 당황하여 다섯 손가락을 쫙 펴서 접시를 가리고 허리를 굽히며 말했다.

"이제 없어. 나도 얼마 없어."

그러고는 몸을 곧게 펴고 다시 콩을 보더니 고개를 저으며 말했다.

"얼마 없어라, 얼마 없어라! 많은가? 얼마 없도다!"(《논어》 〈자한子罕〉 편에 나오는 문장이다—옮긴이)

그러면 모여 있던 아이들이 웃음을 터뜨리며 흩어졌다.

쿵이지는 이렇게 사람을 즐겁게 했지만, 그가 없어도 다른 사람들은 그냥 살아갔다.

아마도 추석 이삼일 전이었을 것이다. 어느 날 주인이 장부를 천천히 정리하면서 칠판을 내리더니 문득 말했다.

"쿵이지 본 지 오래됐네. 외상이 19문 달려 있는데."

나는 그제야 그를 본 지 오래되었다는 것을 깨달았다. 술을 마시던 사람이 말했다.

"그 사람이 올 리가 있남? …… 다리가 분질러졌는데."

주인이 말했다.

"저런!"

"아직도 도둑질을 한대. 이번에는 정신이 어찌 됐는지, 딩(丁) 대감 댁을 털러 들어갔대. 그 집이 뉘 집이라고 털릴 것 같아?"

"그래서 어찌 되었는데?"

"어찌 되긴? 자인서를 쓰고 나서 두들겨 맞았지, 한밤중까지. 다리가 분질러지도록 말이야."

"그래서?"

"다리가 분질러진 거지 뭐."

"다리가 분질러져서 어떻게 되었는데?"

"어떻게 되었냐고? 그거야 모르지. 아마 죽었을걸."

주인은 더 묻지 않고 천천히 장부 정리를 계속했다.

추석이 지나고 가을바람이 하루가 다르게 서늘해졌다. 바야흐로 초겨울이 다가오고 있었다. 종일 불 곁에서 지내는 나도 솜옷을 입어야 했다. 어느 날 오후, 손님은 한 사람도 없었고 나는 앉아서 졸고 있었다. 그런데 문득 "술 한 사발 데워줘." 하는 소리가 들렸다. 무척 낮은 목소리였지만 귀에 익었다. 그런데 돌아보니 아무도 없었다. 일어나 밖을 보니 쿵이지가 카운터 밑에서 문지방 쪽을 보고 앉아 있었다. 얼굴이 시꺼먼 데다 수척해서 사람 꼴이 아니었다. 너덜너덜한 겹저고리를 입고 책상다리를 하고 앉아 있는데, 거적을 깔고서 그것을 새끼줄로 묶어 어깨에 걸고 있었다. 나를 보더니 다시 말했다.

"술 한 사발 데워줘."

주인이 고개를 내밀며 말했다.

"쿵이지인가? 자네 아직 19문 외상이 있는데."

쿵이지가 풀이 죽은 채 고개를 들며 말했다.

"그건 …… 다음에 갚을게. 이번에는 현찰이니까 좋은 술 달라고."

주인이 여느 때처럼 웃으면서 그에게 말했다.

"쿵이지, 자네 또 뭘 훔쳤다며?"

하지만 그는 애써 변명하지 않고 그저 "놀리지 마."라고 한마디만 했다.

"놀리긴? 도둑질하지 않았으면 왜 다리가 분질러졌어?"

쿵이지가 낮은 소리로 말했다.

"넘어져서 부러졌어. 넘어, 넘어져서……."

그의 눈빛이 제발 그만하라고 주인에게 애걸하는 것 같았다. 벌써 몰려든 사람들이 주인과 더불어 웃음을 터뜨렸다. 나는 술을 덥혀 들고 가서 문지방에 내려놓았다. 그가 누더기 호주머니에서 4문을 꺼내 내 손에 내려놓는데 손이 온통 흙투성이였다. 이제 보니 손으로 걸어온 것이었다. 잠깐 사이에 사발을 비운 그는 다시 주위 사람들의 비웃음 속에서 앉은 채로 손을 써서 천천히 걸어나갔다.

그 이후 다시는 쿵이지를 보지 못했다. 연말이 되어 주인이 칠판을 내려놓으며 말했다.

"쿵이지는 외상이 19문 남았네!"

이듬해 단오에도 또 말했다.

"쿵이지는 외상이 19문 남았네!"

하지만 추석에는 말이 없었고, 연말이 되어서도 그를 보지 못했다.

나는 지금까지도 그를 보지 못했다. 쿵이지는 진즉 죽었을 것이다.

〈쿵이지(孔乙己)〉, 《외침(吶喊)》

09

너 자신의 길을 가라

요즘 청년이란 말이 유행이다. 입만 열면 청년이요, 입을 닫아도 청년이다. 하지만 청년이라고 하나로 이야기할 수 있을까? 그중에는 깨어난 사람도 있고, 잠자는 사람도 있고, 어리둥절해하는 사람도 있고, 누워 있는 사람도 있고, 놀고 있는 사람도 있고, 그 외에도 많다. 물론 전진하는 사람도 있다

〈지도자(導師)〉, 《화개집(華蓋集)》

청년의 현재도 미래도 암담해지자, 수많은 사람이 나타나 멘토를 자처한다. 삶은 원래 그렇다고 하기도 하고, 청춘은 원래 그렇다고 말하기도 한다. 미래는 분명 밝다고 근거 없는 희망을 이야기하기도 한다. 멘토를 믿고 길을 가야 하는가? 아니면 멘토 없이 그냥 나의 길을 가야 하는가?

저는 식인 파티를 돕고 있습니다

유형(有恒) 선생!

선생의 여러 말씀은 오늘《북신(北新)》 지상에서 보았습니다. 저에 대한 기대와 호의에 감사드립니다. 선생의 글에서 느낄 수 있었습니다. 간략히 몇 자 적어 회답으로 삼고, 당신과 비슷한 견해를 가진 다른 분들도 보아주셨으면 하는 바람입니다.

저는 요즘 한가합니다. 글을 쓸 시간이 없는 것은 아닙니다. 그런데도 제가 세상일들에 대해 견해를 피력하는 글을 발표하지 않은 지 퍽 오래되었습니다. 실은 지난해 여름, 정부가 학생들을 사살한 3·18 사태가 있고 난 여름, 침묵을 결심했습니다. 그 예정 기간은 2년이었습니다. 저는 시간을 그리 중요하게 여기지는 않습니다. 어린애들 장난으로 취급하는 때도 있지요.

지금 제가 침묵을 지키고 있는 이유는 그 결정 때문이 아닙니다. 제가 샤먼(廈門)을 떠날 때 이미 사상에 변화가 생기고 있었기 때문입니다. 그 변화의 경과를 말하자면 너무 복잡할 것이기에, 추후 공개할 기회가 있으리라 믿으면서, 오늘은 생략하겠습니다. 다만 극히 최근의 일만 말하자면, 침묵의 가장 큰 이유는 제가 느끼고 있는 공포 때문입니다. 이 공포는 일찍이 겪어보지 못했던 것입니다. 저 자신도 아직 이 공포에 대해 자세히 분석해보지는 못했습니다. 그저

저 자신이 자가 진단한 한두 가지만 말씀드리면 이러합니다.

첫째, 저 자신의 망상이 깨진 것입니다. 지금까지 저는 낙관하고 있었습니다. 청년을 억압하고 살육하는 자들은 대부분 나이 든 사람들이다, 이 나이 든 사람들이 차차 죽으면 중국에 생기가 돌 것이라는 낙관입니다. 그러나 이제 그렇지 않다는 것을 알았습니다. 청년을 살육하는 자들은 대부분 청년들입니다. 더구나 다시 회복할 수 없는 남의 생명과 청춘에 대해 털끝만큼의 배려도 없습니다. 상대가 설령 동물일지라도 이런 행위는 극악무도한 소행임에 분명합니다. 특히 제가 두렵게 여기는 것은, '도끼로 찍어 죽였다'느니 '창으로 마구 찔러 죽였다'느니 하며 승리자들의 득의에 찬 글들이 발표되는 일입니다. 사실 저는 급진적인 개혁론자가 아니며, 사형에 반대한 적도 없습니다. 그러나 능지처참이나 일족을 몰살시키는 짓에 대해서는 일찍부터 끝없는 증오와 비통을 표명했습니다. 20세기 인류에게 이런 일이 있어서는 안 된다고 생각했기 때문입니다. 도끼로 찍고 창으로 찔러 죽이는 것은 물론 능지처참은 아니지요. 그러나 총알 한 방으로 뒤통수를 쏘면 안 될 게 무엇일까요? 상대방을 죽이기는 마찬가지 아닙니까? 그러나 사실은 어디까지나 사실입니다. 피의 연극은 이미 시작되었고, 그 등장인물은 청년이며, 게다가 득의에 찬 표정까지 띠고 있습니다. 이 연극의 막이 언제 내릴지, 저는 알 수가 없습니다.

둘째, 저는 저 자신을 발견했습니다. 저는 일개 …… 무엇이라 해야 좋을까요. 얼른 적당한 호칭이 떠오르지 않습니다. 전에 저는 이런 말을 한 적이 있습니다. 중국에는 예로부터 인간을 잡아먹는 식인 파티가 열리고 있다, 여기에는 잡아먹는 자도 있고 잡아먹히는 자도 있다, 지금 남에게 먹히는 자도 전에 다른 사람을 먹은 적이 있으며, 지금 먹고 있는 자도 언젠가는 남에게 먹힌다고 말입니다. 그런데 지금 저는, 저 자신이 이 파티를 돕고 있다는 것을 발견했습니다. 유헝 선생, 선생은 제 작품을 읽어보셨을 테니 한 가지 여쭈어보겠습니다. 선생은 제 작품을 읽고서 정신이 마비되었습니까, 아니면 맑아졌습니까? 침울해졌습니까, 아니면 활기를 찾았습니까? 만약 후자라면 저의 자가 진단은 절반 이상 실증된 셈입니다. 중국 잔칫상에 오르는 요리 중에 쭈이샤(醉蝦: 산 새우를 술에 담근 뒤 술에 불을 붙여 구워 먹는 요리—옮긴이)라는 요리가 있지요. 새우가 푸들푸들 살아 꿈틀거릴수록 먹는 사람은 유쾌하고 흡족해합니다. 저는 바로 이 쭈이샤 요리를 거들고 있는 셈입니다. 성실하고, 그러면서도 불행한 청년의 머리를 깨어나게 하고, 그 감각을 예리하게 해줌으로써, 만일 그들이 재앙을 당할 경우 곱절의 고통을 맛보게 했고, 청년을 증오하는 자들로 하여금 깨어난 청년들의 배가된 고통을 감상하면서 짜릿짜릿 쾌감을 느끼게 한 것입니다. 빨갱이 토벌군이건 혁명가 토벌군이건 간에 유식한 자들, 예를 들어 학생을 체포하면 노동자나 다른 비지식인들보다 훨씬 더 난폭하게 다루는 것 같습니다. 왜 그럴까요? 좀 더 예민하고 섬세한 그들의 고통스런 표정을 감상하면서 한층 각별한 쾌락을 느낄 수 있기 때문입니다. 만일 이런 상상이 틀리지 않다면 저의 자가 진단은 완전한 실증을 얻은 셈입니다.

이런 까닭으로 저는 결국 아무런 할 말이 없다고 느꼈습니다.

〈유형 선생에게 답함(答有恒先生)〉, 《이이집(而已集)》

청년과 지도자

요즘 들어 청년이란 말이 유행이다. 입만 열면 청년이요 입을 닫아도 청년이다. 그러나 청년이라 하여 어찌 일률적으로 얘기할 수 있을까? 그중에는 깨어 있는 자도 있고, 잠자는 자도 있으며, 혼미한 자도 있고, 누워 있는 자, 놀고 있는 자도 있고, 그 밖에도 여러 가지가 있다. 물론 전진하려는 자도 있다.

전진하려는 청년들은 대체로 지도자를 찾고자 한다. 그러나 감히 말하건대, 그들은 지도자를 영원히 찾지 못할 것이다. 찾지 못하는 것이 도리어 행운이다. 자기 스스로를 아는 자라면 지도자의 자리를 사양할 것이다. 지도자이길 자임하고 나서는 자가 과연 나아갈 길을 진정으로 알고 있을까? 길을 안다고 나서는 자들은 대개 서른이 넘고, 빛이 바래고 노티가 흐르는 자들로 그저 원만하다는 것뿐인데, 자신이 길을 안다고 착각하고 있다. 정말 길을 안다면 벌써 자기의 목표를 향해 전진했을 것이고, 지금껏 지도자 노릇을 하고 있을 리 없다. 불법을 설교하는 스님이건 신선의 약을 파는 도사이건, 언젠가는 우리와 똑같이 백골(白骨)로 된다. 그런데 사람들은 그에게 극락으로 가는 이치를 묻고, 하늘나라에 갈 비결을 구하려 하니, 실로 가소로운 일 아닌가!

하지만 나는 그런 사람들을 모조리 부정할 생각은 없다. 그들과 그저 이런저런 이야기를 나누는 것은 그럴 수 있다. 말하는 사람은 그저 이야기나 할 줄 알고, 붓을 놀리는 사람은 그저 붓이나 놀릴 줄 안다. 그런데 누가 그더러 주먹을 쓰라고 하면 그것은 시키는 사람 잘못이다. 주먹을 쓸 줄 아는 사람이라면 진즉 주먹을 썼을 것이다. 하지만 그렇게 되면 이번에는 아마 재주넘기를 하라고 할 것이다.

일부 청년들은 벌써 각성한 것처럼 보인다. 《경보부간(京報副刊)》에서 청년들의 필독서를 추천해달라고 했을 때 어떤 사람이 투덜거리면서 이렇게 말한 것이 기억난다.

"믿을 건 자기 자신밖에 없어!"

비록 살벌한 상황이지만 나도 대담하게 한마디 한다면, 자기 자신조차 꼭 믿을 만한 것이 아니라는 점이다.

우리는 기억력이 그리 좋지 않다. 이것 역시 인생에, 특히 중국에서는 더욱 고통스러운 일이 너무 많아서 그럴 것이다. 기억력이 좋으면 그 무거운 고통에 짓눌려 압사할 것이다. 기억력이 나빠야 적자생존할 수 있고, 기쁜 마음으로 살아갈 수 있다. 하지만 어쨌거나 우리는 여전히 기억하고 있다. 어찌어찌하여 오늘은 옳은데, 어제는 잘못되었다거나 겉과 속이 다르거나 어제의 내가 오늘의 나와 싸운다거나 하는 일을 떠올린다. 우리는 아직 굶어 죽을 정도로 배가 고파서 아무도 없을 때 남의 밥그릇을 넘본 적이 없다. 죽을 정도로 가난하여 남몰래 남의 돈을 넘본 적이 없고, 성욕이 넘쳐서 이성을 보고는 아름답다고 느낀 적도 없다. 그러기에 나는 큰소리를 치기에 너무 이르다고 본다. 기억력이 있다면 나중에 그때 가서 얼굴이 붉어질 테니까.

혹시 자기가 믿을 만한 사람이 되지 못한다고 여기는 사람이 있다면 도리어 믿음직스러울지도 모른다. 청년들이 금 간판이나 내거는 지도자를 찾아야 할 이유가 어디 있는가? 차라리 벗을 찾아 단결하여, 생존의 방향이라고 생각되는 곳으로 함께 나아가는 것이 나을 것이다. 그대들에게는 넘치는 활력이 있다. 밀림을 만나면 밀림을 개척하고, 광야를 만나면 광야를 개간하고, 사막을 만나면 사막에 우물을 파라. 이미 가시덤불로 막힌 낡은 길을 찾아 무엇 할 것이며, 너절한 스승을 찾아 무엇 할 것인가!

〈지도자(導師)〉, 《화개집(華蓋集)》

10

사람을 무는 개는 때려야 한다

나도 가끔은 관용이 미덕이라는 생각이 들기는 한다. 그러나 그럴 때마다 금세 의문이 떠오른다. 관용이 미덕이라는 건 비겁자가 생각해낸 것은 아닐까, 보복할 용기가 없는 비겁자가 생각해낸 말은 아닐까 하는 것이다. 이것이 아니라면 비겁한 악인이 생각해낸 것으로, 자기는 남에게 위해를 가하면서도 남의 보복을 받는 것을 두려워해 관용이라는 미명으로 기만하는 것은 아닌가 하는 생각이 든다.

〈잡다한 추억 3(雜憶 三)〉, 《무덤(墳)》

악을 용서하기 위한 전제는 무엇일까? 선을 좋아하고 선을 행하는 것만으로 좋은 세상이 될까? 악을 응징하는 일이 왜 필요할까? 악을 범한 사람과 세력들은 수세에 몰리면 용서와 관용, 화해와 같은 말을 들고나온다. 그렇게 되면 마음 착한 사람들은 거기에 마음이 흔들리고 결국 악이 부활한다. 루쉰은 악의 세력을 사람 무는 나쁜 버릇을 지닌 개에 비유하면서 그런 개가 물에 빠져서 구해달라고 하더라도 때려야 한다고 말한다. 악에 단호해야 선을 지킬 수 있다는 생각이다. 역시 악에 대한 단호한 응징의 차원에서 복수의 의미를 재해석한다.

'페어플레이'는 아직 이르다

1. 해제

《어사(語絲)》 57호에 린위탕(林語堂, 1895~1976) 선생이 '페어플레이(fair play)'를 이야기하며, 중국에서는 이 정신이 가장 부족하기에 적극적으로 고취해야 한다면서, '물에 빠진 개를 때리지 않는 것'이 바로 이 페어플레이의 의미라고 보충 설명을 했다. 나는 영어를 모르기에 이 단어의 뜻이 대관절 무엇인지는 모른다. 다만 '물에 빠진 개를 때리지 않는 것'이 이 정신의 하나라면, 이는 논의의 여지가 있다고 본다. 여기서 직접 '물에 빠진 개를 때리자'고 제목을 달지 않은 것은, 너무 눈에 띄는 것을 피하기 위해서다. 즉, 쓸데없이 머리에 가짜 뿔을 달고 환심을 살 필요가 없기 때문이다. 말하려는 요점은, 물에 빠진 개는 때리지 말아야 하는 게 아니라 오히려 더욱 때려야 한다는 것이다.

2. '물에 빠진 개'에는 세 가지가 있는데, 모두 때려야 할 부류들이다

오늘날 논자들은 '죽은 호랑이를 때리는 것'과 '물에 빠진 개를 때리는 것'을 함께 거론하며, 둘 다 비겁하다고 여기고 있다. 내 생각에는, 죽은 호랑이를 때리는 것은 겁쟁이가 용감한 체하는 것으로 다분히 웃기는 짓이며, 비겁의 혐의가 있긴 하나 귀엽기도 한 것 같다. 그러나 물에 빠진 개를 때리는 것은 그렇게 간단하지 않다. 그 개가 어떤 개인지, 어떻게 물에 빠졌는지를 보아야 한다. 물에 빠진 원인에는 대략 세 가지가 있을 것이다. 첫째, 개가 발을 헛디뎌 빠진 경우. 둘째, 남이 빠뜨린 경우. 셋째, 내가 때려서 빠뜨린 경우. 만일 앞의 두 종류의 개를 만나 남들과 부화뇌동하여 때린다면 이는 너무 심심한 일이거나 비겁한 일에 가까울 것이다. 그러나 개와 싸우다가 자신이 직접 빠뜨렸다면 몽둥이로 물속에서 마구 때리더라도 결코 잘못된 것이 아니다. 이 경우를 앞의 두 경우와 함께 논해서는 안 된다.

용감한 권사(拳師: 권법을 쓰는 사람—옮긴이)는 넘어진 적은 절대 때리지 않는다고 한다. 이는 우리가 모범으로 삼을 만하다. 그러나 나는 여기에 한 가지를 덧붙여야 한다고 생각한다. 적도 용감한 투사여야 한다는 전제다. 패배한 뒤, 부끄러워하고 뉘우치면서 다시 덤벼들지 않거나 정정당당하게 복수를 하려는 자여야 한다는 점이다. 이런 것은 당연히 괜찮다. 그러나 개에게는 이러한 예를 적용하여 대등한 적수로 볼 수가 없다. 개가 아무리 짖어대더라도 무슨 '도의(道義)' 같은 것을 알지 못하기 때문이다. 더구나 개는 헤엄을 칠 줄 안다. 분명 땅에 기어오를 것이며, 주의하지 않으면 몸을 털어 사람 얼굴이나 몸에 물을 튀기고는 꼬리를 사리며 달아날 것이다. 그러나 그런 뒤에도 성품은 여전하다. 순진한 사람은 개가 물에 빠진 것을 세례받은 것이라 여기면서, 그가 분명 참회했을 터이고 다시는 사람을 물지 않을 것이라고 생각한다. 그러나 이것은 착각이며, 그것도 엄청난 착각이다.

요컨대, 나는 사람을 무는 개라면 땅에 있건 물속에 있건 모조리 때려야 할 부류에 속한다고 생각한다.

3. 특히 발바리는 물에 빠뜨리고 계속 때려야 한다

발바리는 삽살개라고도 하는데 남쪽에서는 서양개라고도 한다. 그러나 사실은 중국 토종으로, 세계 개 품평회에서 자주 금상을 타기도 한다.《브리태니커 백과사전》의 개 사진에 나와 있는 몇 마리도 중국 발바리다. 이것도 중국의 영광의 하나이리라. 그런데 개와 고양이는 원수지간인데, 발바리는 고양이를 많이 닮았다. 절충·공정·조화·평형을 모두 갖춘 듯이 의젓하며, 다른 개들은 다 극단적인데 자기만이 중용의 도를 터득한 듯한 표정을 하고 있다.

이 때문에 돈 많은 사람이나 벼슬아치, 사모님, 아가씨 들이 총애하며 그 종자가 면면히 내려오고 있다. 발바리가 하는 일은 영리해 보이는 외모 덕분에 귀하신 분들 손에 길러지거나, 중국이나 외국의 여인들이 외출할 때 고리를 목에 매고서 뒤를 졸졸 따라다니는 것뿐이다.

이런 것들은 우선 물에 빠뜨리고, 계속 때려야 한다. 스스로 물에 빠졌더라도 쫓아가 때려도 상관없다. 지나칠 만큼 좋은 사람이라면 때리지 않아도 되지만 불쌍히 여길 필요는 없다. 발바리를 너그럽게 대할 수 있다면 다른 개는 때릴 필요도 없게 된다. 다른 개들은 힘 있는 자에게 몹시 아양을 떨긴 해도 어쨌든 늑대에 가까울 만큼의 야성을 지니고 있어서, 발바리처럼 간에 붙었다가 쓸개에 붙었다 하지는 않기 때문이다.

이상은 내친김에 한 말로, 본 문제와는 큰 관계가 없는 듯싶다.

4. 물에 빠진 개를 때리지 않는 것은 남의 자식을 그르치는 일이다

요컨대, 물에 빠진 개를 때릴 것인지 말 것인지는 우선 그 개가 땅에 올라온 뒤의 태도를 보아야 한다.

개의 본성은 좀처럼 변하지 않는다. 혹 1만 년 뒤라면 지금과 다를지 모르겠으나, 내가 지금 말하는 것은 현재다. 만일 물에 빠진 뒤 그의 처지가 너무 가련하다고 여긴다면, 사람을 해치는 동물 중 가련한 것들은 얼마든지 있다. 콜레라균만 보더라도 번식은 빠르지만 성미야 얼마나 솔직한가? 그렇지만 의사는 그것을 절대 내버려 두지 않는다.

현재의 관료들과 토종 신사들, 서양 물을 먹은 신사들은 자기들 마음에 들지 않으면 모조리 빨갱이나 공산당으로 몰아버린다. 중화민국이 수립되기 이전에는 약간 달랐다. 처음에는 캉유웨이(康有爲)당(黨)이라고 몰아붙였고, 심한 경우 관청에 밀고하기도 했다. 물론 자신의 존엄과 영예를 보존하려고 그러기도 했지만, 혁명당을 밀고하거나 살해하여 높은 벼슬자리에 오르려는 의도도 없지 않았다. 하지만 혁명(신해혁명—옮긴이)은 결국 일어났다. 거드름을 피우던 신사 무리는 초상집 개처럼 주눅이 들어 늘어뜨리고 다니던 변발을 황급히 틀어 올렸다. 혁명당도 새로운 기풍, 예전에 신사들이 이를 갈며 증오하던 그 새로운 기풍을 발휘하며 제법 '문명'해졌다. 그들은 다 같이 유신이 된 마당에, 우리는 물에 빠진 개를 때리지 않을 것이라고 했는데, 이는 그들이 마음대로 기어오르게 내버려두는 꼴이었다. 이리하여 그들은 기어올랐고, 민국 2년(1913년—옮긴이) 하반기까지는 가만히 엎드려 있었다. 그러다가 쑨원(孫文, 1866~1925)이 황제 등극을 꿈꾸던 위안스카이를 토벌하려고 2차 혁명(1913년—옮긴이)을 일으키자 뛰어나와 위안스카이를 도와서 수많은 혁명가를 물어 죽였다.

중국은 또다시 하루하루 암흑 속으로 빠져들었고, 지금도 청조(淸朝)의 늙은 신하들은 물론이고 젊은 신하들까지 우글거리고 있다. 이것은 바로 마음씨 좋은 우리 선열들이 요귀들에게 베푼 자비가 그들을 번식시킨 탓이다. 이로 인해 뒷날의 각성한 청년들이 암흑 세력에 대항하려고 훨씬 많은 기력과 생명을 소모해야 했다.

치우진(秋瑾, 1875~1907: 루쉰과 동향으로, 청말의 여성 혁명가—옮긴이) 여사가 바로 밀고로 죽었다. 혁명이 일어나고 잠시 '여협(女俠)'으로 불리더니, 지금은 입에 올리는 사람도 거의 없다. 혁명이 일어나고, 그녀의 고향에 도독이 부임했는데, 그녀의 동지인 왕진파(王金發)였다. 그는 그녀를 살해한 주모자를 체포하고, 밀고 서류를 수집·조사하여 복수하려 했다. 그러나 결국은 그 주모자를 석방했다. 듣자니, 이미 중화민국이 된 마당에 오래전부터 품어온 원한을 새삼스레 다시 들추어내어 무엇하겠느냐는 이유에서였다. 그런데 2차 혁명이 실패한 뒤, 왕진파는 위안스카이의 앞잡이에게 총살당했다.

여기에 힘을 도운 자는 바로 그가 석방해준 치우진을 살해한 그 주모자였다.

그자는 천수를 누리다 죽었다. 그러나 그곳에 여전히 출몰하는 자들 역시 그와 같은 부류의 인간들이다. 그래서 치우진의 고향은 지금 여전히 그대로이고, 해가 가고 또 가도 털끝만큼의 진보도 없다. 이런 것을 보면, 중국에서 모범이 될 만한 훌륭한 곳(우시無錫를 가리킨다—옮긴이)에서 태어난 양인위(楊蔭楡) 여사나 천시잉(陳西瀅) 선생은 정말 천하의 복을 타고났다.

5. 실각한 정객을 물에 빠진 개와 동일시해서는 안 된다

"남이 내게 잘못을 해도 따지지 않는다〔犯而不校〕."(〈태백泰伯〉 편, 《논어》)라는 것은 관용의 도〔恕道〕이고, "눈에는 눈 이에는 이로 갚는다."라는 것은 곧음의 도〔直道〕이다. 그런데 중국에 제일 많은 것은 삐뚤어진 도, 즉 왕도(枉道)이다. 물에 빠진 개를 때리지 않으면 도리어 개에게 물린다. 하지만 기실 순진한 사람들은 사서 고생을 한다.

속담에 "순하다는 것은 무능하다는 것이다."라는 말이 있다. 너무 야박한 말 같지만, 곰곰이 생각해보면, 이 말은 사람들이 나쁜 짓을 하도록 부추기는 말이 아니라, 쓰라린 경험에서 우러나온 경구이다. 예를 들어 "물에 빠진 개는 때리지 않는다."라는 말만 보더라도, 이 말이 생긴 데는 두 가지 원인이 있다고 하겠다. 하나는 때릴 힘이 없는 것이고, 다른 하나는 비교를 잘못한 경우다. 전자는 논외로 하고, 후자를 살펴보자. 그 잘못은 크게 두 가지다. 첫째는 실각한 정객을 물에 빠진 개와 동일시하는 점이고, 둘째는 실각한 정객 중에도 좋은 사람과 나쁜 사람이 있다는 것을 가리지 않은 점이다. 이렇게 동일시한 결과 도리어 악을 만연시키고 있다. 현재는 정국이 불안하여 일어섬과 넘어짐이 마치 돌아가는 수레바퀴와 같이 급전하고 있다. 빙산에 의지하여 거리낌 없이 악행을 저지르던 악인이, 일단 실각하면 곧바로 동정을 애걸한다. 이리되면 남이 물리는 것을 직접 보았거나 자신이 직접 물리기도 했던 순진한 사람들은, 그를 물에 빠진 개와 동일시하여 때리지 않으려 한다. 더 나아가 측은하게 여기기까지 한다. 정의가 이미 이겼으니 이제는 의협심을 보일 때가 되었다고 생각한다. 그러나 순진한 사람들이 어찌 헤아릴 수 있으랴. 그 개들이 정말로 물에 빠진 것이 아니라 이미 자신들의 보금자리를 만들어놓고 먹을 것도 충분히 쌓아두었다는 것을. 그것도 안전한 외국인 거주 조계(租界)에 마련해두었다는 것을. 가끔 그들이 부상을 당한 것처럼 보이지만, 실은 결코 그렇지 않으며, 단지 다리가 부러진 시늉을 하며 사람들의 측은지심을 유발, 쉽게 도피하려는 수작일 뿐이다. 그가 다음에 다시 만나면 이전처럼 맨 먼저 순진한 사람을 물게 되고, 물에 빠진 사람에게 돌을 던지는 등 못하는 짓이 없게 된다. 그 원인을 찾자면 순진한 사람이 물에 빠진 개를 때리지 않은 데 일부 원인이 있다. 이 때문에 좀 가혹하게 말하면 스스로 제 무덤을 판 것이니, 하늘을 원망하거나 남을 탓하는 것은 전적으로 잘못이다.

6. 지금은 아직 '페어'만 할 수 없다

어진 사람들은 물을지 모른다.

"그렇다면 결국 페어플레이가 필요 없다는 말인가?"

나는 즉각 대답할 수 있다. 물론 필요하다. 그러나 아직은 이르다. 이는 그들의 '자업자득'이다. 어진 사람들은 이 방법을 쓰지 않으려 할지 모르지만, 나는 이 방법이 일리가 있다고 생각한다. 중국 신사들이나 서양식 신사들이 늘 말하지 않던가. 중국은 사정이 특수하기에 외국의 평등이나 자유 등등을 적용할 수 없다고. 나는 이 페어플레이도 그중 하나라고 본다. 만일 일률적으로 페어플레이를 적용하여, 그는 당신에게 페어하지도 않는데 당신만 그에게 페어했다가는 결국 자신만 손해를 보게 된다. 이렇게 되면 나중에는 페어하려 해도 할 수 없고, 페어하지 않으려 해도 안 할 수 없게 된다. 그러므로 페어플레이를 하려면 먼저 상대를 똑똑히 보고, 페어를 받을 자격이 없는 자라면 조금도 페어하게 대할 필요가 없다. 상대가 페어하게 나온 다음, 그에게 페어해도 늦지 않다.

이는 이중 도덕을 주장한다는 혐의를 받을 수도 있다. 그러나 어쩔 수 없다. 이렇게 하지 않으면 중국이 장차 더 좋은 길로 나아갈 수 없다. 현재 중국에는 이중 도덕이 많다. 주인과 노비, 남자와 여자가 모두 다른 도덕을 지니고 있고, 통일되어 있지 않다. 물에 빠진 개와 물에 빠진 사람을 동일시하는 것은 지나치게 편파적이고, 너무 이르다. 이는 신사 양반들이 자유와 평등이 좋은 것이기는 하지만 중국에는 아직 이르다고 하는 것과 마찬가지다.

그러므로 페어플레이 정신을 보편적으로 실시하려면 적어도 물에 빠진 개들이 인간다워진 다음에 해야 한다. 물론 지금은 절대로 안 된다는 것은 아니며, 언급한 대로 상대를 보아가며 행해야 한다는 것이다. 그뿐만 아니라 차등을 두어야 한다. 즉, 페어는 상대가 누구인지를 보아야 한다. 어떻게 물에 빠졌든 상대가 사람이라면 건져야 하고, 개라면 내버려두어야 하며, 나쁜 개라면 때려야 한다. "자기 파는 돕고 다른 파는 토벌〔黨同伐異〕"해야 하는 것이다.

머릿속에는 편파적인 '시어머니의 도리'로 가득 차 있으면서도 입으로는 '공정한 도리'를 운운하는 신사들의 명언은 차라리 젖혀두고라도, 순진한 사람들이 부르짖는 공정한 도리 역시 현재 중국에서는 선량한 사람을 구조하기는커녕 도리어 악인들을 보호하고 있다. 악인들이 득세하여 선량한 사람들을 학대할 적에는, 누가 아무리 공정한 도리를 외쳐도 악인들은 결코 그 말을 듣지 않으며, 외침은 그저 외침으로 그칠 뿐, 선량한 사람들은 여전히 고통받기 때문이다. 어쩌다 선량한 사람들이 조금 일어나게 되면, 이제 악인들은 마땅히 물에 빠져야 할 터인데도, 순진한 사람들은 '공정한 도리' 운운하며 "보복하지 마라", "너그럽게 용서해라", "악에 악으로 응징하지 마라"라고 외쳐댄다. 이렇게 되면, 이번에는 그 외침이 실제로 효과를 발휘한다. 선량한 사람들은 그 말이 옳다면서 악인을 구제해준다. 그러나 악인들은 구제되고 나서, 자신들이 이익을 보았다고 생각할 뿐 결코 잘못을 뉘우치고 고치지 않는다. 더욱이 그들은 교활한 토끼처럼 굴을 셋이나 파놓은 데다가 아부하는 재간까지 있어서, 얼마 안 가서 빛나는 명성을 되찾게 되며 이전과 마찬가지로 못된 짓을 한다. 그러면 공정한 도리를 운운하는 자들은 또 다시 소리 높여 외치지만, 이번이라고 그들이 들을 리 만무하다.

평론가들은 "악을 너무 미워하고" "너무 조급하게 개혁하려 했"던 점이야말로, 한나라 때의 청류(淸流: 환관들의 비리를 비판한 사람들—옮긴이)와 명(明)나라 때의 동림당(東林黨: 명 말에 정치 쇄신을 꾀한 사람들—옮긴이)이 실패한 원인이라고 항상 비난했다. 그러나 어찌 이 점을 모르는가? 그들을 박해한 측들이 '선을 원수처럼 미워했다'는 사실을. 향후 빛이 어둠과 단호히 투쟁하지 않으며, 순진한 사람들이 악에 대한 방임을 관용이라 잘못 생각하고 계속 고지식한 태도를 유지한다면, 오늘날과 같은 혼돈 상태는 영원히 지속될 것이다.

7. "그 사람의 도로써 그 사람의 몸을 다스려라"

중국인 중에는 중의(中醫)를 믿는 사람도 있고 양의(洋醫)를 믿는 사람도 있다. 지금은 웬만한 도시라면 이 두 의사가 다 있어, 사람들은 원하는 대로 선택할 수 있다. 나는, 이것은 아주 좋은 일이라고 생각한다. 이 방법을 널리 확대한다면 사람들의 원성이 훨씬 적어질 것이고, 세상이 태평스러워질지도 모른다.

예를 들어 중화민국의 보통 예절은 허리를 굽혀 인사하는 것이지만, 이것이 옳지 않다고 하는 사람이 있으면 그에게만은 절을 시키면 될 것이다. 민국의 법률에는 태형이 없지만, 태형이 좋다고 하는 사람이 있으면 그가 죄를 지었을 때 그에게만 곤장을 적용하면 되리라. 식기와 밥, 반찬 등의 현대식은 지금 사람들을 위해 마련된 것이지만, 전설에 나오는 수인씨(燧人氏: 맨 처음 불을 얻었다는 전설적 인물. 인간에게 화식火食을 가르쳤다—옮긴이)보다 이전 사람이 되길 원하는 사람이 있다면 그에게는 날고기를 먹이면 된다. 또 초가집 수천 칸을 지어 큰 집에서 살며 요순을 흠모하는 고상한 선비들은 데려다가 그 속에 살게 하면 될 것이다. 그리고 물질문명을 반대하는 사람들에게 구태여 싫다는 자동차를 타라고 강요할 필요가 없다. 이렇게 하면 그야말로 "인(仁)을 구하려다 인을 얻었으니 무슨 원한이 있으랴〔求仁得仁何怨〕."(〈술이述而〉 편, 《논어》)로서, 우리 귀도 훨씬 깨끗해질 것이다.

그러나 유감스럽게도 사람들은 이렇게 하려 하지 않으며, 오직 자신을 기준으로 하여 남을 다스리려 한다. 이 때문에 세상이 복잡해진다. 페어플레이 역시 더욱 폐단이 나타나고, 심지어는 약점이 되어 악한 세력에게 이익을 안겨주기도 한다. 예를 들어 류바이자오(劉百昭)가 베이징여자사범대학 학생들을 폭력으로 학교에서 내쫓을 때, 《현대평론》은 일언반구도 없었다. 베이징여자사범대학이 다시 정상 회복된 뒤, 이번에는 천시잉 교수가 반대파 학생들을 이용하여 학교를 점령하자, 이렇게 말했다.

"만약 학생들이 나가지 못하겠다고 버티면 어쩔 셈인가? 강제로 그들의 짐을 들어낸다는 건 낯부끄러운 일 아닌가?"

이미 류바이자오가 학생들을 때리며 끌어내고 짐을 들어낸 전례가 있거늘, 왜 이번에만 유독 낯부끄럽다는 말인가? 이것은 바로 베이징여자사범대학 측에 페어의 기미가 조금 있다는 것을 알았기 때문이다.

그러나 이 페어는 도리어 약점이 되고, 장스자오(章士釗, 1881~1973)가 '남긴 혜택'을 보호해주는 데 이용되었다.

8. 결론

혹자는 위에서 언급한 것들이 새것과 낡은 것, 또는 무슨 두 파벌 간의 다툼을 자극하고 악감정을 더욱 깊게 하여 대립을 격화시키지 않을까 하고 의문을 가질지도 모른다. 그러나 나는 감히 단언코자 한다. 반개혁가들의 개혁가에 대한 악랄한 박해는 한 번도 미루어진 적이 없으며, 그 수단의 극렬함도 이미 극에 달했다. 오직 개혁가들만이 아직도 꿈을 꾸고 있으며, 늘 손해만 보고 있다. 이 때문에 중국은 아직도 개혁을 이루지 못하고 있다. 이후 이러한 태도와 방법은 반드시 고쳐야 한다!

〈'페어플레이'는 아직 이르다(論"費厄潑賴"應該緩行)〉, 《무덤(墳)》

검을 만들다

1

미간척(眉間尺)이 막 어머니와 잠이 들었는데 쥐가 나와 솥뚜껑을 갉아대며 그의 귀를 거슬리게 했다. 그는 조용히 몇 번 소리를 질렀다. 하지만 처음에는 효과가 있더니 나중에는 쥐가 그를 전혀 아랑곳하지 않고 지직지직 계속 갉아댔다. 그렇다고 큰 소리로 쫓을 수도 없었다. 낮에 피곤하게 일하고 밤에 눕자마자 곯아떨어진 어머니를 깨울까 싶어서였다.

한참 시간이 지나고 조용해졌다. 그도 잠을 청하려고 했다. 그런데 갑자기 풍덩 하는 소리에 놀라서 눈을 떴다. 동시에 사각사각하는 소리가 들렸다. 발톱으로 항아리를 할퀴는 소리였다.

'잘됐네! 죽일 놈!'

그는 그런 생각을 하며 속으로 기뻐하면서 천천히 일어나 앉았다.

그는 침상에서 내려와 달빛에 의지해 문 뒤쪽으로 가서 부싯돌을 찾아 관솔에 불을 붙여 물독 안을 비추었다. 과연, 큰 쥐 한 마리가 안에 빠져 있었다. 하지만 담아둔 물이 많지 않아서 기어오르지를 못하고 그저 물독 안쪽 벽을 따라 할퀴면서 동글동글 돌고 있었다.

"죽일 놈!"

밤새 가구를 물어뜯으며 편히 잠도 못 자게 한 게 이것이라는 생각에 통쾌했다. 그는 관솔을 토담의 작은 구멍에 꽂아놓고서 감상했다. 그런데 쥐의 동그랗게 뜬 작은 눈을 보자 분노가 일어나 손을 뻗어 갈대 줄기 땔감을 꺼내 쥐를 물 바닥까지 눌러버렸다. 조금 지나서 손을 놓자, 그 쥐도 따라 떠올라서 여전히 항아리 벽을 잡고서 돌았다. 다만 쥐는 힘이 아까만 못했고, 눈도 물속에 빠진 채 뾰쪽하고 빨간 작은 코만 밖으로 내밀고서 씩씩거리며 다급하게 숨을 내쉬었다.

그는 요즘 코가 빨간 사람을 그리 좋아하지 않았다. 그러나 여기서 뾰족한 조그만 붉은 코를 보자 갑자기 불쌍한 생각이 들어서 갈대 줄기를 쥐 배에 대주었고, 쥐가 그것을 붙잡고서 있는 힘을 다해 갈대 줄기를 따라 기어올랐다. 그의 몸—젖은 까만 털, 큰 배, 지렁이 같은 꼬리—을 보자 다시 밉고 화가 치밀어서 얼른 갈대 줄기를 털어버렸고 풍덩 소리를 내면서 쥐는 다시 물독으로 떨어져버렸다. 이어 그는 갈대 줄기로 쥐의 머리를 몇 차례 눌러 빨리 가라앉게 했다.

관솔불을 여섯 번 바꾸고 나자 그 쥐는 더는 움직이지를 못했다. 그저 물 가운데 뜬 채 간혹 수면에서 약간 풀쩍거렸다. 미간척은 다시 불쌍한 생각이 들어 바로 갈대 줄기를 꺾어 겨우 쥐를 건져 땅에 내려놓았다. 쥐가 처음에는 전혀 움직이지 않더니 나중에는 겨우 숨을 쉬었다. 한참 지나자 네 다리가 움직였고, 몸을 뒤집으며 일어나 도망가려는 것 같았다. 이것이 미간척을 깜짝 놀라게 했고 자기도 모르게 왼발을 들어 단번에 밟아버렸다. 찌직 하는 소리만

났다. 그가 쪼그려 앉아 자세히 보자 입에 약간 피가 난 게 보였고, 죽은 것 같았다.

그는 다시 불쌍한 생각이 들었고 자기가 큰 나쁜 짓을 한 것 같아 몹시 괴로웠다. 그는 쪼그리고 앉아서 물끄러미 쳐다보며 일어나지를 못했다.

"척아, 뭐하고 있는 거냐?"

그의 어머니가 잠에서 깨서 침상에서 물었다.

"쥐……."

그가 얼른 일어서 몸을 돌리면서 그저 쥐 한 글자만 말했다.

"그래, 쥐구나. 그건 나도 안다. 그런데 넌 지금 뭐하고 있는 거냐? 죽이는 거냐, 살리는 거냐?"

그는 대답이 없었다. 관솔불이 다 탔다. 그는 말없이 어둠 속에서 있었고, 훤하게 밝은 달빛이 점점 눈에 들어왔다.

"허!"

그의 어머니가 한숨을 쉬며 말했다.

"자시(子時)가 되면 너도 이제 열여섯 살이다. 성격이 아직도 그래 가지고, 뜨뜻미지근한 게 조금도 변하지 않는구나. 보아하니 네 아버지 원수는 갚을 사람이 없을 것 같구나."

그의 어머니가 회백색 달빛 그림자 속에 앉아서 몸을 떨고 있는 것처럼 보였다. 낮은 목소리에 한없는 슬픔이 담겨 있었고, 그를 오싹하게 했다. 한순간에 온몸에서 뜨거운 피가 끓어오르는 듯했다.

"아버지 원수라니요? 아버지한테 무슨 원수가 있어요?"

그가 몇 걸음 다가가며 급하게 물었다.

"있다. 네가 원수를 갚아야 한다. 내가 진즉 너에게 말하고 싶었다만, 네가 너무 어려서 말하지 않았다. 이제 너도 성인이 되었는데 아직도 성격이 그러하니, 날더러 대체 어쩌란 말이냐? 너 같은 성격으로 어떻게 큰일을 할 수 있겠느냐?"

"할 수 있습니다. 말해보세요, 어머니. 제가 고칠게요……."

"당연하다. 나도 이제 말해야 할 것 같다. 꼭 고쳐야 한다. …… 그럼 가까이 오거라."

그가 다가갔다. 그의 어머니는 침상에 단정하게 앉아 있었는데 짙은 하얀 달빛 그림자 속에서 두 눈이 반짝반짝 빛나고 있었다.

"들어라!"

그녀가 엄숙하게 말했다.

"네 아버지는 원래 검을 만드는 명장이었는데, 천하제일이었다. 아버지가 쓰던 공구들은 내가 진즉 다 팔아 어려운 살림에 써버려서 너는 흔적을 조금도 볼 수 없었다. 하지만 네 아버지는 세상에 둘도 없는 검을 만드는 명장이었다. 20년 전에 왕비가 쇳덩어리를 낳았다. 듣자 하니 쇠기둥을 안은 뒤 수태를 했고, 새파란 투명 쇠였다고 한다. 대왕께서 기이한 보물이라는 걸 알고 쇠로 검을 만들어 그걸로 나라를 지키고 적을 죽이고 호신용으로 쓰려고 했다. 불행히도 네 아버지가 하필 뽑혀서 그 쇳덩이를 들고 집으로 와서 밤낮으로 단련하여 꼬박 3년 동안 혼신을 다한 끝에 검 두 자루를 만들었다.

마지막 화로를 열던 날, 얼마나 놀랄 만한 광경이었는지! 쏴아

하고 하얀 공기가 치솟아 오르고 땅도 흔들렸던 것 같다. 그 하얀 공기가 하늘로 올라가더니 하얀 구름으로 변해 이곳을 덮었고 점점 빨간빛이 나오더니 모든 걸 복숭아꽃처럼 물들였다. 우리 집 까만 화로에는 새빨간 두 자루 검이 놓여 있었지. 너의 아버지는 정화수를 천천히 떨어뜨렸고, 그 검은 싸아 울면서 천천히 파란색으로 변하더라. 그렇게 7일 밤낮이 지나자 검이 보이지 않았다. 자세히 보니 화로 바닥에 있는데, 새파랗고 투명한 것이 꼭 두 개의 얼음 같았단다.

대 환희의 광채가 네 아버지 눈에서 사방으로 퍼져 나갔단다. 아버지는 칼을 집어 들고 닦고 또 닦았다. 그런데 슬픈 주름이 아버지 미간과 입에 나타나더라. 아버지가 검 두 자루를 상자 두 개에 담았단다.

'요 며칠 동안의 광경을 보면 검이 다 만들어졌다는 사실을 누구나 안다는 걸 당신은 알 것이오.'

아버지가 조용히 내게 말했단다.

'내일이 되면 난 대왕께 검을 바쳐야 하오. 그런데 검을 바치는 그날이 바로 내 명이 다하는 날이오. 우리도 이제 영원히 이별하는 셈이고.'

'당신…….'

나는 깜짝 놀랐고 아버지의 생각을 이해할 수가 없어서 어떻게 말해야 좋을지 몰랐단다. 난 그저 이렇게 말했지.

'당신이 이번에 정말 큰 공을 세웠네요…….'

'음! 당신이 어떻게 알아!'

아버지가 말했어.

'대왕께서는 평소 의심이 많고, 게다가 무척 잔인하오. 이번에 내가 그에게 세상에 둘도 없는 검을 만들어주면 필시 나를 죽일 거요. 내가 다른 사람에게 또 검을 만들어주어 자기에 필적하거나 자기를 능가하지 못하게.'

난 눈물을 흘렸다.

'슬퍼하지 마시오. 이건 피할 수 없소. 눈물이 운명을 씻을 순 없소. 나는 진즉에 여기 준비했소!'

아버지의 눈에서 갑자기 전광 같은 빛이 났고 검 상자 하나를 내 무릎에 놓았단다.

'이건 웅검(雄劍)이오.'

아버지가 말했단다.

'당신이 갖고 있으시오. 내일, 난 이 자검(雌劍)을 대왕께 바치러 갈 거요. 만일 내가 가서 돌아오지 않으면, 그건 필시 내가 이제 세상에 없다는 거요. 당신이 아이를 가진 지 벌써 5~6개월 아니오? 슬퍼하지 마시오. 아이를 낳으면 잘 키우고. 성인이 되면 이 웅검을 아이에게 주고 아이한테 대왕의 목을 베라고 하시오. 내 원수를 갚게!'"

"그날 아버지가 돌아오셨나요?"

미간척이 바로 물었다.

"돌아오지 않으셨다!"

어머니가 냉정하게 말했다.

"나는 사방에 수소문했지만 도무지 소식을 알 수 없었단다. 나중에 사람들 얘기를 들으니 네 아버지가 만든 검에 처음으로 피를 먹인 사람은 바로 그 자신, 바로 네 아버지였다고 하더라. 혼이 심술을 부릴까 봐 아버지 몸과 머리는 따로 앞문과 후원에 묻었고!"

미간척은 갑자기 온몸에 사나운 불길이 타오르는 것 같았고 모공마다 불꽃이 이는 것 같았다. 그는 어둠 속에서 빠드득 소리가 나게 주먹을 꼭 쥐었다.

그의 어머니가 일어나서 침상 머리의 판자를 뜯고 침상 밑에 관솔불을 밝히고는 문 뒤에서 곡괭이를 가져와 미간척에게 건네주며 말했다.

"파거라!"

미간척은 가슴이 뛰었다. 그러나 침착하게 곡괭이질을 하며 천천히 파 내려갔다. 나오는 건 죄다 황토뿐이었다. 다섯 자(尺) 정도를 파자 흙 색깔이 조금 달라졌다. 썩은 목재인 듯했다.

"보거라! 조심해야 한다!"

어머니가 말했다.

미간척은 파낸 구멍 옆에 엎드린 채 손을 뻗어 조심스럽고 신중하게 썩은 나무를 집어냈다. 손끝이 얼음에 닿은 것처럼 차갑더니 그 파랗고 투명한 검이 나타났다. 그는 검의 손잡이를 찾아내서 잡고 끄집어냈다.

창밖의 별과 달, 집 안 관솔불이 갑자기 빛을 잃은 듯했고, 푸른

빛만 집에 가득했다. 그 푸른빛에 검이 녹아들어 아무것도 없는 것처럼 보였다. 미간척은 정신을 가다듬어 자세히 들여다보았다. 길이가 다섯 자가 넘어 보였고, 그리 예리해 보이지는 않았다. 칼날은 부추 잎처럼 조금 뭉툭하기조차 했다.

"너는 이제 네 우유부단한 성격을 고쳐야 한다. 이 검으로 복수를 하거라!"

그의 어머니가 말했다.

"전 벌써 제 우유부단한 성격을 바꾸었습니다. 이 검으로 복수를 하겠습니다!"

"그러길 바란다. 파란 옷을 입고 검을 등에 메거라. 옷과 검이 같은 색이어서 누구도 알아보지 못할 거다. 옷은 내가 여기 만들어놓았다. 내일 네 길을 가거라. 난 생각하지 말고!"

그녀가 침상 뒤 낡은 옷상자를 가리키며 말했다.

미간척은 새 옷을 꺼내 입어보았다. 길이가 꼭 맞았다. 그는 다시 잘 접어 검을 싸서 베개 옆에 놓고 조용히 누었다. 그는 자기의 유약한 성격을 벌써 바꾼 것처럼 느껴졌다. 그는 아무 일도 없는 것처럼 잠을 푹 자고 아침에 일어나 여느 때와 조금도 다름없이 불구대천의 원수를 찾아가겠다고 결심했다.

하지만 그는 잠들지 못했다. 이리저리 뒤척였고 일어나 앉고 싶었다. 그는 어머니의 실망하는 가벼운 긴 한숨 소리를 들었다. 그는 첫닭이 우는 소리를 들었다. 자시가 되었고, 자기가 열여섯 살이 되었다는 것을 알았다.

2

미간척은 부은 눈덩이를 한 채 뒤도 돌아보지 않고 문을 나섰다. 푸른 옷을 입고 푸른 검을 메고 성큼성큼 걸음을 내디뎌 성(城)에 가까이 이르렀을 때 동쪽에 아직 해도 나오지 않았다. 삼나무 뾰족한 잎마다 이슬방울이 맺혀 있었고 안에 밤기운이 담겨 있었다. 하지만 숲 끝에 이르렀을 때 이슬방울이 반짝반짝 여러 빛을 내며 점점 새벽빛으로 바뀌었다. 멀리 앞쪽에 까만 성벽과 치성(雉城)이 희미하게 보였다.

채소 장수와 섞여서 성안으로 들어갔다. 거리는 벌써 흥청거렸다. 남자들은 줄줄이 멍하니 서 있고 여자들은 자주 문안에서 고개를 내밀었다. 여자들은 대부분 눈두덩이 부어 있었고, 머리는 풀어헤치고 얼굴은 누렇고 분도 바르지 않은 채였다.

미간척은 장차 커다란 변화가 일어날 거라고 예감했고, 그들은 초조하고 인내하면서 그 커다란 변화를 기다리고 있었다.

그는 그대로 앞으로 걸어갔다. 한 아이가 갑자기 달려와 등의 칼끝에 거의 부딪힐 뻔해서 그는 온몸에 땀이 났다. 북쪽으로 돌아서 왕궁과 멀지 않은 곳에 사람들이 다들 목을 뺀 채 빽빽하게 모여 있었다. 사람들 가운데서 여자와 아이 울음소리가 났다. 그는 보이지 않는 웅검이 사람들을 다치게 할까 봐 차마 밀고 들어갈 수가 없었다. 그런데 사람들이 다시 등 뒤에서 밀려왔다. 그가 하는 수 없이 돌아서 물러났다. 앞에는 사람들의 등과 길게 빼고 있는 목만 보였다.

하지만 앞사람들이 계속 무릎을 꿇었다. 멀리 말 두 마리가 나란히 달려왔다. 그 뒤로 목봉과 검, 활, 깃발을 든 무사들이 길에 온통 누런 먼지를 일으키며 걸어왔다. 이어 네 마리 말이 끄는 큰 마차가 왔고 위에는 한 무리 사람들이 타고 있었다. 종을 치고 북을 두드리는 사람도 있었고, 이름을 모르는 무엇인가를 입으로 불고 있는 사람도 있었다. 그 뒤로 다시 수레였다. 안에 있는 사람들은 다들 알록달록한 옷을 입고 있었는데 노인 아니면 키 작은 뚱보들로 다들 얼굴이 기름과 땀으로 범벅이 되어 있었다. 이어 칼과 창, 검, 극(戟)을 든 기사들이 뒤를 이었다. 무릎을 꿇고 있는 사람들이 모두 엎드렸다. 그때 미간척은 노란 덮개를 한 큰 수레가 달려오는 것을 보았다. 한가운데 알록달록한 옷을 입은 뚱보가 앉아 있는데, 희끗희끗한 수염에 머리는 작았고 허리에 그가 등에 메고 있는 것과 같은 청검(青劍)을 차고 있는 게 어렴풋이 보였다.

그는 자신도 모르게 온몸이 식었다. 그러나 바로 뜨거워졌다. 맹렬한 불이 타오르는 듯했다. 그는 손을 어깨로 뻗어 칼자루를 잡으면서 걸음을 내디뎠다. 엎드려 있는 사람들 목 틈새로 걸어 나갔다.

그런데 겨우 대여섯 걸음 가다가 곤두박질을 쳤다. 누가 갑자기 그의 한쪽 발을 잡아서였다. 그런데 넘어지면서 깡마른 얼굴의 소년의 몸을 위에서 눌러버렸다. 그가 칼끝에 다쳤을까 봐 놀라 일어나서 보는 순간 가슴 아래를 주먹으로 두 번 심하게 맞았다. 그는 그것을 생각할 겨를도 없이 다시 길을 쳐다보았다. 노란 덮개 수레는 지나가 버렸고 호위하던 기사들도 본진이 지나가 버렸다.

길가의 사람들이 모두 기어서 일어났다. 깡마른 얼굴의 소년은 미간척의 옷깃을 잡고 손을 놓지 않았다. 그가 소중한 단전(丹田)이 눌려 상했으니 책임을 져야 하고 여든이 못 되어 죽으면 목숨을 물어내야 한다고 했다. 할 일 없는 사람들이 이내 둘러싸고 넋 놓고 바라보고 있었고 누구도 입을 열지 않았다. 나중에 누군가 옆에서 웃으면서 욕을 몇 마디 했는데 모두 깡마른 얼굴의 소년을 편드는 것이었다. 미간척은 이렇게 적을 만나서 정말 화를 낼 수도, 웃을 수도 없었고 그저 너절하다는 생각만 들었지만 그렇다고 몸을 뺄 수도 없었다. 그렇게 밥이 될 만한 시간이 흘렀다. 미간척은 진즉부터 초조하여 온몸에서 열이 났지만 보고 있는 사람들은 여전히 줄어들지 않았고, 재미있어하는 것 같았다.

앞쪽 사람들이 동요하기 시작하더니 한 흑색인이 들어왔다. 까만 수염에 까만 눈, 쇠처럼 말랐다. 그는 아무 말 없이 그저 미간척을 보고 차갑게 웃더니 깡마른 얼굴의 소년의 아래턱을 가볍게 밀면서 그의 얼굴을 쏘아보았다. 그 소년도 그를 슬쩍 보더니 자기도 모르게 천천히 손을 풀고 슬그머니 달아나 버렸다. 그 사람도 슬그머니 달아나 버렸다. 보던 사람들도 다들 재미없다는 듯이 흩어졌다. 몇 사람만이 미간척의 나이와 어디 사는지, 집에 형제가 있는지를 물었다. 미간척은 그들을 전혀 상대하지 않았다.

그는 남쪽으로 걸으며 속으로 생각했다. 성안은 복잡해서 자칫하면 잘못하여 사람을 다치게 할 수도 있으니 남문 밖에서 그가 돌아오기를 기다려 복수를 하자. 거기는 장소도 넓고 사람도 드물어서 싸움을 벌이기도 좋으니. 그때 성에서는 온통 대왕의 산행과 행렬, 위엄, 대왕을 본 영광, 그리고 어떻게 엎드려야 하고 국민의 모범을 보여야 한다는 등등의 이야기가 분분했다. 마치 벌들이 알현하는 것 같았다. 거의 남문에 이르러서야 조용해졌다.

그는 성 밖으로 나와 큰 뽕나무 밑에 앉아서 만두 두 개를 꺼내 허기를 달랬다. 먹다 보니 어머니 생각이 나서 자기도 모르게 코끝이 찡했지만 그 뒤로는 아무렇지도 않았다. 주위도 점차 조용해졌고, 그는 자신의 숨소리를 분명하게 들을 정도였다.

하늘이 점점 어두워질수록 그도 불안해졌다. 신경을 집중하여 앞쪽을 바라보고 있어도 대왕이 돌아오는 그림자도 보이지 않았다. 채소를 팔러 왔던 시골 사람들이 하나둘 빈 바구니를 메고 성에서 나와 집으로 갔다.

인적이 끊어지고 한참이 지나 갑자기 성안에서 그 흑색인이 번개처럼 나타났다.

"가자, 미간척! 대왕이 너를 잡으려 하고 있다!"

그가 말했다. 올빼미 소리 같았다.

미간척은 온몸이 떨렸다. 마법에 걸린 것처럼 바로 그를 따라갔다. 나중에는 뛰었다. 그가 멈추어 서서 한참 숨을 고르고 나서야 삼나무 숲에 왔다는 걸 알았다. 뒤쪽 멀리 은백색 줄무늬가 있는 곳에 달이 떠 있었다. 앞에는 반딧불 같은 흑색인의 두 눈뿐이었다.

"어떻게 저를 아시죠?"

그가 겁을 잔뜩 먹은 채 물었다.

"하핫! 나는 벌써부터 너를 알고 있었다."

그 사람의 목소리가 말했다.

"나는 네가 웅검을 메고 있고 네 아버지 복수를 하려는 것을 알고 있다. 네가 복수에 성공하지 못한다는 것도 알고 있다. 복수를 못할뿐더러 오늘 누가 밀고하여 네가 복수하려는 사람은 벌써 동문으로 환궁했고, 너를 잡으라고 명을 내렸다."

미간척이 저도 모르게 상심했다.

"아아, 어머니의 한숨이 괜한 게 아니었구나."

그가 작은 소리로 말했다.

"하지만 네 어머니는 절반밖에 모른다. 네 어머니는 내가 너에게 복수를 해주려는 건 모르고 있다."

"당신이? 저에게 복수를 해준다고요? 의인(義人)인가요?"

"허, 그런 호칭으로 나를 억울하게 만들지 말거라."

"그럼, 고아와 과부인 저희를 동정하는 건가요?"

"오, 꼬마 녀석, 다시는 그런 더럽혀진 호칭을 쓰지 말거라."

그가 차갑게 말했다.

"의리라든가 동정 같은 것이 예전에는 깨끗했다. 그러나 지금은 모두 이자놀이용 자본이 되어버렸어. 내 마음에는 네가 말한 그런 것은 없다. 나는 그저 너에게 복수를 해주려는 것뿐이다."

"좋습니다. 그런데 어떻게 저한테 복수를 해줄 건가요?"

"네가 나한테 두 가지만 주면 된다."

두 인광(燐光) 속의 소리가 말했다.

"두 가지가 뭐냐고? 잘 듣거라. 하나는 네 검이고, 다른 하나는 네 머리다!"

미간척이 이상하고 의심이 들기도 했지만 놀라지는 않았다. 그는 잠시 입을 열지 못했다.

"내가 너를 속여 보물과 목숨을 빼앗으려 한다고 의심하지 말거라."

어둠 속의 소리가 냉정하고 엄하게 말했다.

"이 일은 온전히 너에게 달렸다. 네가 나를 믿으면 가고 믿지 않으면 그만둔다."

"그런데 왜 저에게 복수를 해주려는 거죠? 제 아버지를 아세요?"

"난 네 아버지를 줄곧 알고 있었다. 너를 줄곧 알고 있었듯이. 하지만 내가 복수를 하려는 것은 그 때문이 아니다. 영리한 꼬마야, 말해줄 게 있다. 넌 아직 내가 얼마나 복수를 잘하는지 모를 것이다. 네 원수가 바로 내 원수다. 그가 바로 나다. 내 영혼에는 무수히 많은, 그 사람과 내가 입힌 상처가 있다. 나는 나 자신을 증오한다!"

어둠 속의 소리가 멈추자마자 미간척이 손을 들어 어깨에서 푸른색 검을 꺼내면서 그 기세로 뒷목을 앞쪽을 향해 베었다. 머리가 땅바닥 이끼에 떨어졌고 그와 동시에 검을 흑색인에게 건넸다.

"아아!"

그가 한 손으로 검을 받으며 다른 손으로 머리카락을 잡아서 미간척의 머리를 들었다. 죽은 뜨거운 입술에 대고 두 번 입을 맞추고는 차갑고 날카롭게 웃었다.

웃음소리가 곧장 삼나무 숲에 퍼지고 깊숙한 곳에서 바로 인광 같은 눈길들이 번뜩이며 갑자기 다가왔고, 흐흐흑 굶주린 이리의 숨소리가 들렸다. 첫 입에 미간척의 파란 옷을 갈기갈기 찢어버렸고, 두 번째 입에 몸 전체가 보이지 않았다. 순식간에 피를 말끔히 핥아버리고 뼈 씹는 소리만 나직하게 들렸다.

가장 앞에 있던 커다란 이리가 흑색인에게 달려들었다. 그가 청검을 한 번 휘두르자 이리 머리가 땅바닥 이끼에 떨어졌다. 다른 이리들이 첫 입에 그 가죽을 갈기갈기 찢어버렸고, 두 번째 입에 몸 전체가 보이지 않았다. 순식간에 피를 말끔히 핥아버리고 뼈 씹는 소리만 나직하게 들렸다.

그는 땅에 떨어진 파란 옷을 집어 미간척의 머리를 싸서 청검과 함께 등에 메고는 몸을 돌려 어둠 속에서 황성(皇城)을 향해 떠났다.

이리들이 그 자리에 선 채 어깨를 들고 혀를 널름거리며 씩씩 숨을 내쉬면서 파란 빛이 나오는 눈길로 그가 기세 좋게 떠나가는 것을 바라보았다.

그는 어둠 속에서 황성을 향해 걸으면서 날카로운 소리로 노래를 불렀다.

"아아, 사랑이여, 사랑아, 사랑아!

청검을 사랑한 한 원수가 스스로 죽는구나.

아아, 사내여!

한 사내가 청검을 사랑하여, 아아 외롭지 않아라.

머리로 머리를 바꾸었네, 두 원수가 스스로 죽고

한 사내는 사라지리, 아, 사랑이여!
사랑이여, 아아, 아아,
아아, 오우, 아아, 오우."

3

산행을 갔다 왔지만 대왕은 즐겁지 않았다. 게다가 길에 자객이 있다는 첩보도 있어서 흥이 깨져 돌아와 버렸다. 그날 밤 그는 화가 나서 아홉째 후궁의 머리를 두고 어제처럼 예쁘게 까맣지 않다고도 했다. 다행히 그녀가 그의 무릎에 앉아 애교를 떨며 특별히 70여 차례나 비비 꼬아서 왕의 미간 사이의 주름을 점점 펴지게 했다.

오후에 대왕은 몸을 일으키자마자 기분이 좋지 않았다. 특히 점심을 먹고 난 뒤에는 완전히 화난 얼굴을 지었다.

"아아! 무료하도다!"

그는 크게 하품을 하고는 큰 소리로 말했다.

위로는 왕비에서 아래로는 광대 신하까지 이런 상황을 보며 어찌할 바를 몰랐다. 수염이 하얀 늙은 신하가 도(道)를 논하는 것도, 작고 통통한 난쟁이가 재주를 부리는 것도, 왕은 진즉 싫증이 났다. 요새는 줄타기, 장대타기, 포환던지기, 칼 삼키기, 불 뿜기 같은 기이한 공연들을 봐도 전혀 재미가 없었다. 그는 늘 화를 냈고, 화를 내면 청검을 빼들고 작은 잘못이라도 찾아내 사람들을 죽였다.

틈을 내 궁 밖에서 놀고 온 두 젊은 환관이 막 돌아와 궐에서 다들 근심하는 상황을 보고는 또 예전과 같은 참사가 임박했다는 것을 직감했다. 한 사람은 놀라 얼굴이 흙색이 되었고, 다른 사람은 대강 파악이 된 듯이 서둘거나 당황하지 않고 대왕 면전으로 가서 엎드려 말했다.

"신이 방금 한 기이한 인물을 찾았는데, 재주가 기이하여 대왕의 근심을 풀어드릴 수 있을 듯해 삼가 아뢰옵니다."

"무엇이냐?"

왕이 말했다. 그의 말은 늘 짧았다.

"까맣고 마른, 거지꼴의 사내입니다. 푸른 옷을 입고 둥근 푸른 보따리를 멨습니다. 입으로는 멋대로 노래를 부르고 다닙니다. 사람들이 그에게 물었답니다. 그가 말하길 곡예를 잘하는데, 과거에도 없었고 앞으로도 없을, 세상에 둘도 없고, 사람들이 여태껏 본 적이 없는 것이라 했다 하옵니다. 한 번 보면 근심과 시름이 풀리고 천하가 태평해진다 하옵니다. 하지만 사람들이 그에게 놀아달라고 청하여도 한사코 거절하고 있사옵니다. 첫째는 황금 용이 있어야 하고, 둘째는 황금 솥이 있어야 한다고 하면서……."

"황금 용? 바로 나 아니냐? 황금 솥은 내게 있고."

"소신도 그리 생각하옵니다……."

"불러들이거라!"

말이 채 끝나기도 전에 네 무사가 젊은 환관을 따라 질풍같이 나갔다. 위로는 왕비에서 아래로는 광대 신하까지 다들 희색이 돌았다. 그들은 이번 곡예로 근심과 시름이 풀리고 천하가 태평해지길 바랐다. 재미가 없다고 해도 그 거지꼴의 사내가 화를 당할 것이기에 그들은 그저 불러들이기만 하면 되는 것이었다.

얼마 지나지 않아서 멀리 여섯 명이 계단을 향해 올라오는 게 보였다. 앞에는 환관이고 뒤에는 무사 네 명이었다. 가운데에 흑색인이 끼어 있었다. 가까이 왔을 때 보니 옷은 파란색이었고, 수염과 눈썹, 머리는 모두 까맸다. 광대뼈, 눈가 뼈, 눈두덩이 뼈가 불거져 나올 정도로 말라 있었다. 그가 공손하게 무릎을 꿇고 앉자 과연 등에 작은 둥근 보따리를 메고 있었다. 파란 천에는 짙은 붉은색 무늬가 그려져 있었다.

"고하거라!"

왕이 거칠게 말했다. 그는 그자가 평범해 보여 곡예를 잘 부리지 못할 것이라고 생각했다.

"신은 연지오자(宴之敖者)라고 하옵니다. 문문향(汶汶鄉)에서 나고 자랐사옵니다. 젊어서는 직업이 없었으나 늦게 훌륭한 스승을 만나 곡예를 배웠습니다. 아이의 머리를 가지고 하는 것입니다. 이 곡예는 혼자서 할 수 없사옵니다. 반드시 황금 용 앞에서 황금 솥이 있어야 하고 솥에 맑은 물을 가득 붓고 수탄(獸炭: 옛날 부호의 집에서는 석탄을 갖가지 동물 모양으로 만들어 썼다—옮긴이)으로 끓여야 합니다. 그런 뒤 아이의 머리를 넣고 물이 끓어오르면 머리도 따라서 위아래로 움직이면서 온갖 춤을 추고 신비한 소리를 내며 즐겁게 노래를 부릅니다. 이 춤과 노래는 혼자 보면 근심과 시름이 풀리고 만인이 보면 세상이 태평해집니다."

"놀아보거라!"

왕이 큰 소리로 명령했다.

역시 얼마 지나지 않아서 소를 삶는 커다란 황금 솥이 대전 밖에 차려지고 물을 가득 채웠다. 아래는 수탄을 쌓고 불을 붙였다. 그 흑색인은 옆에 서서 수탄이 빨개지는 것을 보고 보따리를 풀어 열더니 두 손으로 아이의 머리를 꺼내 높이 들었다. 그 머리는 이목이 수려하고 하얀 이에 붉은 입술을 하고, 얼굴에 웃음을 띠고 머리는 푸른 연기처럼 흐트러져 있었다. 흑색인은 머리를 받쳐 들고 주위를 한 바퀴 돌고서 솥 위로 손을 뻗은 다음 입술을 움직여 뭐라고 알 수 없는 말을 하고는 바로 손을 풀었고, 머리가 풍덩 하는 소리만 내며 물속으로 떨어졌다. 동시에 물방울이 튀었고, 다섯 자는 충분히 될 높이였다. 그 뒤 모든 게 조용해졌다.

시간이 한참 지나도 아무런 움직임이 없었다. 대왕이 먼저 조급해했고, 이어 왕비와 후궁, 대신, 환관 들도 조급해졌다. 작고 통통한 난쟁이들도 비웃기 시작했다. 왕이 그들이 비웃는 걸 보고서 자기가 어리석은 일을 당했다고 생각하여 무사들을 돌아보며 군주를 기만한 나쁜 놈을 소를 삶는 솥에 처넣어 삶아 죽이라고 명령하려 했다.

그런데 물이 끓는 소리가 나는 것과 동시에 탄불도 거세지고 그 흑색인도 쇠가 불에 붉어지는 것처럼 검붉게 변했다. 왕이 다시 고개를 돌렸을 때 그는 두 손은 하늘을 향해 뻗고 눈은 허공을 향한 채 춤을 추면서 갑자기 날카로운 소리를 내며 노래를 부르기 시작했다.

"아아, 사랑이여, 사랑아, 사랑아!

사랑이여, 피여, 누가 없을 것인가?

민초들은 어둠에 빠졌어라, 아아, 한 사내는 웃고 있구나.

그대는 백 개, 천 개, 아, 만 개 목을 가졌구나.

내게는 머리 하나뿐, 아, 만 명 사내가 없어

내 목 하나를 사랑해, 아, 피여, 오호라!

피여, 오호라! 아, 오호, 오호,

아호, 오호라! 아, 아호, 오호라."

노랫소리를 따라 물이 솥 위로 솟구쳤다. 위는 뾰족하고 아래는 넓은 것이 작은 산 같았다. 물은 뾰족한 곳에서 솥 밑바닥까지 쉬지 않고 왕복했다. 머리는 물을 따라 오르내렸고 원을 그리며 돌았다. 그러다가 빙글빙글 돌며 절로 곤두박질쳤고, 사람들은 그가 재미있게 놀면서 웃음을 짓는 것을 어렴풋이 볼 수 있었다. 시간이 조금 지나 갑자기 물을 거슬러 유영을 했고, 베틀 북처럼 끼인 채 돌면서 물방울이 사방으로 튀었으며, 뜰에 온통 뜨거운 비가 뿌려졌다. 한 난쟁이가 갑자기 소리를 지르면서 손으로 자기 코를 만졌다. 불행히도 뜨거운 물에 데었고, 고통을 참지 못해 어쩔 수 없이 아픈 소리를 질렀다.

흑색인의 노랫소리가 그제야 멈추었다. 머리도 물속에서 멈추었다. 얼굴은 어전을 향한 채 엄숙하고 정중했다. 그렇게 열 번 정도 숨을 쉴 시간이 지난 뒤 천천히 위아래로 떨었다. 떨리면서 속도가 빨라지고 위아래로 움직이며 유영을 했는데 빠르지는 않았지만 그 태도가 부드러워졌다. 물을 따라 올라갔다 내려갔다 세 번을 유영하더니 갑자기 눈을 크게 떴다. 까만 눈동자가 유난히 반짝여 보이는 것과 동시에 입을 열고 노래를 부르기 시작했다.

"왕의 은혜여, 기운차게 흘러

원수를 이기고, 이겼구나, 원수를.

우주는 유한하나 만수무강하여라.

다행히 나는 왔도다. 푸르구나, 그 빛

푸르구나, 그 빛이여, 영원히 서로 잊지를 못하네.

있는 곳이 달라, 있는 곳이 달라, 당당하여라, 훌륭하여라.

당당하여라 ,훌륭하여라, 아아

차차 돌아왔네, 차차 모셔라, 푸른 그 빛."

머리가 갑자기 물의 뾰쪽한 곳까지 올라가 멈추었다. 몇 번 곤두박질을 치고 나서 위아래로 오르락내리락했고, 눈동자는 좌우를 응시하며 아주 수려했으며, 입은 계속 노래를 불렀다.

"아어, 오호, 오호, 오호,

사랑이여, 오호, 오호, 아호,

머리 하나 피에 물드네, 아, 아호,

내게는 머리 하나뿐, 아, 만 명 사내가 없어.

그대는 백 개, 천 개……."

노래가 여기에 이를 때까지 계속 가라앉았고 더는 떠오르지 않았다. 가사도 알아들을 수 없었다. 솟구치는 물이 노랫소리가 약해지자 점점 썰물처럼 낮아지더니 마침내 솥 입구 아래로 잦아들어 멀리서는 아무것도 볼 수가 없었다.

"어떻게 된 거야?"

잠시 기다리던 왕이 참지 못하고 물었다.

"대왕님!"

그 흑색인이 반쯤 무릎을 꿇으며 말했다.

"그는 지금 솥 바닥에서 가장 신기한 원무를 추고 있습니다. 가까이 가지 않으면 보이지 않습니다. 소신도 그를 올라오게 할 술법이 없습니다. 원무는 솥 바닥에서 추어야 하기 때문입니다."

왕이 일어나 황금 계단을 내려가 뜨거운 열기를 무릅쓰고 솥 옆에 서서 고개를 내밀고 보았다. 거울처럼 평평한 물에 머리는 얼굴을 위로 한 채 물 가운데 누워 있었고, 두 눈은 그의 얼굴을 보고 있었다. 왕의 눈길이 그의 얼굴을 향했을 때 그가 돌연 웃었다. 왕은 그 웃음이 낯익다는 느낌이 들었지만 누구인지 금방 생각이 나지 않았다. 놀라고 있을 때 흑색인이 등에 메고 있던 청검을 꺼내 휘둘렀다. 왕의 머리가 번개처럼 뒷목에서부터 잘려서 풍덩 소리를 내며 떨어졌다.

원수끼리는 서로를 알아보고 원래 유달리 눈이 밝은 법인데, 하물며 외나무다리에서 만난 것이다. 왕의 머리가 물에 떨어지자 미간척의 머리가 맞으러 나와 그의 귀를 한 입 가득 물었다. 솥물이 이내 끓어오르고 부글부글 소리가 났다. 머리 두 개가 수중에서 결전을 벌였다. 20여 차례쯤 겨루었을까, 왕의 머리는 다섯 군데를 다쳤는데 미간척의 머리는 일곱 군데를 다쳤다. 왕이 교활한 데다 방법을 써서 뒤쪽으로 돌아 들어가곤 했다. 미간척이 조금 방심하면 그가 뒷덜미를 물어버렸고 돌아설 수가 없었다. 이번에는 왕의 머리가 정말 단단하게 물고는 놓지 않았고 계속 먹어 들어갔다. 솥 바깥에서도 아이의 고통스러운 비명이 들리는 것 같았다.

위로는 왕비에서 아래로는 광대 신하까지 놀라 얼어붙은 표정이 소리를 따라 움직였고, 해가 없는 어둠의 비애를 느끼는 것처럼 피부에 오돌토돌 소름이 돋았다. 그러나 은밀한 희열도 들어 있어서, 눈을 부릅뜨고 마치 뭔가를 기다리는 것 같았다.

흑색인도 조금 놀란 것 같았지만 얼굴색은 변하지 않았다. 그는 침착하게 보이지 않는 청검을 든 고목 가지 같은 팔을 쭉 폈고, 목을 늘어뜨리고 솥 밑바닥을 들여다보았다. 팔을 갑자기 굽히더니 청검을 갑자기 뒤쪽에서부터 내리쳤다. 검이 머리를 날렸고 머리가 솥으로 떨어져 풍덩 하는 소리가 나면서 하얀 물방울이 공중에서 일제히 사방으로 튀었다.

그의 머리는 물에 들어가자마자 곧장 왕의 머리를 쫓아가 코를 물었다. 물어서 거의 떨어지려 했다. 왕이 참지 못하고 "아야." 하고 소리를 지르며 입을 벌리자 미간척의 머리가 이 틈에 빠져나와서는 고개를 돌려 왕의 아래턱을 죽을힘을 다해 깨물었다. 그들은 놓지 않을 뿐만 아니라 온 힘을 다해 위아래로 찢었고, 왕의 입이 다시는 다물어지지 않을 정도로 찢어버렸다. 그들은 굶주린 닭들이 모이를 쪼듯이 마구 물어댔고, 왕의 머리는 눈이 돌아가고 코가 주저앉았으며, 얼굴이 온통 상처투성이가 되었다. 처음에는 솥에서 이곳저곳을 어지럽게 구르더니 나중에는 누워서 그저 신음만 했고, 결국 아무 소리도 내지 못한 채 숨만 쉬더니, 나중에는 숨도 멎었다.

흑색인과 미간척의 머리도 천천히 입을 다물고 왕의 머리에서 멀어져서 솥의 벽을 따라 한 바퀴 돌며 그가 정말 죽었는지, 아니면 죽은 척하는지 살폈다. 왕의 머리가 확실히 숨이 끊어졌다는 것을 알고는 네 눈이 서로 쳐다보며 살며시 미소를 짓고는 이내 눈을 감고 얼굴이 하늘을 향한 채 물속으로 가라앉았다.

4

연기가 사라지고 불도 꺼졌다. 물결도 일지 않았다. 깊은 고요에 어전 위와 아래에 있는 사람들이 놀라 정신이 들었다. 그들 가운데 하나가 소리를 질렀고, 바로 연이어 다들 놀라 소리를 질렀다. 한 사람이 황금 솥으로 걸어가자 다들 앞을 다투어 몰려갔다. 뒤에 있는 사람은 사람들 목 사이 빈틈으로 안을 들여다볼 수밖에 없었다.

뜨거운 기운에 사람들 얼굴이 붉게 달아올랐다. 솥의 물은 거울처럼 고요했다. 위에는 기름이 한 겹 떠 있어서 사람들 얼굴을 비추었다. 왕비와 후궁, 무사, 신하, 난쟁이, 환관…….

"아아, 세상에! 우리 대왕의 머리가 안에 있어, 흑흑흑!"

여섯째 후궁이 거칠게 울음을 터뜨렸다.

위로는 왕비에서 아래로는 광대 신하까지 다들 문득 아차 싶은 생각이 들었고, 다급하게 흩어져서 어찌할 바를 모른 채 각자 네다섯 바퀴를 돌았다. 가장 지략이 뛰어난 한 늙은 신하가 혼자 앞으로 나가 손을 뻗어 솥 가장자리를 만졌다. 그러나 온몸을 떨며 바로 손을 움츠렸고, 두 손가락을 펴서 입가에 대고 계속 불었다.

다들 정신을 가다듬고 어전 밖에서 건져 올릴 방법을 의논했다. 대략 좁쌀 세 솥을 삶을 시간쯤 지나서 어쨌든 결론이 났다. 큰 주방에 가서 철사 국자를 모아서 무사들더러 힘을 합쳐 건지라고 명을 내린 것이다.

머지않아 기구가 다 모아졌다. 철사 국자와 구멍 뚫린 국자, 쇠 쟁반 그리고 행주가 솥 옆에 놓였다. 무사들이 옷소매를 걷어 올리고 어떤 사람은 철사 주걱을 들고, 어떤 사람은 구멍 뚫린 국자를 들고서 공손하게 일제히 건져 올렸다. 국자가 서로 부딪히는 소리, 국자가 황금 솥을 긁는 소리가 났다. 국자를 뒤적이는 대로 물이 따라서 돌았다. 한참 지나 한 무사의 얼굴이 갑자기 진지해지더니 무척 조심스럽게 두 손으로 국자를 들었다. 국자 구멍으로 물방울이 구슬처럼 떨어지고 국자 안에서 하얀 두개골이 보였다. 다들 놀라 소리를 질렀다. 그는 두개골을 금 쟁반에 부었다.

"아아! 우리 대왕님!"

왕비와 후궁, 늙은 신하 그리고 환관까지 다들 소리 내어 울었다. 하지만 얼마 지나지 않아 차례로 그쳤다. 무사가 다시 똑같은 두개골을 건졌기 때문이다.

그들은 눈물이 앞을 가린 채 주위를 둘러보았다. 얼굴이 땀 범벅이 된 무사들이 계속 건지는 것만 보였다. 그 뒤로 너덜너덜한 하얀 머리와 검정 머리를 건졌다. 짧은 것도 몇 국자 건졌는데 하얀 수염과 검정 수염인 듯했다. 그 뒤에 다시 뼈였다. 그 뒤는 삼지(三枝) 비녀였다.

솥에 물만 남자 손길을 멈추었다. 건져 올린 물건을 금 쟁반 세 개에 나누어 담았다. 한 쟁반에는 두개골을, 한 쟁반에는 수염과 머리를, 한 쟁반에는 비녀를 담았다.

"우리 대왕님은 머리가 하나뿐이에요. 어느 것이 우리 대왕님이죠?"

아홉 번째 후궁이 초조하게 물었다.

"그러게요……."

늙은 신하들이 서로 얼굴을 쳐다보았다.

"피부와 살이 삶아져서 문드러지지 않았으면 쉽게 분간할 텐데."

한 난쟁이가 무릎을 꿇고 말했다.

다들 마음을 가라앉히고 두개골을 자세히 살펴보는 수밖에 없었다. 하지만 색깔이나 크기가 다 비슷했고 아이 머리조차 구별할 수가 없었다. 왕비가 왕의 오른쪽 이마에 흉터가 있는데, 태자 때 넘어져 다쳤고, 뼈에도 흔적이 있을 거라고 했다. 과연, 난쟁이가 두개골에서 찾아냈다. 다들 기뻐하고 있을 때 다른 난쟁이가 조금 노란 두개골 오른쪽에서 비슷한 흉터를 발견했다.

"저한테 방법이 있어요."

셋째 후궁이 자신 있게 말했다.

"우리 대왕님은 코가 아주 높아요."

환관들이 바로 나서서 코뼈를 연구했다. 하나가 확실히 조금 높긴 했지만 차이가 얼마 나지 않았다. 무엇보다 아쉬운 것은 오른쪽

이마에 넘어져 다친 흉터가 없다는 것이었다.

"그것 말고도."

늙은 신하들이 환관에게 말했다.

"대왕의 머리 뒷부분이 뾰족하지 않았더냐?"

"소신들은 대왕님의 머리 뒷부분을 유심히 본 적이 없사옵니다."

왕비와 후궁들도 각자 기억을 되살렸고, 누구는 뾰족했다고 하고 누구는 평평했다고 했다. 머리를 빗어주던 환관에게 물었지만 한 마디도 하지 않았다.

그날 밤 대신들이 회의를 열어 어느 것이 왕의 머리인지를 결정하려고 했다. 하지만 결과는 낮과 같았다. 게다가 수염과 머리카락에도 문제가 생겼다. 응당 하얀 것이 왕의 것이었다. 그런데 희끗희끗하다 보니 까만 것을 어떻게 처리하기가 어려웠다. 이른 한밤중까지 토론을 하여 겨우 붉은색 수염 몇 가닥을 가려냈다. 그런데 아홉째 후궁이 그녀가 분명히 왕에게 노란 수염이 있는 걸 본 적이 있는데 어떻게 붉은 수염이 하나도 없다고 할 수 있겠느냐고 따졌다. 그래서 하는 수 없이 처음으로 다시 돌아가 미해결 상태가 되었다.

늦은 한밤중이 되었지만 아무런 결과가 없었다. 다들 하품을 하면서 계속 토론했다. 두 번째 닭이 울었을 때가 되어서야 가장 신중하고 적절한 방법을 결정했다. 두개골 세 개와 왕의 몸을 황금 관에 넣어 장사를 치르기로 한 것이었다.

7일 뒤 장사를 치르는 날, 온 성이 들썩거렸다. 성안에 사는 사람들과 먼 곳에 사는 사람들이 다들 대왕의 '대 출상'을 보러 몰려들었다. 날이 밝자마자 길에는 벌써 사람들로 가득했다. 중간 중간에 제사상이 여럿 차려졌다. 오전이 되자 길을 정리하는 기사들이 말고삐를 늘어뜨리고 왔다. 이어 한참 시간이 지나고서야 장례 대열과 여러 깃발, 곤봉, 창과 활, 도끼 같은 것들이 보였다. 그 뒤로 취타대가 네 대 지나갔다. 다시 그 뒤로 노란 덮개를 한 수레가 울퉁불퉁한 길을 따라 점점 다가왔다. 그리고 관을 실은 수레가 나타났다. 위에 황금관이 실리고 관에는 머리 셋과 몸 하나가 들어 있었다.

백성들이 모두 무릎을 꿇었다. 제사상이 한 줄 한 줄 사람들 사이에서 나타났다. 몇몇 충성스러운 백성들은 대역무도한 역적들의 혼이 왕과 함께 제사를 받는 것에 분노를 터뜨리기도 하고 울음을 삼키기도 했지만, 방법이 없었다.

그 뒤로 왕비와 여러 후궁의 수레였다. 백성들도 그 여자들을 쳐다보았고, 그 여자들도 백성들을 쳐다보았다. 다들 울고 있었다. 그 뒤로 대신과 환관, 난쟁이 같은 등속이 다들 슬픈 얼굴을 하고 있었다. 다만 백성들은 이제 그 사람들을 구경하지 않았고 행렬도 흐트러졌다.

〈검을 만들다(鑄劍)〉, 《새로 쓴 옛날이야기(故事新編)》

3부

철의 방에서 외치다

11

무엇을 기억하고 무엇을 망각할 것인가

나는 살아 있다. 나는 새로운 삶의 길을 향해 나아가야 한다. 그 첫걸음으로 그저 이렇게 나의 후회와 슬픔을 적는다. 나는 새로운 삶의 길을 향해 첫걸음을 내디딜 것이다. 나는 진실을 깊이깊이 마음속 상처에 숨긴 채 묵묵히 앞으로 나아갈 것이고, 망각과 거짓을 내 길의 길잡이로 삼을 것이다…….

〈애도(傷逝)〉, 《방황(彷徨)》

살아가면서 어떻게 기억과 망각을 사용해야 할까? 무엇을 기억하고 무엇을 망각할 것인가? 참담한 슬픔, 참혹한 상처, 처참한 실패 앞에서 우리는 그 슬픔과 상처, 실패를 되풀이하지 않으면서 그것 때문에 삶이 무너지지 않게 하려면 기억과 망각을 어떻게 사용해야 할까? 루쉰은 망각을 위한 기억을, 그리고 새로운 출발을 위한 능동적인 망각을 제안한다. 그리고 트라우마를 겪은 이유나 슬픔과 패배, 좌절과 절망이 확정되었을 때 무엇보다 그것을 말하는 것, 그것에 대해 글을 쓰는 것이 새로운 나의 삶을 만드는 출발점이라는 것을 글쓰기를 통해 보여준다.

연

베이징의 겨울, 땅에는 아직 눈이 쌓여 있고 잿빛 앙상한 나무들은 맑은 하늘에 가지를 뻗어 있으며, 멀리 하나둘 연이 흔들린다. 놀랍기도 하고 슬프기도 하다. 고향에서는 2월 봄에 연을 띄운다. 싸아 하는 바람개비 소리에 고개를 들면 회색 게 연과 연한 파란색 지네 연을 볼 수 있었다. 쓸쓸한 기와 연은 바람개비도 없이 낮게 날며 안되어 보이는 파리한 모양으로 날고 있었다. 하지만 지상의 버들은 이미 싹이 나고 이른 소귀나무도 꽃망울을 많이 터뜨려 아이들이 연으로 수놓은 하늘 모양과 어울려 따뜻한 봄날의 풍경을 이루었다. 나는 지금 어디에 있는가? 주위는 온통 한겨울의 스산함만 가득한데 이별한 지 오래된 고향, 그 고향의 저만치 멀어져간 봄날이 저 하늘가에서 출렁인다.

하지만 나는 연날리기를 좋아하지 않았다. 좋아하지 않을 뿐만 아니라 싫어했다. 못난 아이들이나 하는 놀이라고 생각했기 때문이다. 하지만 작은 동생은 나와 반대였다. 그때 열 살 정도였을 텐데, 병치레가 잦고 매우 야위었지만 연날리기를 제일 좋아했다. 연을 살 돈이 없는 데다 내가 하지 못하게 해서 입만 벌린 채 멍하니 하늘만 바라보았다. 어떤 때는 반나절이나 그러했다. 동생은 멀리 있는 게 연이 갑자기 떨어지면 깜짝 놀랐고, 기와 연 둘이 실이 엉켜 있다가 떨어지면 뛸 듯이 기뻐했다. 내게는 그런 동생의 모습이 우습기도 하고, 천박해 보이기도 했다.

어느 날 문득 며칠째 그런 동생의 모습을 보지 못한 것 같다는 생각이 들었는데, 뒤뜰에서 마른 대를 줍고 있는 걸 본 게 기억이 났다. 나는 뭔가를 깨달은 듯 곧장 드나드는 사람이 드문, 잡스러운 물건을 쌓아두는 골방으로 뛰어갔다. 문을 열자 과연 먼지가 쌓인 집기들 속에서 동생을 발견했다. 네모난 큰 책상을 마주하고 작은 의자에 앉아 있었는데 화들짝 놀라며 일어섰다. 얼굴이 겁에 질리고 잔뜩 주눅 들어 있었다. 큰 책상 옆에는 나비 연을 만들 대나무가 기대져 있었고, 아직 종이를 붙이지 않은 채였다. 의자에는 눈으로 쓸 작은 바람개비가 두 개 있었고, 붉은 종이 끈으로 꾸며져 있었는데, 조금만 하면 완성될 참이었다. 나는 비밀을 적발해냈다고 만족하면서도 내 눈을 속이면서 못난 아이들이나 하는 짓을 하려고 애쓰고 있는 것에 분통이 터졌다. 나는 즉각 나비 연의 한쪽 부분을 부러뜨리고 바람개비를 땅바닥에 내동댕이쳐 짓밟아버렸다. 나이로 보나 힘으로 보나 동생은 내 상대가 아니었으니, 나는 당연히 완벽한 승리를 거두고 의기양양하게 나갔다. 동생을 골방에 남겨둔 채로. 그런 뒤 동생이 어떻게 되었는지는 모르겠고, 관심을 기울이지도 않았다.

하지만 그 일에 대한 벌이 내게 돌아왔다. 동생과 헤어진 지 오래되고 벌써 중년의 나이가 된 때였다. 나는 불행히도 어린이에 관한 이야기가 실린 외국 책을 우연히 보고서 놀이는 어린이들의 가장 정당한 행동이며 장난감은 어린이들의 천사라는 사실을 알게 되었다. 이로 인해 12년 동안 전혀 떠올리지 않았던 정신적 학대의 광경이 불현듯 눈앞에 떠올랐고, 마음도 납덩이로 변해 무겁게 가라앉았다. 가라앉는 마음은 끊어지지는 않은 채 한없이 무겁게 가라앉았다.

나도 보상할 방법은 알고 있다. 동생에게 연을 보내고 연 띄우는 것에 찬성하며 연날리기를 하라고 하고 동생하고 같이 연을 날린다. 그러면서 같이 떠들고 뛰어다니고 웃고 하는 것이다. 하지만 그때의 동생도 지금 벌써 나처럼 수염이 나 있다.

다른 보상 방법도 알고 있다. 동생에게 용서를 빌고 동생이 "하지만 저는 조금도 형을 원망하지 않아요."라고 말해주기를 기다리는 것이다. 그러면 내 마음은 분명 가벼워질 것이니, 분명 좋은 방법이다. 언젠가 우리가 만났을 때다. 얼굴에는 갈래갈래 주름이 고생의 흔적으로 새겨져 있었다. 마음이 무거웠다. 나는 지나간 어렸을 때의 일을 이야기하다가 그 이야기를 꺼내면서 어려서 어리석었노라고 말했다. 동생이 "하지만 저는 조금도 형을 원망하지 않아요."라고 말하면 용서를 받은 셈이니 내 마음도 가벼워질 거라고 여겼다.

"그런 일이 있었어요?"

동생은 놀란 듯이 웃으며 말했다. 다른 사람 이야기를 듣는 것 같았다. 동생은 아무것도 기억하지 못했다.

완전히 잊어먹었으니 아무런 원한도 없었다. 그런데 무슨 용서를 이야기할 것인가? 원한도 없는데 용서한다는 것은 거짓말이다.

내가 무엇을 더 바랄 수 있겠는가? 내 마음은 어쩔 수 없이 무거워졌다.

지금, 이 낯선 땅 하늘에도 고향의 봄이 찾아와 내게 사라진 어린 시절의 추억을 가져다주고 더불어 종잡을 수 없는 슬픔을 자아낸다. 나는 사나운 한겨울 속으로 숨는 것이 나을 것 같다. 하지만 주위는 또 온통 분명한 한겨울이어서 내게 비상한 추위와 냉기를 준다.

〈연(風箏)〉, 《들풀(野草)》

애도

— 쥐안성(涓生)의 수기

할 수만 있다면, 나는 내 후회와 슬픔을 적고 싶다. 쯔쥔(子君)을 위해서, 나 자신을 위해서.

회관(會館: 예전에 동향 사람의 숙박, 모임 등을 위해 베이징 등 대도시에 지은 건물—옮긴이)의 외진 곳에 있는 낯익은 낡은 방은 그렇게 적막하고 공허했다. 시간은 정말 빠르게 흐른다. 나는 쯔쥔을 사랑했고, 그녀에게 의지하여 이 적막과 공허에서 벗어난 지 벌써 1년이 되었다. 공교롭게도 내가 다시 돌아왔을 때 마침 빈방이 이 방 한 칸뿐이었다. 깨진 창문도 그대로였고, 창밖에 있는 반은 고사한 회화나무와 늙은 등나무도 그대로였으며, 창문 앞에 있던 네모 탁자도 그대로였고, 부서진 벽, 벽에 기대 있는 나무 침대도 그대로였다. 밤이 깊어 혼자 침대에 누웠다. 쯔쥔과 동거하기 이전과 똑같았다. 지난 1년 세월이 아무 일도 없었던 것처럼 모두 사라졌다. 내가 이 낡은 방에서 이사를 간 것도, 지자오후퉁(吉兆胡同)에서 희망에 부풀어 소꿉 살림을 차린 일도 없었던 것 같다.

그것만이 아니었다. 1년 전의 적막과 공허는 이렇지 않았고, 그래도 기대가 담겨 있었다. 쯔쥔이 돌아올 것이라는 기대였다. 오랜 기다림의 초조 속에서 구두 굽이 벽돌 바닥에 닿는 맑은소리는 얼마나 내게 활기를 주었던가! 이윽고 미소를 머금은 창백한 둥근 얼굴과 창백하고 마른 팔, 무늬가 있는 무명 셔츠와 검정 치마가 보였다. 그녀는 창밖에 있는 반은 고사한 회화나무에 새로 나온 잎을 가져다 내게 보여주었고, 쇠 같은 늙은 나뭇가지에 달린 송이송이 하얀 등나무 꽃도 따다 주었다.

하지만 지금은? 적막과 공허만 그대로일 뿐, 쯔쥔은 이제 다시 오지 않는다. 그것도 영원히, 영원히……!

이 낡은 방에 쯔쥔이 없으면 나는 아무것도 보이지 않았다. 무료한 나머지 손에 잡히는 대로 책을 집어 들었다. 과학 책이든 문학 책이든 무엇을 손에 쥐든 마찬가지였다. 그저 한참 동안 책을 보고, 또 보고, 10여 페이지를 넘겼지만, 어느 순간 책의 내용이 하나도 기억이 나지 않는다는 걸 알았다. 그저 귀만 한없이 예민해져서 대문 밖에서 오가는 발걸음이 온통 쯔쥔의 발소리 같고 또각또각 점점 다가오는 것만 같았다. 하지만 다시 점점 멀어져가곤 했고, 결국 다른 발걸음 소리에 섞여 사라져버리곤 했다. 나는 쯔쥔의 구두 소리와 전혀 다른 소리가 나는 헝겊으로 밑을 댄 신발을 신고 다니는 하인 아들 녀석이 미웠고, 쯔쥔의 구두 소리와 꼭 같은 소리가 나는 새 가죽구두를 신고서 얼굴에 덕지덕지 크림을 바르고 다니는 이웃집 크림쟁이 애송이도 미웠다.

그녀가 탄 차가 뒤집힌 것은 아닐까? 전차에 치이어 다친 것은 아닐까?

나는 모자를 들고 그녀를 찾아 나서고 싶어도, 그녀의 숙부가 내게 대놓고 욕을 한 적이 있어서 그러질 못했다.

갑자기 그녀의 신발 소리가 가깝게 들렸다. 한 걸음 한 걸음, 마중을 나갔을 때는 벌써 붉은 등나무 아래를 지나고 있었고, 얼굴에는 미소를 띤 보조개를 하고 있었다. 숙부 집에서 모욕을 당하지 않은 모양이었다. 내 마음이 편해졌다. 말없이 얼마간 그저 서로를 쳐다만 보고 있다가 방 안이 점점 내 말소리로 가득 차기 시작했다. 가정의 억압을 이야기하고, 낡은 습관의 타파를 말하고, 남녀평등을 논하고, 입센을 말하고, 타고르를 말하고, 셸리 등등을 말했다. 그녀는 늘 미소를 띤 채 고개를 끄덕였고, 두 눈 가득 어린이 같은 호기심이 빛났다. 벽에는 셸리의 반신이 새겨진 동판화가 걸려 있었다. 잡지에서 잘라낸 것인데, 셸리 초상 가운데 가장 잘 나온 것이었다. 내가 보라고 하자 그저 슬쩍 한번 쳐다보고는 고개를 숙였다. 쑥스러운 것 같았다. 이런 걸 보면 쯔쥔은 아직 구사상의 속박을 벗어나지 못하고 있었다. 나는 나중에 생각했다. 셸리가 바다에 빠져 죽은 기념상이나 입센의 것으로 바꾸었으면 차라리 좋았을 것이라고. 하지만 결국 바꾸지 못했고, 지금은 그것마저 어디로 갔는지 모르겠다.

"나는 나 자신 것이에요. 다른 누구도 나를 간섭할 권리가 없어요."

우리가 교제한 지 반년이 지나서 그녀가 같이 사는 숙부와 고향에 있는 아버지 이야기를 하다가 한참을 말없이 생각하더니 분명

하고도 단호하게 그리고 조용히 한 말이었다. 그때 나는 내 생각과 출신, 결점에 대해 숨김없이 거의 다 이야기했고, 그녀도 전적으로 이해했다. 그 몇 마디 말이 내 영혼을 뒤흔들었고, 여러 날이 지난 후에도 귓가에서 울렸으며, 말할 수 없이 기뻤다. 중국 여성들이 염세가들이 흔히 말하는 것처럼 결코 구제 불능이 아니라는 것, 머지않은 장래에 찬란한 서광을 볼 수 있으리라는 것을 알 수 있었다.

그녀를 배웅하면서, 늘 그렇듯이 열 발짝쯤 떨어져 걸었고, 늘 그렇듯이 메기수염의 늙은이가 콧등이 납작해질 정도로 얼굴을 유리창에 바짝 가져다 대고 보고 있었다. 바깥마당으로 나오자 역시 늘 그렇듯이 환한 유리창에 애송이의 얼굴이 보였다. 크림을 덕지덕지 칠을 한 얼굴이었다. 그녀는 눈길 한 번 주지 않고 당당하게 걸어서 사라졌고, 나도 당당하게 돌아왔다.

"나는 나 자신 것이에요. 다른 누구도 나를 간섭할 권리가 없어요."

이렇게 투철한 사상이 그녀 머리에 들어 있었다. 나보다 더 투철하고 훨씬 더 단호했다. 크림쟁이와 납작코 같은 것들을 어떻게 그녀에게 비길 것인가!

그때 순진하고 열정적인 나의 사랑을 그녀에게 어떻게 고백했는지 벌써 기억이 잘 나지 않는다. 어디 지금만 그런가. 그 일이 있고 얼마 지나지 않아 흐릿해졌고, 밤에 되짚어 생각을 해보면 그저 조각조각 파편만 떠오를 뿐이었다. 동거를 시작하고 한두 달 동안 그런 조각들마저 흔적도 찾을 수 없이 사라진 꿈이 되어버렸다. 그저 기억나는 것이라고는 어떻게 고백할지, 어떤 말을 순서대로 할지, 만일 거절을 당하면 상황이 어떻게 될지, 10여 일 전부터 꼼꼼하게 연구했던 일이다. 하지만 막상 닥치자 아무런 소용이 없었고, 당황한 나머지 나도 모르게 영화에서 언젠가 보았던 방법을 쓰고 말았다. 나중에 생각해보니 너무 부끄러웠는데, 공교롭게도 그 기억만큼은 지금도 남아서 암실의 등불처럼 내가 눈물을 머금고 그녀의 손을 잡은 채 한쪽 무릎을 꿇고 있는 모습을 비추고 있다.

그때 나는 내가 한 말과 행동만이 아니라 쯔쥔의 말과 행동도 분명히 보지 못했다. 그저 그녀가 나를 받아들였다는 것만 알았다. 하지만 그녀의 얼굴이 처음에는 창백하더니 나중에는 점점 붉어졌던 것이 어렴풋이 기억난다. 그전에 본 적이 없고, 그 이후에도 다시 보지 못한 붉은 얼굴이었다. 애써 내 시선을 피하려고 당황하여 창문이라도 깨고 날아갈 것 같긴 했어도 어린아이 같은 눈에는 기쁨과 슬픔이 서려 있었고 놀라고 두려운 빛도 섞여 있었다. 그런데 당시에 그녀가 나를 받아들였다는 것은 기억이 나지만, 그녀가 무슨 말을 했는지, 아니면 아무 말도 없었는지는 모르겠다.

사실, 그녀는 모든 것을 다 기억하고 있었다. 내가 한 말을 글을 읽듯이 줄줄 외울 정도였고, 내가 한 행동을 내가 보지 못한 영화의 한 장면을 눈앞에 펼치듯이 생생하고도 자세하게 묘사했다. 나로서는 물론 다시 보고 싶지 않은 천박한 장면들이었다. 밤이 깊고 사람 소리가 잠잠해진 시간이면 복습을 하기 좋은 시간이었다. 나는 늘 질문을 받고 시험을 치렀고, 당시 내가 했던 말을 다시 해보라는 명령을 받았다. 그때마다 나는 열등생처럼 그녀가 늘 보충해주고 바로잡아주어야 했다.

그런 복습도 나중에는 점점 드물어졌다. 하지만 그녀가 두 눈을 허공에 두고 넋이 나간 모습으로 멍하니 뭔가를 생각하는 것을 볼 수 있었는데, 표정이 점점 부드러워지고 보조개가 깊어가는 것을 보면 그녀가 또 예전 수업을 혼자 복습하고 있다는 것을 알 수 있었다. 내 그 우스꽝스러운 영화의 한 장면을 그녀가 보고 있는 것이 내 마음에 걸렸다.

하지만 그녀는 전혀 우스꽝스럽다고 생각하지 않았다. 나는 우스꽝스럽다고, 천박하다고까지 생각했지만, 그녀는 조금도 그렇지 않았다. 이 일로 나는 분명하게 알았다. 그것은 그녀가 나를 사랑하기에, 그토록 뜨겁게, 그토록 순진하게 사랑하기 때문이라는 것을.

작년 늦봄은 제일 행복했다. 가장 바빴던 때이기도 했다. 내 마음은 평온했지만, 한구석은 내 몸처럼 바빠지기도 했다. 우리는 그때야 비로소 길을 갈 때 나란히 걸었고 공원도 몇 번 갔다. 살 집을 찾으러 다닌 경우가 제일 많았다. 길에 나갈 때면 나는 우리를 훑어보고 조롱하며 음탕하고 경멸하는 눈길들로 쳐다보는 것이 느껴져서 조금만 방심하면 온몸이 움츠러들었다. 그럴 때면 그저 나의 오기와 반항으로 버티는 수밖에 없었다. 하지만 그녀는 전혀 주눅 들지 않았다. 그녀는 그런 것들에 전혀 아랑곳하지 않았고, 그저 차분하게 천천히 걸어갔으며, 보는 사람이 아무도 없는 것처럼 태연스러웠다.

살 집을 찾는 일은 정말 쉽지 않았다. 대부분 주인이 이런저런 이유를 대고 거절했고, 우리 마음에 들지 않는 경우도 더러 있었다. 처음에는 우리가 까다롭게 골랐는데—사실 꼭 까다롭다고 할 수 없는 것이 대개 우리가 마음 놓고 살 만한 곳이 아니었다—나중에는 주인이 그저 받아주기만을 바랐다. 20여 곳을 보고서야 한동안 그럭저럭 살 만한 곳을 구했다. 지자오후퉁에 있는 두 칸짜리 남향집이었다. 주인은 말단 공무원이지만 사리를 아는 사람이었고, 안채와 양쪽 옆 채에 살았다. 부인과 채 돌이 되지 않은 여자아이뿐이었고, 시골에서 올라온 여자아이를 하나 고용하고 있었다. 아기가 울지만 않으면 조용하기 그지없었다.

우리 살림은 단출했다. 내가 마련한 돈은 거의 다 써버렸고 쯔쥔도 하나뿐인 금반지와 귀걸이조차 팔았다. 내가 말렸지만, 그녀는 기어이 팔겠다고 고집을 부렸고, 나도 더는 어쩔 수가 없었다. 그녀에게도 가입을 위한 지분을 조금 할애하지 않으면 편하지 않으리라는 것을 알았다.

그녀는 숙부와 진즉에 틀어졌는데, 숙부는 다시는 그녀를 보지 않겠다고 할 정도로 화가 나 있었다. 나도 자기들은 충고라고 생각하지만 실은 내게 겁을 먹었거나 질투를 하는 몇몇 친구들과 연이어 절교했다. 하지만 나는 오히려 마음이 편했다. 매일 근무가 끝나면 대개 해 질 녘이 되고 인력거꾼도 어김없이 그렇게 느렸지만, 그래도 두 사람이 마주할 시간은 있었다. 우리는 처음에는 그저 말없이 서로를 쳐다보았고, 그런 뒤 마음을 열고 다정하게 이야기를 나누었으며, 그다음은 침묵했다. 둘 다 고개를 숙이고 깊이 생각에 잠긴 것 같지만 실은 아무런 생각을 하지 않았다. 나는 점점 그녀의 몸과 그녀의 영혼을 또렷하게 읽어내게 되었고, 불과 3주일 만에 난 그녀를 전보다 훨씬 잘 이해하고 예전에 잘 안다고 여겼던 많은 것들이 실은 모르고 있었다는 것을, 정말로 몰랐다는 것을 그제야 알게 되었다.

쯔쥔도 점점 생기를 띠었다. 하지만 그녀는 꽃은 전혀 좋아하지 않아서, 묘회(廟會: 절 옆에 모여 물건을 사고팔던 임시 시장—옮긴이)에 갔을 때 사 온 어린 화초 두 개를 나흘이나 물을 주지 않고 모퉁이에 내버려두어 말라 죽게 했다. 그렇다고 내게 돌볼 틈이 있었던 것도 아니다. 그래도 그녀는 동물은 좋아했다. 관리 부인에게 전염이 된 것이리라. 한 달이 안 돼 우리 식솔이 갑자기 크게 늘었다. 병아리 네 마리는 안마당에서 10여 마리 주인집 닭하고 꼭 어울려 다녔다. 여자들은 닭 생김만 보고도 어느 것이 자기 것인지 알았다. 얼룩 강아지도 한 마리 있었다. 묘회에서 사 온 것이었다. 원래 이름이 있었던 것 같은데 쯔쥔이 아수이(阿隨)라는 다른 이름을 지어주었다. 나도 아수이라고 불렀지만 그 이름을 좋아하지는 않았다.

정말 그렇다. 애정은 늘 새로워지고 자라고 창조되어야 한다. 내가 쯔쥔에게 이 말을 하면 그녀도 안다는 듯이 고개를 끄덕였다.

아아, 그 얼마나 평화롭고 행복한 밤이었던가!

안정과 행복은 그대로 고착되어야 한다. 영원히 이렇게 안정되고 행복해야 한다. 우리가 회관에 있을 때도 가끔 의견 충돌이나 생각을 오해하는 때가 있었지만 지자오후퉁으로 온 뒤로는 한 번도 그런 적이 없었다. 우리는 등잔불 앞에 마주 앉아 옛날이야기를 나누면서 다투고 나서 화해한 뒤에 얻는 다시 태어난 것 같은 기쁨을 음미했다.

쯔쥔은 몸도 불고 얼굴의 혈색도 좋아졌다. 안타까운 것은 바쁘다는 것이었다. 집안일을 하느라 이야기를 나눌 틈도 없었으니 책을 읽거나 산책은 말할 것도 없었다. 우리도 하녀를 두어야 한다고 말하곤 했다.

저녁때 집에 돌아와서 그녀가 즐겁지 않은 얼굴을 애써 감추려는 것이 눈에 띌 때면 나까지 즐겁지 않았다. 나를 더욱 불쾌하게 한 것은 그녀가 억지로 웃는 시늉을 하는 것이었다. 다행히 알아보니 그 말단 관리 부인과 두 집 병아리 때문에 다툰 것이었다. 그런데 왜 내게는 말을 하지 않은 걸까? 사람은 꼭 자기만의 집이 있어야 한다. 이런 곳은 살 데가 못 된다.

내 일상도 틀에 박혀 있었다. 주중 엿새 동안 그저 집에서 직장으로, 직장에서 집으로 오갔다. 직장에서는 책상 앞에 앉아 공문과 편지들을 베껴 쓰고, 또 베껴 쓰는 일이 전부였다. 집에 와서는 그녀를 상대하거나 군불 때고 밥하고 만두 찌는 것을 도와주곤 했다. 내가 밥하는 것을 배운 것도 그 무렵이었다.

먹는 것은 회관에서 지낼 때보다 훨씬 좋았다. 쯔쥔이 요리에 재주가 있지는 않았지만 온 정성을 다해 요리했다. 쯔쥔이 밤낮없이 애를 태우면 나도 같이 애를 태우는 것이 고락을 함께하는 것이라 여겼다. 더구나 그녀는 종일 얼굴이 온통 땀투성이가 되어 단발머리가 이마에 엉겨 붙었으며, 두 손도 거칠어졌다.

게다가 아수이를 거두고 병아리를 거두고 …… 이 모든 것이 그녀가 해야 할 일이었다.

내가 전에 그녀에게 충고했다. 난 안 먹어도 그만이니까 제발 그렇게 고생하지 말라고. 그녀는 그저 나를 힐끔 쳐다볼 뿐 아무 말이 없었고, 표정이 조금 슬퍼 보였다. 나도 하는 수 없이 입을 다물었다. 그 뒤로도 그녀는 계속 그렇게 고생을 했다.

내가 예상한 타격이 드디어 왔다. 쌍십절(雙十節: 1911년 신해혁명과 1912년 정부 수립을 기념하는 대만의 국경일로 10월 10일이다—옮긴이) 전날 밤, 나는 멍하니 앉아 있고, 그녀는 설거지를 하고 있었다. 문 두드리는 소리가 나서 내가 나가 문을 열자, 직장의 사환이었다. 내게 등사한 쪽지를 한 장 건넸다. 내가 대강 예상한 거였다. 등불을 들고 가서 보니 역시 이렇게 적혀 있었다.

> 알림
>
> 국장 명에 의해 쥐안성은 금후 출근할 필요가 없음
>
> 비서실 10월 9일

회관에 살 때부터 내가 일찍이 예상한 바였다. 그 크림쟁이가 국장 아들의 도박 친구여서 분명 가서 이런저런 소문을 덧붙여서 일러바쳤을 것이다. 이제야 효과를 발휘하는 것이 되레 늦은 셈이다. 사실 그것은 내게 타격이랄 수도 없었는데, 내가 진즉 대책을 세워두고 있었기 때문이다. 남의 필사를 해주거나 가정교사를 하거나 아니면 힘이 들긴 해도 번역을 할 수도 있었다. 《자유의 벗》 편집장이 몇 번 본 지인이어서 두 달 전에 편지를 해두기도 했다. 그래도 내 심장은 쿵쾅거렸다. 그렇게 두려움을 모르던 쯔쥔조차 얼굴색이 변하는 게 무엇보다 가슴 아팠다. 그녀는 그즈음 부쩍 약해 보였다.

"뭐 별거예요. 칫, 우리 새로 시작하지 뭐. 우리……."

그녀가 말했다.

그녀는 말끝을 흐렸다. 왠지 모르겠지만 그 말이 들떠 있는 것처럼 들렸다. 등불이 유달리 어둡게 느껴졌다. 인간이란 참으로 가소로운 동물이다. 지극히 작은 일에도 심각한 영향을 받는다. 우리는 먼저 묵묵히 서로 쳐다보고 있다가 의논했고, 지금 있는 돈을 최대한 아껴 쓰기로 했다. 그리고 광고를 내서 필사(筆寫)할 거리나 가정교사 자리를 찾아보고, 《자유의 벗》 편집장에게 편지를 보내 지금 우리 처지를 말하고 어려울 때 도와주는 셈 치고 내가 번역한 것을 받아달라고 부탁하기로 했다.

"말 나온 김에 하자고. 새길을 찾는 거야."

나는 즉시 책상으로 돌아앉아 참기름병과 식초 접시를 한쪽으로 치웠고, 쯔쥔이 그 침침한 등을 가지고 왔다. 나는 먼저 광고를 만들었다. 그다음 번역할 만한 책을 골랐다. 이사한 뒤로 뒤적거린 적이 없어서 책 표지마다 먼지가 가득했다. 마지막으로 편지를 썼다.

나는 망설였다. 뭐라고 써야 할지 몰랐다. 붓을 멈추고 생각하면서 그녀의 얼굴을 쳐다보았다. 침침한 등불 아래 그렇게 슬퍼 보일 수가 없었다. 이렇게 작은 일이 그토록 강하고 두려움을 모르던 쯔쥔에게 큰 변화를 일으킬 줄을 정말 생각하지 못했다. 그녀는 그즈음 정말 약해졌고, 오늘 밤부터 이렇게 된 게 아니었다. 그 때문에 내 마음은 더욱 심란했다. 문득 안정된 생활을 누리던 모습이 떠올랐다. 회관의 낡은 집의 정적이 눈앞에서 순간적으로 어른거렸고, 생각을 다잡고 똑바로 쳐다보자 침침한 등불만 눈에 들어왔다.

한참 지나서 편지도 마쳤다. 상당한 장문의 편지였다. 피로가 느껴졌다. 근래 나도 약해진 것 같았다. 그래서 우리는 광고지를 붙이고 편지를 보내는 것은 내일 같이 하기로 했다. 둘 다 약속이라도 한 듯이 허리를 쭉 펴고서 아무 말 없이 서로의 강인한 정신을 다시금 느끼는 듯싶었고, 새로 싹트는 미래의 희망을 보는 것 같았다.

사실 외부에서 온 타격이 우리에게 새로운 기운을 불러일으켜 주었다. 직장 생활은 새 장수 손아귀 속에 든 새 같은 신세였다. 그저 연명이나 할 정도로 좁쌀을 주는 거여서 살이 찔 수가 없었다. 그런 날들이 계속되자 날개가 마비되어 새장 밖에 풀어놓아도 이제 날 수가 없게 되었다. 어쨌든 그 새장을 벗어나게 되었으니 이제 드넓은 하늘로 날아오를 것이다. 내가 나는 법을 잊어버리기 전에.

광고지를 붙이는 일이야 원래 바로 효과를 볼 수 없고, 책을 번역하는 것 역시 쉽지 않았다. 전에 본 것이고 알고 있다고 생각했는데 번역을 시작하자마자 어려운 것들이 쏟아져 진도가 아주 느렸다. 하지만 나는 각고의 노력을 했다. 거의 새것이나 다름없던 사전이 채 보름도 되지 않아 테두리에 까맣게 손때가 묻었다. 내가 이 일에 얼마나 절실히 매달렸는지 넉넉히 증명될 것이다. 《자유의 벗》 편집장이 예전에 말했다. 자기네 잡지는 좋은 원고를 묻히는 법이 없다고.

유감스러운 것은 내게 조용한 방이 없다는 것이었다. 쯔쥔도 예전처럼 조용하지 않았고 자상하지도 않았다. 방 안은 항상 그릇들이 어지럽게 널려 있었고 연탄가스가 가득 차서 마음 놓고 일을 할 수가 없었다. 하지만 그것은 서재 한 칸 마련하지 못하는 내 무능력을 탓할 수밖에 없는 일이었다. 그런데 이런 상황에 아수이에 병아리까지 가세했다. 더구나 병아리들이 크면서 두 집 간에 분란의 불씨가 되고 있었다.

날마다 강물처럼 쉼 없이 이어지는 밥도 마찬가지였다. 쯔쥔은 밥하는 것으로 자기 업적을 삼으려는 사람으로 여겨질 정도였다. 먹고 나면 돈을 마련하고, 돈을 마련하면 또 밥을 먹고, 게다가 아수이도 먹이고 병아리도 먹였다. 그녀는 예전에 알고 있던 것들을 모두 잊어버린 것 같았고, 밥 먹으라고 재촉하는 바람에 내 생각이 끊기기도 한다는 것을 전혀 생각하지 못하는 것 같았다. 화난 표정으로 앉아서 쳐다보아도 그녀는 고칠 생각을 하지 않고 아무런 느낌이 없는 것처럼 우적우적 밥을 먹었다.

내 일이 규칙적인 식사에 구속받아서는 안 된다는 점을 그녀에게 알리는 데 5주일이나 걸렸다. 그것을 알고 나서 유쾌하지 않았을 터이지만 아무 말이 없었다. 그 뒤로 내 일은 비교적 빠르게 진행되었고, 얼마 안 되어 5만 자 분량의 번역을 마쳤다. 교정만 마치면 전에 써 놓은 산문 두 편과 함께 《자유의 벗》에 보낼 수 있었다. 밥 문제는 여전히 고민거리였다. 반찬이 식는 것은 상관없었다. 문제는 양이 부족했다. 밥이 부족한 때도 있었다. 종일 집에 앉아 머리만 써서 먹는 양이 전보다 훨씬 줄었는데도 그랬다. 먼저 아수이를 먹여서 그런 것이다. 요새 들어 자기도 먹기 힘든 양고기까지 먹이는 일도 있었다. 아수이가 불쌍할 정도로 너무 비쩍 말랐고, 그래서 주인집 여자가 우리를 우습게 보고, 이런 모욕을 참을 수 없어서 그런다고 했다.

그래서 이제 내가 먹다 남긴 밥을 먹는 것은 닭뿐이었다. 그것을 나는 한참이 지나서야 알았고, 동시에 헉슬리가 '우주에서 인간의 위치'를 확정한 것처럼 나의 위치를 깨닫게 되었다. 나는 개와 닭 사이였다.

나중에 여러 차례 다투기도 하고 압력도 가한 끝에 닭들이 차차 반찬이 되어갔고, 우리와 아수이는 10여 일 남짓 고기 맛을 보았다. 하지만 오래전부터 날마다 그저 수수 몇 알씩만 먹어온 터여서 워낙 말라 있었다. 그 뒤부터 아주 조용했다. 쯔쥔은 그저 풀이 죽어 있었다. 늘 쓸쓸하고 무료한 듯했다. 그다지 입을 열려고도 하지 않았다. 나는 생각했다. 사람은 이리도 쉽게 변하는구나!

아수이도 더는 같이 살 수가 없었다. 우리는 어딘가에서 희망의 소식이 올 것이라는 기대를 접었다. 쯔쥔에게도 개에게 인사를 가르치거나 앞발을 들고 서게 하는 데 쓸 먹이마저 없었다. 겨울은 또 그렇게 빠르게 닥쳐와서 난로를 피우는 일도 큰일이었다. 개의 먹이는 진즉부터 큰 부담이라는 것을 우리는 잘 알고 있었다. 그래서 개도 남겨둘 수가 없었다.

풀을 꽂아 가지고(사람이나 동물을 팔 때 매물이라는 표시로 풀을 꽂았다—옮긴이) 묘회 때 열리는 장터에 가서 팔면 몇 푼이라도 건질 수 있겠지만 우리는 차마 그렇게까지는 할 수 없었고, 그렇게 하고 싶지도 않았다. 결국 내가 보자기로 머리를 싸서 서쪽 교회로 데리고 가 놓아주었다. 그래도 기어이 따라오자 그리 깊지 않은 흙구덩이에 밀어 넣었다.

집에 돌아오자 더욱 조용하게 느껴졌다. 그런데 쯔쥔의 참담한 표정이 나를 놀라게 했다. 일찍이 본 적이 없는 얼굴 표정이었다. 당연히 아수이 때문이었다. 그래도 이렇게까지 해야 하는 걸까? 나는 개를 흙구덩이에 넣은 일은 말하지 않았다.

밤이 되자 그녀의 참담한 표정에 차가움이 추가되었다.

"이상하군. 쯔쥔, 오늘 왜 그렇지?"

나는 더는 참을 수 없었다.

"왜요?"

그녀는 나를 쳐다보지도 않았다.

"당신 표정이……."

“아녜요. 아무것도 아녜요.”

나는 그녀의 말과 행동에서 그녀가 날 모진 사람으로 단정한다는 것을 알았다. 사실 나 혼자라면 사는 게 쉽다. 자존심이 세서 그동안 사람들과 그다지 내왕을 하지 않았고, 더구나 이사한 뒤로는 전에 알고 지냈던 사람들하고도 멀어졌지만 멀리 드높이 날아오르기만 하면 살길은 아직도 드넓게 펼쳐질 것이다. 지금 이렇게 생활의 압박에 시달리면서 고통을 당하고 있는 것은 대부분 그녀 때문이고, 아수이를 버린 것도 그녀 때문이 아닌가? 그런데 이런 것마저 생각하지 못할 정도로 쯔쥔의 생각이 보잘것없어진 것이다.

언젠가 기회를 잡아 이런 사정을 넌지시 이야기했더니 알았다는 듯이 고개를 끄덕였다. 하지만 그런 뒤에 일어난 일들을 보면 그녀가 이해한 게 전혀 아니거나 대관절 믿지 않은 것으로 보였다.

날도 춥고 그녀의 표정까지 차가워서 나는 집에 편히 있을 수가 없었다. 그렇다고 어디로 갈 것인가? 큰길에 공원이 있지만, 얼음처럼 차가운 얼굴 표정이야 없겠지만 살을 에는 차가운 바람이 있었다. 결국 나는 공공도서관에서 나의 천당을 찾았다.

거기는 입장권을 살 필요도 없고 열람실에 난로도 두 개나 있었다. 타는 듯 마는 듯한 석탄 난로였지만 그것을 보는 것만으로도 마음이 따뜻해졌다. 책은 볼만한 게 없었다. 예전 책들은 진부했고, 새 책들은 거의 없었다.

내가 거기에 책을 보러가는 것이 아니라 다행이었다. 나 말고도 몇 명이 항상 더 있었고, 많으면 여남은 명이 되었다. 다들 얇은 홑

옷을 입고 있었고, 나처럼 각자 자기 책을 보고 있었지만 실은 불을 쬐러 나온 사람들이었다. 이곳은 내게 더없이 알맞은 곳이었다. 길에서 아는 사람을 만나면 경멸하는 눈초리를 받곤 했는데, 여기서는 그런 변을 당할 일이 없었다. 그런 사람들은 다른 곳에서 난로를 쬐거나 자기 집 난로를 쬐었기 때문이다.

내가 볼만한 책은 없었어도 이런저런 생각을 할 수 있을 만큼 편안한 곳이었다. 혼자서 조용히 앉아 지난 일들을 돌이켜보고서야 알았다. 지난 반년 동안 오직 사랑을 위해서, 맹목적인 사랑을 위해서 인생의 다른 중요한 것들을 완전히 소홀히 했다는 것을. 첫째는 생활이었다. 사람은 반드시 살아가야 하고, 사랑은 거기에 딸리는 것이다. 열심히 싸워나가는 사람에게는 분명 삶의 길이 열리기 마련이다. 더구나 나는 아직 날갯짓을 잊지 않았다. 전보다 많이 위축되긴 했어도…….

열람실도 열람객도 내 눈에서 점점 사라졌다. 내 눈에 보이는 것은, 거친 파도 속의 어부와 참호 속 병사, 승용차 속 귀족, 외국 조계 지역의 투기꾼, 깊은 산 밀림 속 호걸, 강단의 교수, 깊은 밤의 운동가와 심야의 도둑……. 쯔쥔은, 가까운 곳에 없었다. 그녀는 용기도 잃어버렸고, 아수이 때문에 분통을 터뜨리거나 밥하는 데 정신을 팔뿐이었다. 신기한 것은 그래도 그리 살이 빠지지 않는다는 것이었다…….

추워졌다. 난로 속에서 타는 듯 마는 듯하던 석탄 몇 조각마저 다 타버리고 벌써 폐관 시간이었다. 다시 지자오후퉁으로 돌아가 얼음처럼 차가운 얼굴을 맞아야 했다. 겨울은 또 이렇게 빠르게 다가왔고 난로를 마련하는 것이 큰 문제였다. 요즘 들어 간혹 어쩌다 따뜻한 표정을 보이기도 했지만 그것이 내게는 더 고통이었다. 어느 날 밤으로 기억한다. 쯔쥔의 눈에서 갑자기 오랫동안 보지 못한 순진한 빛이 새어나왔고, 웃으면서 회관에서 살던 때 이야기를 했으며, 무서운 표정을 짓기도 했다. 요새 내가 그녀보다 더 쌀쌀하게 대하는 바람에 그녀가 걱정하기 시작했고, 그래서 그녀를 위로하려고 억지로 웃으면서 말을 건넸다. 하지만 내 웃는 얼굴은 말을 하는 순간 바로 공허로 변하고 그 공허는 다시 메아리가 되어 견딜 수 없는 독한 비웃음이 되어 귀를 울렸다.

쯔쥔도 알아차린 것 같았다. 그 뒤로 아무 감각이 없는 사람처럼 차분하던 예전 모습을 찾아볼 수 없었다. 감추려고 애를 썼지만 시름에 잠긴 표정이 어쩔 수 없이 드러나곤 했다. 하지만 내게는 무척 다정하게 대했다.

그녀에게 분명히 말하려고 했지만 차마 말을 꺼내지 못했다. 말하려고 하다가도 아이 같은 그녀의 표정을 보면 억지로 웃는 표정을 짓지 않을 수 없었다. 하지만 이것은 다시 나 스스로에게 비웃음으로 다가왔고 냉담하던 침착성을 잃게 했다.

그런 뒤로 그녀가 지난 일들을 복습하고, 새로운 시험을 치르기 시작했다. 나더러 따뜻함이 남아 있는 숱한 허위의 답안을 쓰도록 했고, 그녀에게 따뜻함을 보여주고 허위에 찬 글을 내 가슴에 쓰게 했다. 그런 글들이 점점 내 가슴을 가득 채워서 자주 숨을 쉬기가 힘들었다. 나는 괴로워하면서 이런 생각을 하곤 했다. 진실을 말하는 것은 자연 커다란 용기가 필요하다. 하지만 그런 용기가 없이 허위 속에서 꾸역꾸역 살아가서는 인생의 새로운 길을 열 수 없다. 그뿐만 아니라 사람마저 살 수가 없다.

쯔쥔은 화난 기색이었다. 아침, 몹시 추운 아침이었다. 예전에 보지 못한 모습이었다. 내 눈에 화난 것처럼 보였는지도 모르겠다. 나는 그때 차갑게 화를 내며 비웃고 있었다. 그녀가 갈고 닦은 사상도, 거침없던 주장도 결국 공허일 뿐인데, 그 공허를 그녀는 아직 느끼지 못하고 있었다. 그녀는 이제 책도 더는 보지 않았다. 그녀는 모르고 있었다. 인생에서 가장 중요한 것은 살길을 모색하는 것이고, 그 길은 누군가와 손을 잡고 동행하거나 홀로 고투해야 하는데, 그저 다른 사람의 옷자락만 잡고 따라가서는 어떤 전사라도 제대로 전투를 치르기가 힘들어서 같이 파멸할 수밖에 없다는 것을.

새로운 희망은 우리가 헤어지는 것뿐이라고 느꼈다. 그녀를 결연하게 버려야 하는 것이다. 문득 내게 그녀의 죽음이 떠올라서 바로 자책했고, 후회했다. 다행히도 아침이었다. 시간은 충분했고, 나는 나의 진실을 이야기할 수 있었다. 우리의 새로운 길을 여는 것은 이것뿐이었다.

나는 그녀와 이런저런 이야기를 나누었고, 일부러 우리의 지난 일들을 꺼냈다. 문학예술을 거론했고 외국 문학가들과 《노라》와 《바다에서 온 여인》 같은 그들의 작품들로 이야기가 미쳤다. 노라의 단호한 결단을 칭찬하기도 했다. …… 작년 회관에 있는 낡은 방에서 이야기하던 것들이었지만, 지금은 공허로 변한 것들이었다. 내 입에서 나와 내 귀에 전해질 때마다 형체 없는 악동 하나가 숨어서 등 뒤에서 악의적으로 독한 말들을 흉내 내고 있는 게 아닌지 의심이 될 정도였다.

그녀는 고개를 끄덕이며 귀담아들었고, 나중에는 침묵했다. 끊어졌다 이어졌다 하던 내 말도 끝나고, 여운마저 허공 속에 사라졌다.

"알겠어요."

그녀가 한참 침묵한 뒤 말했다.

"하지만 …… 쥐안성, 내가 보기에 당신 요즘 변했어요. 안 그래요? 당신, 솔직하게 말해보세요."

난 머리를 한 대 맞은 기분이었다. 하지만 바로 정신을 가다듬고서 내 생각과 의견을 말했다. 새로운 길을 개척하고 새로운 삶을 재창조해야 우리가 함께 파멸하는 것을 피할 수 있다고.

마지막에 나는 크게 결심을 하고는 몇 마디 덧붙였다.

"…… 이제 당신은 주저 없이 용감하게 나아갈 수도 있어. 솔직히 말하길 바란다면, 그래, 사람은 허위 속에 살아서는 안 되는 거야. 솔직히 말할게. 그러니까, 나는 당신을 더는 사랑하지 않아! 이게 오히려 당신에게 잘된 일이야. 이제 아무 걱정 없이 일할 수 있게 되었으니까 말이야……."

그 순간 큰 변화가 다가오고 있다는 예감이 들었지만, 그저 침묵했다. 그녀 얼굴이 돌연 잿빛으로 변했다. 죽은 사람 같았다. 이내 원래대로 돌아오고 눈에서 순진한 빛이 반짝였다. 그 눈빛이 사방으로 퍼졌다. 잔뜩 굶주린 아이가 인자한 엄마를 찾듯이 사방으로 퍼져 나갔다. 하지만 그저 허공에서 헤맨 채 두려운 듯이 내 눈을 피했다.

더는 보고 있을 수가 없었다. 다행히 아침이었다. 나는 차가운 바람을 무릅쓰고 공공도서관으로 달려갔다.

거기서《자유의 벗》을 봤다. 내 에세이가 실렸다. 나를 놀라게 했고 일말의 생기를 얻은 느낌이었다. 나는 생각했다. 살아갈 길은 그래도 많다고. 지금 이것으로는 아직 아니지만.

나는 오랫동안 만나지 않았던 친구들을 찾기 시작했다. 물론 한두 번뿐이었다. 친구들 집은 당연히 따뜻했지만, 난 뼛속까지 시리게 느껴졌다. 밤에는 얼음보다 더 차가운 냉골에서 웅그리고 잤다.

얼음 같은 바늘이 내 영혼을 찔렀고, 영혼이 마비되는 아픔으로 끝없이 고통당하게 했다. 살아갈 길은 아직 많다. 날갯짓하는 법을 아직 잊지 않았다고, 나는 생각했다.—나는 문득 그녀의 죽음을 떠올렸다. 하지만 바로 자책하고 후회했다.

공공도서관에서 반짝이는 한 줄기 빛을 보았고, 새로운 삶의 길이 눈앞에 펼쳐져 있었다. 그녀는 용감하게 깨우쳤고, 그 얼음처럼 차가운 집을 의연하게 떠났다. 게다가 조금도 원망하는 빛이 없이. 나는 날아가는 구름처럼 가볍게 공중에 떠 있었다. 위에는 파란 하늘, 아래에는 깊은 산과 넓은 바다, 고층 빌딩, 싸움터, 자동차, 조계지, 공관, 환한 번화가, 어두운 밤…….

그런 뒤, 참으로, 내게 새로운 생활이 다가오고 있다는 예감이 들었다.

우리는 결국 너무도 견디기 힘든 겨울을, 이 베이징의 겨울을 보낸 셈이었다. 심술궂은 악동의 손바닥에 놓인 잠자리처럼 가는 실에 묶인 채 실컷 노리갯감이 되고 학대를 당하면서도, 다행히 죽지는 않고 땅바닥에 누워서 그저 시간만 기다리는 것이다.

《자유의 벗》 편집장에게 편지를 세 통이나 보내고서야 답장을 받았다. 봉투에 달랑 도서 구입권 두 장뿐이었다. 20전짜리와 30전짜리였다. 독촉 편지를 보내는 데만도 우편료가 90전 들었고 하루를 굶었는데, 이 모든 것이 내게 아무런 소득 없는 공허한 일이 되어버렸다.

하지만 마침내 올 게 온 것이라고 생각했다.

겨울에서 봄으로 넘어갈 때였다. 바람도 이제 그렇게 차갑지가 않아서 오랫동안 밖을 돌아다녔고, 어두워진 뒤에야 집에 돌아오곤 했다. 그렇게 어두운 저녁, 나는 늘 그렇듯이 힘없는 모습으로 집에 오는데 대문을 보자 여느 때보다 더 기운이 빠져서 발걸음이 더욱 느려졌다. 겨우 내 방으로 들어갔다. 불이 꺼져 있었다. 성냥을 더듬어 불을 켜자 유달리 적막하고 공허했다!

상황 파악이 안 되어 멍한 상태인데, 관리 부인이 창밖에 와서 나를 불러냈다.

"오늘 쯔쥔의 아버지가 왔어요. 그녀를 데려가려고."

그녀가 간단하게 말했다.

예상치 못한 일이었다. 나는 머리를 한 대 맞은 것 같았고 말없이

서 있었다.

"그 사람이 갔다고요?"

잠시 뒤 나는 그저 이 말밖에 하지 못했다.

"갔어요."

"그 사람이, 그 사람이 아무 말 않던가요?"

"아니요. 나더러 아저씨 돌아오거든 자기가 갔다는 말만 전해달라고 했어요."

믿어지지 않았다. 하지만 집 안이 유달리 적막하고 공허했다. 구석구석을 다 뒤지며 쯔쥔을 찾았다. 몇 가지 낡고 때 묻은 가구들만 눈에 훤하게 들어오는 것이 사람 하나, 물건 하나도 숨길 능력이 없다는 것을 말하고 있었다. 나는 생각을 바꾸어 편지나 그녀가 남겼을 법한 메모를 찾으려고 했지만 허사였다. 소금과 말린 고추, 밀가루, 배추 반 포기가 구석에 놓여 있었고, 그 옆에 동전이 몇십 위안이 놓여 있었다. 우리 둘이 먹고살 부식거리의 전부였는데, 이제 그녀가 이것들을 혼자 살 내게 정중히 남겨준 것이다. 무언중에 이걸 가지고 되도록 오랫동안 버티라고 하고 있었다.

나는 주위에서 떠밀리듯이 마당 가운데로 뛰쳐나갔다. 어둠이 내 주위를 에워쌌다. 안채 종이 창문에 밝은 등불이 비쳤다. 주인집 부부가 아이와 놀고 있었다. 내 마음이 무겁게 내려왔다. 무거운 압박 속에서 차차 어렴풋이 탈출의 길이 보이는 것 같았다. 깊은 산과 큰 연못, 조계지, 전등 빛 찬란한 연회, 참호, 몹시 칠흑 같은 심야, 예리한 칼의 일격, 울림이 없는 발걸음…….

마음이 다소 가벼워지고 편해졌다. 하지만 여비 생각을 하니 한숨이 나왔다.

누워서, 감고 있는 두 눈에 예상되는 앞길이 스쳐 지나갔지만 한밤중이 채 되기 전에 사라졌다. 어둠 속에서 먹을 것이 쌓여 있는 것을 본 것 같고, 그 뒤 쯔쥔의 누렇게 뜬 얼굴이 솟아올랐다. 아이 같은 눈을 하고 간절하게 나를 바라보고 있었다. 정신을 가다듬고 다시 보니 아무것도 없었다.

내 마음이 다시 무거워지는 느낌이었다. 나는 왜 며칠을 못 참고 그렇게 성급하게 그녀에게 진실을 말해버렸는가? 지금 그녀는 알고 있다. 이제 그녀에게 남은 것이라곤 자기 아버지—자식의 채권자—의 불같은 위엄과 주위 사람들의 서릿발 같은 차가운 시선뿐이라는 것을. 그 밖의 모든 것은 이제 공허하다. 공허의 무거운 짐을 지고 위엄과 차가운 눈초리 속에서 인생이란 길을 간다는 것은 얼마나 무서운 일인가! 더구나 그 길 끝에는 묘비도 없는 무덤뿐이지 않은가.

나는 쯔쥔에게 진실을 말하지 말았어야 했다. 우리가 서로 사랑한 이상, 나는 영원히 그녀에게 나의 거짓말을 바쳐야 했다. 진실이 소중한 것이라면 쯔쥔을 무겁게 짓누르는 공허가 되지 말아야 하는 것이다. 물론 거짓말도 당연히 공허하다. 하지만 적어도 이렇게까지 무겁게 짓누르지는 않는다.

나는 쯔쥔에게 진실을 말하면 그녀가 조금도 망설임 없이 단호하고 의연하게 앞으로 나아갈 것이라고 생각했다. 우리가 동거를 시작할 때처럼 말이다. 하지만 그런 내 생각이 틀린 것 같았다. 그때 그녀가 용기를 내고 두려움이 없었던 것은 사랑 때문이었다.

나는 허위의 무거운 짐을 질 용기가 없어서 진실의 무거운 짐을 그녀에게 부려버렸다. 그녀는 나를 사랑하고부터 그 무거운 짐을 지고서 위엄과 차가운 눈초리 속에서 삶의 길을 걸어야 했다.

나는 그녀가 죽을지도 모른다고 생각했다. …… 나는 내가 진실한 인간이든 허위의 인간이든 비겁한 인간이고, 강한 인간들에게 배척당해야 한다고 생각했다. 하지만 그녀는 시종일관 내가 비교적 오랫동안 생활을 유지해주길 바랐다.

나는 지자오후퉁을 떠나려 했다. 그곳은 유달리 공허하고 적막했다. 그곳을 떠나면 쯔쥔도 예전처럼 내 곁으로 돌아올 것이라고, 적어도 이 도시에 아직 있는 이상 어느 날 예고 없이 나를 찾아올 것이라고 생각했다. 회관에 살 때처럼 말이다.

하지만 아무리 부탁을 넣고 편지를 보내도 반응이 전혀 없었다. 나는 하는 수 없이 오랫동안 찾지 않았던 아는 분을 찾아갔다. 그 사람은 백부의 어렸을 적 동창이었다. 곧은 품성으로 이름난 관리였는데, 베이징에 산 지 오래여서 아는 사람들이 많았다.

입성이 추레해서인지 문에서부터 문지기가 무시했다. 다행히 겨우 만났다. 만나긴 했어도 냉대였다. 우리의 지난 일을 죄다 알고 있었다.

"당연히, 자네도 여기에 있을 수 없을 거네."

다른 곳에 일자리를 알아봐달라는 내 부탁을 듣고는 차갑게 말했다.

"그런데 어디로 간단 말인가? 어려워. 자네, 뭐야, 자네 여자 친구 말이야. 쯔쥔 말일세. 자네 알고 있나? 그 여자 죽었어."

나는 놀라서 할 말을 잃었다.

"정말입니까?"

겨우 나도 모르게 물었다.

"헛헛, 당연히 정말이지. 우리 집 왕성(王升)이네 집안이 그 여자 집안과 같은 동네 아닌가."

"하지만 …… 어떻게 죽은 건지 모르고요?"

"누가 알겠어. 어쨌든 죽은 건 맞아."

어떻게 인사를 하고 나왔는지도 모른 채 숙소로 돌아왔다. 그가 거짓말을 한 게 아니라는 것을 안다. 쯔쥔은 이제 작년처럼 그렇게 다시 오지 않을 것이다. 그녀는 이제 위험과 차가운 눈초리 속에서 공허의 무거운 짐을 지고서라도 인생의 길을 가는 것이 불가능해졌다. 내가 그녀에게 준 진실이 그녀의 운명을 결정지었다. 사랑이 없는 세상은 죽음뿐이라는 진실!

당연히 나도 여기에 있을 수가 없었다. 하지만 "어디로 가나?"

주위는 온통 아득한 공허뿐이었다. 그리고 죽음의 정적. 사랑을 잃고 죽은 사람들의 눈앞에 놓인 어둠이 하나하나 내 눈에 보이고 괴로움과 절망으로 몸부림치는 소리가 모두 들리는 듯했다.

나는 그래도 새로운 것, 이름 없고 예상치 못한 어떤 것이 내게 와 주기를 기대하고 있었다. 하지만 하루하루 죽음 같은 정적뿐이었다.

전보다 문밖출입이 줄었고, 그저 아득한 공허 속에서 누워 있거나 앉은 채로 죽음 같은 적막이 내 영혼을 갉아먹도록 내버려두었다. 죽음 같은 정적이 나를 전율시키다가도 어떤 때는 스스로 물러나기도 했는데, 그럴 때면 틈틈이 이름 없고 예상치 못한 어떤 것이, 새로운 기대가 스치곤 했다.

어느 흐린 오전이었다. 태양이 아직 구름 속에서 벗어나지 못한 채 공기조차 지친 때였다. 토닥토닥 발자국 소리와 씩씩거리는 콧소리가 눈을 번쩍 뜨게 했다. 휙 둘러보았지만 집 안은 여전히 텅 비어 있었다. 그런데 우연히 땅을 보자 지치고 마른 데다 온몸에 흙을 뒤집어쓴 채 거의 죽어가는 조그만 동물 하나가 서성이고 있었다…….

눈여겨 들여다보고는 내 심장이 일순간 멈추었고, 그런 뒤 요동치기 시작했다.

아수이였다. 아수이가 돌아온 것이다.

내가 지자오후퉁을 떠난 것은 집주인네와 그 집 가정부의 차가운 눈초리 때문만은 아니었다. 더 큰 이유는 아수이 때문이었다. 하지만 "어디로 갈 것인가?" 새로운 삶의 길은 물론 많았다. 나도 대강 알고 있었다. 간혹 어렴풋이 보이기도 했고, 내 바로 앞에 있다고 생각되기도 했다. 하지만 나는 아직 그곳으로 가는 첫걸음을 내딛는 방법을 모르고 있었다.

거듭 생각하고 비교를 한 끝에 그래도 나를 받아줄 만한 곳은 회관뿐이었다. 그때의 낡은 방, 그때의 나무 침대, 그때의 반은 고사한 회화나무와 등나무도 여전했다. 하지만 그때 내게 희망을 주고, 기쁘게 하고, 사랑하게 하고, 살게 했던 것들은 모두 사라지고 없었다. 그저 공허뿐이었다. 내가 진실과 바꾼 공허뿐이었다.

새로운 삶의 길은 많다. 나는 반드시 그곳으로 가야 한다. 나는 아직 살아 있기 때문이다. 하지만 나는 아직 모른다. 어떻게 그곳으로 첫발을 내디뎌야 할지를. 잿빛 긴 뱀 같은 삶의 길이 스스로 내게 꿈틀거리며 다가오는 것 같기도 했다. 나는 기다리고 기다렸다. 가까이 다가온 게 보였지만 한순간 어둠 속으로 사라져버렸다.

초봄의 밤은 아직 길었다. 오랫동안 혼자 앉아 있다가 오전에 거리에서 보았던 장례식 생각이 났다. 앞에서는 종이로 사람 모양과 말 모양을 만들어서 뿌리고 뒤에서는 노래를 부르듯이 곡을 했다. 나는 이제야 그 사람들이 총명하다는 것을 알았다. 그것은 참으로 편하고 간단한 일이었다.

그런데 쯔쥔의 장례식이 눈에 보였다. 혼자서 공허의 무거운 짐을 지고 잿빛 기나긴 길을 걸었고, 주위의 위엄과 차가운 눈초리 속에서 이내 사라져버렸다.

나는 혼이라는 게 정말 있었으면 싶었고, 지옥이라는 게 정말 있었으면 싶었다. 그럼 아무리 거친 바람과 성난 외침 속에서도 나는 쯔쥔을 찾아갈 것이고, 만나서 나의 후회와 슬픔을 말하고 그녀에게 용서를 빌 것이다. 그러지 않으면 지옥의 사나운 불길이 나를 에워싸고 내 후회와 슬픔을 사납게 태우도록 할 것이다.

나는 거친 바람과 사나운 불길 속에서 쯔쥔을 끌어안고 그녀에게 용서를 빌 것이다. 아니면 그녀를 즐겁게 해주거나…….

하지만 그것은 새로운 삶의 길보다 공허하다. 지금은 온통 초봄의 밤뿐이고, 게다가 저토록 길다. 나는 살아 있다. 나는 새로운 삶의 길을 향해 나아가야 한다. 그 첫걸음으로 그저 이렇게 나의 후회와 슬픔을 적는다. 쯔쥔을 위해, 나를 위해.

나는 그저 노래 부르듯이 곡을 하며 쯔쥔을 장송(葬送)하고 망각 속에 묻는다.

나는 잊을 것이다. 나는 자신을 위해 망각으로 쯔쥔을 장송한 것마저 다시는 생각하지 않을 것이다.

나는 새로운 삶의 길을 향해 첫걸음을 내디딜 것이다. 나는 진실을 깊이깊이 마음속 상처에 숨긴 채 묵묵히 앞으로 나아갈 것이고, 망각과 거짓을 내 길의 길잡이로 삼을 것이다…….

〈애도(傷逝)〉, 《방황(彷徨)》

12

근대의 어둠을 돌파하라

외부 압력이 (나의 사상과 행동에) 가해진다면 그것이 군주에게서 나왔든지 대중에게서 나왔든지 관계없이 다 독재다. 국가가 내게 국민의 의지와 함께해야 한다고 말하면 이 또한 하나의 독재다.

〈문화 편향 발전론(文化偏至論)〉, 《무덤(墳)》

우리가 사는 지금 시대는 근대에서 기원했다. 근대는 빛으로 충만한 시대만은 아니었다. 어둠도 있었다. 하지만 우리는 근대의 빛은 보고 어둠은 외면한다. 근대를 운명처럼 생각하기도 한다. 긴 인류의 문명사에서 근대도 그저 한 시대, 한 문명일 뿐인데도 말이다! 근대를 어떻게 이해해야 할까? 루쉰은 모든 문명은 편향을 지니고 있다고 본다. 완전한 문명이란 없다는 것이다. 근대문명 역시 편향을 지닌 문명이다. 루쉰은 근대문명이 지닌 편향으로 물질주의와 다수주의를 꼽는다. 이런 편향을 바로잡기 위해 정신의 가치를 강조하고, 다수에 휩쓸리지 않는 자기됨, 나다움을 지니라고 힘주어 말한다. 근대는 수의 많고 적음으로 진리를 결정하는 위험성이 있다면서 늘 다수주의를 경계하라고 요청한다.

자기됨

오늘날 소중하고 기대하는 바는 대중의 요란한 여론에 동조하지 않고 홀로 자신의 견해를 지닌 지식인이다. 그는 조용히 깊이 은폐된 것을 통찰하고 문명을 비판한다. 미혹된 무리와 그 시비를 함께하지 않으며 그저 자신이 믿는 바를 향해 나아간다. 온 세상이 그를 칭찬하여도 그것에 즐거워하지 않고, 온 세상이 그를 비난하여도 좌절하지 않는다. 자기를 따르는 자가 있으면 오게 한다. 자기를 비웃고 욕하며 고립시키더라도 두려워하지 않는다. 그러한 인물이 있게 되면 하늘의 태양 빛으로 어둠을 밝히는 것과 같아서 사람들의 마음에 밝은 빛을 비추고, 사람들은 각자 자기됨을 가지게 되어 세상 풍파에 휩쓸리지 않게 되며, 그리하여 중국은 바로 서게 될 것이다.

〈악의 소리를 타파하라(破惡聲論)〉,
《집외집습유보편(集外集拾遺補編)》

물질과 다수를 배격하라

물질이라는 것과 다수라는 것이 19세기 말 문명의 일면이지만 지금 나는 타당하다고 생각하지 않는다. 대개 오늘날의 업적은 이전 사람이 남긴 것을 계승하지 않는 것이 하나도 없고, 문명은 시대에 따라 변하고 아울러 이전 시대 대조류에 저항하는 것이기도 해서 문명 역시 편향을 지닐 수밖에 없다. 현재를 위해서 계획을 세우려면 지난 일을 고려하고 미래를 예측하여 물질을 배척하며 정신을 드높이고 개인에게 맡기고 다수를 배격해야 한다.

〈문화 편향 발전론(文化偏至論)〉, 《무덤(墳)》

국민과 세계인

오늘날 사람들이 주장하는 것을 살펴보고 이름을 붙여 분류해보면 크게 두 가지로 나눌 수 있다. 하나는 '당신은 국민입니다'이고, 다른 하나는 '당신은 세계인입니다'이다. 전자는 그렇게 하지 않으면 중국이 망하게 된다고 두려워하고, 후자는 그렇게 하지 않으면 문명에 위배된다고 두려워한다. 이 말의 진정한 뜻을 살펴보건대, 비록 일관된 주장은 없지만 모두 인간의 자아를 압살하고 획일화하여 다른 것을 허용하지 않으며 대중 속에 매몰시키려는 것이다. 이는 마치 검은색으로 온갖 색깔을 덮어버리는 것과 같다. 만약 거기에 따르지 않으면 대중의 이름으로 채찍질을 해대고 공격을 가하며 핍박하고 함께 달리도록 강요한다.

옛날에는 적에게 내몰리면 대중에게 호소하여 도움을 구했고, 폭군에게 괴롭힘을 당하면 대중에게 호소하여 폭군을 몰아냈다. 그런데 지금은 대중에게 지배를 당하고 있으니, 누구에게 동정을 구할 것인가? 민중 가운데 독재자가 나온 것은 오늘날에 시작되었다. 예전에는 한 사람이 다수를 지배했고, 그래서 다수가 간혹 반기를 들기도 했다. 오늘날은 다수가 한 사람을 학대하고, 거기에 대한 저항을 허락하지 않고 있다. 다수가 자유를 떠들지만, 자유는 더할 수 없이 쇠약해지고 공허해졌다. 사람들이 자아를 상실하고 있으니 누가 그것을 불러일으킬 것인가? 시끄러운 소리만 바야흐로 창궐하고 있으니 일찍이 없던 일이다. 두 가지 주장이 상반되어 보이기는 하지만 개성을 말살한다는 점에서는 대동소이하다.

〈악의 소리를 타파하라(破惡聲論)〉,
《집외집습유보편(集外集拾遺補編)》

13

고독 없이는 문학도 없다
—루쉰은 누구인가

사람들 손가락질에는 눈을 흘겨 쏘아보고, 고개 숙여 기꺼이 아이들을 태우는 소가 되리라.

〈자조(自嘲)〉, 《집외집(集外集)》

동아시아에서만 나올 수 있는 인물, 동아시아에서 나온 유일한 인물, 그 사람이 루쉰이다. 그래서 시인 김광균은 루쉰을 이렇게 노래했다.

> 노신(魯迅)이여
> 이런 밤이면 그대가 생각난다.
> 온 세계가 눈물에 젖어 있는 밤
> 상해(上海) 호마로(胡馬路) 어느 뒷골목에서
> 쓸쓸히 앉아 지키던 등불
> 등불이 내게 속삭어린다
> 여기 하나의 상심(傷心)한 사람이 있다
> 여기 하나의 굳세게 살아온 인생이 있다.

〈노신〉, 《황혼가》

생의 기로에서 청년들에게

나도 지금 기로, 혹은 좀 더 희망적으로 말하면 네거리에 서 있습니다. 기로에 서 있으면 발을 내딛기가 어렵지만, 네거리에 서 있으면 갈 수 있는 길이 여럿입니다. 나는 아무것도 두렵지 않습니다. 생명은 나의 것이고, 내가 갈 수 있다고 여기는 길로 스스럼없이 나아가도 무방합니다. 앞에 깊은 연못이 있든, 가시덤불이 있든, 계곡이 있든, 불구덩이가 있든 나의 책임입니다. 하지만 청년들을 대상으로 말할 때는 다릅니다. 눈먼 사람이 눈먼 말을 탄 것처럼 남을 위험한 길로 끌어들이게 되면 나는 많은 인명을 죽음으로 내모는 죄를 짓게 될 것입니다.

그래서 나는 청년들에게 내가 걷는 길을 함께 가자고 권하고 싶지 않습니다. 우리는 나이나 처한 상황이 다르기에 사상의 도달점도 다릅니다. 하지만 나더러 청년들이 어떤 목표를 향하여 나아가야 하는가에 대해 꼭 대답하라고 한다면 나는 어쩔 수 없이 남을 위해 생각해둔 말, 즉 첫째는 생존해야 하고, 둘째는 입고 먹어야 하며, 셋째는 발전해야 한다고 말하겠습니다. 이 세 가지를 가로막는 자가 있다면 그가 누구이든 우리는 반항하고 박멸시켜야 합니다.

〈베이징 통신(北京通信)〉, 《화개집(華蓋集)》

내 붓이 날카로운 이유

나도 안다. 중국에서 나의 붓이 비교적 날카롭고 말도 인정사정 보지 않는다는 것을. 하지만 나는 역시 알고 있다. 사람들이 어떻게 공리니 정의니 하는 미명으로, 성인군자란 간판으로, 점잖고 성실한 체하는 가면으로, 유언비어와 여론이란 무기로, 구렁이 담 넘어가는 식의 글로 사리사욕을 채우면서 칼도 없고 붓도 없는 약자들을 숨도 못 쉬게 하는지를. 내게 이 붓이 없었다면 수모를 받고도 어디 가서 하소연할 길조차 없는 사람들 가운데 하나가 되었을 것이다. 나는 깨어났다. 그러기에 늘 이 붓을 들어 기린의 피부 속에 감추어진 마각을 드러내고 있다.

〈나는 아직 '그만둘' 수 없다(我還不能"帶住")〉,
《화개집속편(華蓋集續編)》

무덤에 이르는 길을 찾아

남에게 길을 인도해준다는 것은 더욱 어려운 일이다. 나 자신도 어떤 길을 가야 할지 모르기 때문이다. 중국에는 대개 청년들의 '선배'와 '스승'이 많다. 하지만 나는 그런 사람이 못 되고, 선배나 스승이란 사람들을 믿지도 않는다. 나는 다만 길에는 하나의 종점이 있고, 그것이 무덤이라는 것은 분명히 알고 있다. 그렇지만 이것은 누구나 다 알고 있는 것이어서 누가 가르쳐줄 필요도 없다.

문제는 거기까지 가는 길이다. 그 길은 당연히 한 갈래만이 아니다. 그러나 나는 어느 길이 좋은지는 정말 모른다. 오늘날까지도 여전히 그 길을 찾고 있기는 하지만. 길을 찾는 중에 나의 설익은 열매가 나의 과일을 편애하는 사람들을 독살하고, 나를 증오하는 이른바 성인군자들의 힘을 북돋울까 우려한다.

〈《무덤》 뒤에 쓰다(寫在《墳》後面)〉, 《무덤(墳)》

나는 남보다 나를 더 무정하게 해부한다

내 글을 편애하는 독자들은 가끔 내 글이 진실을 말한다고 평한다. 이런 과찬은 그들이 내 글을 편애하기에 나온 것이다. 나는 물론 남을 속일 생각은 그리 없지만, 마음속의 말을 다 한 적은 없고 대충 되었다 싶으면 거기서 끝을 맺는다.

나는 확실히 남을 해부하기보다 나 자신을 더 무정하게 해부하는 경우가 많았고, 글을 발표하자마자 따뜻함을 좋아하는 사람들은 벌써 냉혹하다고 여겼다. 그 정도이니 나의 피와 살을 전부 다 털어놓았다면 말로가 어떻게 되었을지 모를 일이다.

나는 한번은 그렇게 해서 내 주위 사람들을 내쫓을까 하는 생각도 했다. 그러고도 나를 버리지 않는다면 그것이 올빼미, 뱀, 요괴라도 나의 벗, 내 진정한 벗일 것이다. 그런 것조차 없어도 나 혼자라도 괜찮다고 생각한 것이다. 하지만 지금은 아니다. 나는 지금 그렇게 용감하지 못하다. 나는 아직 이 사회 속에서 살고 싶기 때문이다.

한 가지 더 작은 이유가 있는데, 예전에 누차 밝혔듯이, 이른바 성인군자란 무리를 기어이 며칠이라도 더 불편하게 만들어야 하겠기에 나는 몇 조각 남은 철갑옷을 몸에 걸치고, 서서, 그들의 세계에 더 많은 누를 끼치려 한다. 나 자신이 싫증 나서 철갑옷을 벗어 버릴 때까지.

〈《무덤》 뒤에 쓰다(寫在《墳》後面)〉, 《무덤(墳)》

나는 왜 문학을 시작했는가

'문학혁명'에 대한 직접적인 열정이 아니라면 왜 글을 쓰기 시작했을까? 생각해보면 아무래도 정열가들에 대한 공감이 주된 동기였던 것 같다. 이 전사들은 적막 속에 있지만, 생각이 틀린 것은 아니기에 몇 마디 소리를 질러 도움을 주고 싶었다. 처음에는 그뿐이었다. 물론 거기에는 낡은 사회에 만연한 병의 뿌리를 폭로하여 치료 방법을 강구하도록 관심을 촉구하려는 희망도 섞여 있었다고 해야 할 것이다.

그런데 그런 희망을 이루려면 선구자들과 보조를 맞출 필요가 있었다. 그래서 나는 암흑을 좀 덜어내고, 웃는 모습을 좀 더하여 작품이 다소나마 밝은 빛을 지니도록 했다. 이것이 후에 《외침》이란 소설집으로 묶였고, 모두 14편이었다.

이것들을 '명령을 따르는 문학'이라고도 할 수 있을 것이다. 하지만 내가 따른 것은 당시 혁명 선구자들의 명령이었고, 나 스스로 따르기를 원한 명령이었다. 황제의 지시나 돈이나 진짜 지휘도 때문이 아니었다.

〈《자선집》 서문(《自選集》自序)〉, 《남강북조집(南腔北調集)》

유언

1. 장례식을 위해 누구에게도 한 푼도 받지 말 것. 단, 친구들은 여기서 예외다.
2. 즉시 입관하여 묻어버릴 것.
3. 어떤 기념행사도 하지 말 것.
4. 나를 잊고 자기 생활을 돌볼 것-그러지 않으면 정말 어리석다.
5. 아이들은 커서 재능이 없으면 조그만 일을 하며 살아가게 하라. 절대로 실속 없는 문학가나 미술가가 되지 말게 하라.
6. 남이 주겠다고 약속한 것을 믿지 마라.
7. 남의 이와 눈을 망가뜨리고도 보복에 반대한다면서 관용을 주장하는 사람과는 절대 가까이하지 마라.

이 밖에도 더 있지만 잊어버렸다. 열이 몹시 심할 때, 유럽 사람들은 임종 시에 의식을 치러 다른 사람들이 자기를 너그럽게 용서해주길 바라고 자기도 다른 사람들을 너그럽게 용서한다는 생각이 떠올랐다. 나는 원한을 산 사람들이 많은데, 신식 인물들이 내게 물으면 어떻게 대답할까? 나는 생각해본 뒤 이렇게 결심했다. 그들이 나를 증오하도록 내버려두어라. 나 역시 하나도 용서하지 않겠다.

하지만 의식 같은 것도 치르지 않았고, 유언도 쓰지 않았다. 그저 묵묵히 누워 있었다. 간혹 절박한 여러 생각이 떠올랐다. 원래 죽는다는 것이 이렇다면 그리 고통스럽지 않다. 하지만 숨이 다하는 그 순간은 이렇지 않을 것이다. 평생에 한 번밖에 없는 일이니까 그래도 견딜 수 있을 것이다.

〈죽음(死)〉, 《차개정잡문말편(且介亭雜文末編)》

철의 방에서 외치다

나도 젊었을 때는 꿈이 많았다. 후에 대부분은 잊어먹었지만, 그렇다고 그걸 안타깝게 생각하지는 않는다. 추억은 사람을 즐겁게도 하지만, 때로는 쓸쓸하게도 한다. 마음속 실 한 올을 지나가 버린 쓸쓸한 시간에 매어둔들 무슨 의미가 있겠는가. 나는 오히려 그것들을 완전히 잊어버리지 못한 데서 고통을 느낀다. 그런 완전히 잊히지 않은 일부로 인해 여기《외침》이란 소설집을 엮게 되었다.

나는 4년 남짓한 동안 자주, 아니 거의 매일 전당포와 약방을 드나들었다. 몇 살 때인지는 잊었지만, 아무튼 약방 계산대가 내 키만큼 높았고, 전당포의 계산대는 내 키의 갑절이나 되었다. 나는 내 키의 갑절이나 되는 계산대에 옷이며 장신구 따위를 올려놓고, 전당포 주인의 경멸 어린 눈초리를 받으며 돈을 건네받고는, 다시 내 키만큼 높은 한약방 계산대로 가서 오랜 병을 앓고 계신 아버지를 위해 약을 지었다. 집으로 돌아오면 또 다른 일로 바빴다. 약을 처방한 의원은 아주 유명한 사람이었는데, 그래서 그런지 처방에 소용되는 보조약도 아주 기이한 것들이 많았기 때문이다. 이를테면, 한겨울의 갈대 뿌리라든가, 3년간 서리 맞은 사탕수수라든가, 교미 중인 귀뚜라미, 열매 맺힌 평지목(平地木) 등등 모두 쉽게 구할 수 없는 물건들이었다. 그런데도 아버지의 병은 날로 더하기만 했고, 끝내는 돌아가시고 말았다.

나는, 넉넉한 집안에서 살던 사람이 갑자기 가난에 떨어졌을 때 그 추락의 과정에서 세상 사람들의 참모습을 볼 수 있다고 생각한다. 내가 N시로 가서 K학당에 입학하려 한 것은 아마 다른 길, 다른 곳으로 가서 다른 사람들과 사귀고 싶다는 생각 때문이었던 것 같다. 어머니는 하는 수 없이 8위안의 여비를 마련해주시며, 네 맘대로 하라고 하셨다. 그러면서 어머니는 우셨다. 어머니로서는 당연했다. 그 당시의 사회 통념으로는 경서(經書)를 배워서 과거를 치르는 것이 정도(正道)였고, 양학(洋學)을 배운다는 것은 궁지로 몰린 사람이 서양 오랑캐에게 영혼을 팔아넘기는 짓이라고 사람들에게 손가락질을 당해야 했기 때문이다. 어머니로서는 당신 자식을 볼 수 없다는 슬픔도 물론 있었을 것이다. 그러나 나는 그런 것들에 구애받지 않고, 결국 N시로 가서 K학당에 입학했다. 이 학당에서 나는 비로소 세상에는 이른바 물리라든가 수학, 지리, 역사, 미술, 체육 같은 것이 있다는 것을 알았다. 생리학은 별로 배우지 못했지만, 목판본인 《전신체신론(全身體新論)》이니 《화학위생론(化學衛生論)》이니 하는 것들을 볼 수 있었다. 나는 그때까지 내가 기억하고 있던 옛날 의원들의 이론이나 처방을 새로운 지식과 비교해보고는, 한방의술이 의식적이건 무의식적이건 결국은 속임수에 불과하다는 것을 점차 깨닫게 되었다. 동시에 한의사들에게 속은 환자와 환자의 가족들에게 동정을 느끼지 않을 수 없었다. 아울러 일본사 번역본을 통하여 일본의 유신은 대부분 서양의학에서 발단되었다는 사실도 알게 되었다.

이런 유치한 지식 덕분에, 나는 일본의 어느 시골 의학전문학교에 적을 두게 되었다. 나는 꿈에 부풀어 있었다. 졸업을 하고 귀국하면 아버지처럼 잘못된 치료를 받는 환자의 고통을 덜어주리라. 전쟁이 일어나면 군의가 되고, 한편으로는 국민들에게 유신의 신앙을 촉진하리라, 이런 꿈들로 부풀어 있었다. 미생물학을 가르치는 방법이 지금은 얼마나 진보했는지 모르겠으나, 그 당시에는 슬라이드를 사용하여 미생물의 형태를 비추어 보여주었다. 그런데 가끔 강의를 다하고도 시간이 남으면 교수님은 학생들에게 풍경이나 시사에 관련된 슬라이드를 보여주며 시간을 때우곤 했다. 그때가 마침 러일전쟁이 한창이던 무렵이라, 자연히 전쟁에 관한 슬라이드가 비교적 많았다. 나도 강당에서 슬라이드를 보며, 항상 동료들의 박수갈채에 장단을 맞추어야 했다. 그런데 한번은 마침 화면에서 오래전에 헤어진 많은 중국인을 보게 되었다. 가운데에 한 사람이 묶여 있고, 주위에는 많은 사람이 둘러서 있는 장면이었다. 모두 건장한 체격이긴 했지만, 넋이 빠진 듯 멍한 표정들이었다. 해설에 따르면, 묶여 있는 중국 사람은 러시아 스파이로 일본군의 기밀을 정탐했기 때문에 본때를 보이려고 목을 자르려 한다는 것이었다. 주위를 에워싼 사람들은 본보기가 될 이 일을 감상하려고 나온 구경꾼들이라고 했다.

그해 공부가 채 끝나기도 전에 나는 도쿄로 나와버렸다. 그 슬라이드를 본 뒤로는 의학이 중요하게 여겨지지 않았기 때문이다. 무릇 어리석고 약한 국민은 체격이 제아무리 건장하고 튼튼해도 하잘것없는 본보기의 재료나 구경꾼이 될 뿐이다. 병으로 죽어가는 사람이 아무리 많다 해도, 그런 일은 불행이라고 할 수도 없다. 그러므로 우리가 첫째로 해야 할 일은 그들의 정신을 개혁하는 것이다. 정신을 개혁하는 데 가장 좋은 것은 문학과 예술이다, 이런 생각이 들었고, 그래서 문예운동을 제창하리라고 작정했다. 도쿄 유학생들은 대부분이 법학이나 정치, 물리, 화학, 경찰학, 공업을 공부하는 사람들이었고, 문학이나 미술을 공부하는 사람은 없었다. 그러나 그런 냉담한 분위기 속에서도 나는 다행히 몇몇 동지를 찾을 수 있었다. 몇 명의 동지를 모아 의논한 결과, 무엇보다 잡지를 내야 한다는 것으로 집약되었다. 우리는 잡지 이름은 '새로운 생명'이란 의미를 달기로 하고, 당시의 복고적인 경향에 맞추어 《신생(新生)》이라 정했다.

《신생》의 출판 날짜가 다가왔는데, 맨 먼저 원고를 담당한 몇 사람이 자취를 감추더니, 뒤이어 자본을 댈 사람마저 도망가 버렸고, 결국 일전 한 푼 없는 세 사람만 남게 되었다. 애초에 시작할 때부터 이미 세태에 맞지 않는 일이었기에 실패했을 때도 물론 할 말이 없었다. 게다가 뒤에 남은 세 사람도 서로 자신의 운명에 쫓겨 한자리에 모여 장래의 꿈에 대해 기탄없이 이야기를 나눌 기회조차 없었다. 이것이 우리가 탄생시키지 못한 《신생》의 결말이다.

내가 일찍이 겪어보지 못한 무료함을 느끼게 된 것은 그 일이 있고 나서다. 그 당시에는 까닭을 몰랐다. 뒤에 이런 생각이 들었다. 한 사람의 주장이 남의 찬성을 얻으면 전진하는 데 힘을 얻고, 반대를 받으면 분발이 촉진된다. 그러나 낯선 사람들 속에서 홀로 외쳤는데 아무 반응이 없으면, 즉 찬성도 반대도 없으면 마치 끝없는 벌판에 홀로 버려진 듯 어찌해야 좋을지 모르게 된다. 이 얼마나 큰 비애인가! 그 당시 내가 느낀 것은 적막이었다.

그 적막감은 하루하루 자라났고, 독사처럼 내 영혼을 감아왔다.

나는 끝없는 비애 속에 빠져 있었지만, 결코 이로 인해 분노하지는 않았다. 그 경험이 나를 반성하게 하고, 나 자신을 돌아보도록 했기 때문이다. 나는, 내가 한 손을 높이 쳐들고 외치면 이에 호응하여 사람들이 구름처럼 몰려드는 그런 영웅은 결코 아니라는 점을 깨달았던 것이다.

하지만 나 자신의 적막감만은 떨쳐내지 않으면 안 되었다. 그것은 내게 너무나 큰 고통이었기 때문이다. 나는 여러 가지 방법을 동원하여 나의 영혼을 마취시키고, 나를 국민들 속에 몰입시켜 고대(古代)로 돌아가려고 했다. 그 뒤에도 더욱 적막하고 비애에 젖는 일을 몇 차례 경험하고 구경도 했지만, 모두 돌이켜 생각하기조차 싫었고, 그것들과 나의 머리를 한꺼번에 진흙 속에라도 파묻고 싶은 심정이었다. 하지만 나의 마취법이 효과가 있었는지, 청년 시절의 비분강개하던 생각은 다시 일어나지 않았다.

S회관에는 세 칸짜리 방이 하나 있었다. 마당에 있는 홰나무에는 전에 한 여자가 목을 매달아 죽었다는 얘기가 전해 내려오고 있었

다. 지금 그 홰나무는 사람이 올라갈 수 없을 만큼 높이 자라 있지만, 그 방에는 아직도 사람이 살지 않는다. 몇 년 동안, 나는 방에 틀어박혀 옛날 비문(碑文)을 베끼고 있었다. 손님도 별로 없었고, 옛 비문 속에서 무슨 '문제'나 '주의(主義)'를 만나는 일도 없었다. 그러면서 나의 생명은 점점 깜깜한 어둠 속으로 사라져가고 있었다. 그것이 또한 나의 유일한 바람이기도 했다. 여름밤, 모기가 극성이었다. 부채질을 하며 홰나무 아래 앉아 무성한 잎 사이로 반짝이는 푸른 하늘을 쳐다보노라면, 늦게 나온 홰나무 벌레가 섬뜩하게 목에 떨어지기도 했다.

그때 가끔 놀러와서 이야기를 나누곤 한 사람은, 옛 친구인 진신이(金心異)였다. 그는 커다란 가죽 가방을 낡은 책상 위에 놓고 웃옷을 벗어던지고는 마주 앉았다. 개를 무서워했기에 그때까지도 가슴이 두근거리는 모양이었다.

"자네 이런 건 베껴서 뭐 하려고 그러나?"

어느 날 밤, 그는 내가 베낀 옛 비문의 초본을 펼쳐 보며 궁금한 듯이 물었다.

"아무 소용도 없지."

"그럼 뭐 하러 베끼나?"

"아무 이유도 없어."

"내 생각엔 말이야, 자네가 글을 좀 써보는 게 어떨까 싶어……."

나는 그의 뜻을 알 수 있었다. 그들은《신청년》이란 잡지를 만들고 있었다. 그러나 그 당시엔 특별히 찬성하는 사람도, 그렇다고 반대하는 사람도 없는 것 같았다. 필시 그들도 적막감을 느끼고 있었을 것이다. 하지만 나는 이렇게 말했다.

"가령 말일세, 창문도 없고 절대 부술 수도 없는 철(鐵)로 된 방이 하나 있다고 하세. 그 안에는 많은 사람이 깊이 잠들어 있네. 머잖아 모두 숨이 막혀 죽겠지. 그러나 잠든 상태에서 죽어가니까 죽음의 비애는 느끼지 않을 걸세. 지금 자네가 큰 소리를 질러 비교적 깨어 있는 몇 사람을 일으켜, 그 불행한 몇 사람이 구제할 길 없는 임종의 고통을 겪게 된다면 도리어 그들에게 미안한 일 아닐까?"

"그러나 몇 사람이라도 일어난다면, 그 철로 된 방을 부술 희망이 전혀 없다고 할 수는 없지 않은가?"

그렇다. 나는 나름의 확신을 지니기는 했지만, 그렇다고 희망이라는 것을 말살시킬 수는 없는 노릇이었다. 희망이란 미래에 속하는 것이기에, 반드시 없다는 내 주장으로 있을 수 있다는 그의 주장을 꺾을 수는 없었기 때문이다. 그래서 나는 마침내 그에게 쓰겠다고 응답했다. 이것이 처녀작인 〈광인일기〉다. 그때부터 이왕 발을 내디딘 이상 되돌릴 수도 없고 하여, 친구들의 부탁이 있을 때마다 소설 비슷한 글을 썼고, 그렇게 쌓인 것이 10여 편에 이르렀다.

나는 스스로를 이미 절박한 상태에 이르렀는데 아무 말도 하지 않는 사람은 아니라고 생각한다. 그러나 내가 가진 적막한 비애를 그때까지도 채 씻어버리지 못했기 때문에, 간혹 어쩔 수 없이 몇 마디 외치지 않을 수 없었는지도 모르겠다. 그리하여 나는 적막 속에서 돌진하는 용사들에게 다소간의 위로를 주고, 그들이 흔쾌히 선구자로 떨쳐나가게 한 점에서 다소나마 위안을 얻기도 했다.

나의 외침이 용맹스러운 것인지, 슬픈 것인지, 증오스런 것인지, 가소로운 것인지 돌아볼 겨를이 없다. 그러나 외침인 이상, 당연히 지휘관의 명령을 들어야 했기에, 가끔 내 '곡필(曲筆)'을 들어 〈약(藥)〉에서는 위얼(瑜兒)의 무덤에 꽃다발을 놓았고, 〈내일(明天)〉에서는 산쓰(單四) 아주머니가 아들을 만나는 꿈을 꾸도록 했던 것이다. 그 당시에 지휘관이 소극적인 것을 싫어한 때문이기도 했지만, 내가 겪기에 고통스러웠던 적막감을, 내 젊은 시절과 같이 꿈에 부풀어 있는 젊은이들에게 다시 전염시키고 싶지 않았기 때문이다.

이렇게 이야기하고 보면, 나의 소설이 예술과는 거리가 멀다는 것을 짐작할 수 있을 것이다. 그러나 오늘날 여전히 소설이라는 이름으로 불리고 있고, 게다가 한 권의 책으로 낼 기회까지 얻고 보니 어쨌든 운이 참 좋은 셈이다. 운이 좋았다는 점이 나를 불안하게 하지만, 잠시 동안이라도 사람들 사이에 읽어줄 이가 있다는 걸 생각하면 여전히 기쁠 따름이다.

그래서 나는 단편들을 모아 인쇄에 부치고, 앞에서 말한 연유로 '외침'이라는 제목을 붙이기로 했다.

1922년 12월 3일 베이징에서, 루쉰

〈서문(自序)〉, 《외침(吶喊)》

루쉰 연보

1881년(1세) 9월 25일 중국 저장성(浙江省) 사오싱(紹興)에서 사대부 집안의 장남으로 태어나다. 본명은 저우수런(周樹人)으로, 어렸을 때 이름은 저우장서우(周樟壽). 관료를 배출한 집안이었으므로 어렸을 때부터 경서를 배우다.

1893년(13세) 청의 관료였던 할아버지가 뇌물 사건으로 투옥되다. 이즈음 아버지가 병이 심해지다.

1896년(16세) 아버지가 37세에 세상을 떠나다.

1898년(18세) 5월에 난징(南京)에 있는 강남수사학당(江南水師學堂)에 입학하다.

1899년(19세) 1월에 광무철로학당(鑛務鐵路學堂)에 입학하다. 이 무렵부터 서양 사조를 소개하는 서적을 읽다.

1902년(22세) 국비유학생에 선발되어 도쿄에 가다. 일본어를 익히며 진로를 탐색하였고, 일본어 공부를 마친 뒤에는 의학을 배우기로 결심하다.

1903년(23세) 변발을 자르다. 7월에 친구의 권유로 유학생 잡지에 번안소설 〈스파르타의 혼(巴達之魂)〉과 쥘 베른의 《달나라 탐험》, 《지구 속 여행》 일역본을 번역·발표하다.

1904년(24세) 9월에 센다이의학전문학교에 입학하다.

1906년(26세) 1월에 러일전쟁 중 스파이 혐의로 처형당하는 동포와 이를 구경하는 중국인 군중이 담긴 슬라이드를 보고 큰 충격을 받다. 3월에 센다이의학전문학교를 자퇴하다. 7월에 어머니가 위독하다는 전보를 받고 잠시 귀향, 정혼자 주안과 결혼하다.

1907년(27세) 친구들과 함께 잡지 《신생》 창간을 시도하다.

1909년(29세) 동생 저우쭤런과 함께 《외국소설집(域外小說集)》 1권과 2권을 출간하다. 8월에 중국으로 돌아와 사오싱과 항저우(杭州)에서 교편을 잡다.

1911년(31세) 10월에 신해혁명이 일어나다. 사범학당 교장을 맡다.

1912년(32세) 1월에 중화민국이 수립되고, 2월에 난징 임시정부의 교육부 관료가 되다. 5월에 정부 청사가 베이징(北京)으로 이동함에 따라 거처를 베이징으로 옮기다.

1918년(38세) 5월에 중국 최초의 근대소설 〈광인일기(狂人日記)〉를 잡지 《신청년》에 발표하다. 이때부터 '루쉰(魯迅)'이라는 필명을 사용하다.

1919년(39세) 4월에 소설 〈쿵이지(孔乙己)〉를, 5월에 〈약(藥)〉을 《신청년》에 발표하다. 5·4 운동이 일어나다. 11월에 베이징에 집을 구입하고 온 가족이 함께 살다.

1920년(40세) 니체의 《차라투스트라는 이렇게 말했다》의 일역본 서문을 번역 · 출간하다. 소설 〈내일(明天)〉, 〈작은 사건(一件小事)〉, 〈머리털 이야기(頭髮的事件)〉, 〈풍파(風波)〉를 발표하다. 베이징대학 등지에서 강의하다.

1921년(41세) 5월에 소설 〈고향(故鄉)〉을 《신청년》에 발표하다. 12월에 〈아Q정전(阿Q正傳)〉을 《신보부간》에 연재하다.

1922년(42세) 2월에 〈아Q정전〉 연재를 마치다. 10월에 소설 〈토끼와 고양이(兎和猫)〉와 〈오리의 희극(鴨的喜劇)〉을 발표하다.

1923년(43세) 7월에 동생 저우쭤런과 불화하면서 아내를 데리고 분가하다. 8월에 〈광인일기〉, 〈아Q정전〉, 〈쿵이지〉, 〈약〉, 〈고향〉 등 대표적인 작품을 엮은 첫 소설집 《외침(吶喊)》을 출간하다. 12월에 《중국소설사략(中國小說史略)》 상권을 출간하다. 베이징여자고등사범학교 등지에서 강의하다.

1924년(44세) 〈복을 비는 제사(祝福)〉, 〈술집에서(在酒樓上)〉, 〈행복한 가정(幸福的家庭)〉, 〈비누(肥皂)〉 등 단편을 발표하다. 5월에 베이징 시산티아오(西三條)로 이사하여 어머니, 아내와 거주하다. 6월에 《중국소설사략》 하권을 출간하다.

1925년(45세) 〈장명등(長明燈)〉, 〈조리 돌리기(示衆)〉, 〈형제(兄弟)〉, 〈이혼(離婚)〉 등 단편을 연이어 발표하다. 첫 산문집 《열풍(熱風)》을 출간하다. 베이징여자고등사범학교 학생이던 쉬광핑과 교류하다.

1926년(46세) 1월에 〈'페어플레이'는 아직 이르다(論"費厄潑賴"應該緩行)〉를 발표하다. 군벌 정부가 반정부 집회를 잔혹하게 탄압한 3·18 참사가 일어나다. 반정부 지식인 수배령이 내려지자 8월에 베이징을 떠나다. 9월에 샤먼(廈門)에 도착, 샤먼대학 교수로 일하다. 산문집 《화개집(華蓋集)》과 소설집 《방황(彷徨)》을 출간하다.

1927년(47세) 샤먼을 떠나 광저우(廣州)에 있는 중산대학에서 일하지만 국민당의 4·12 쿠데타에 항의해 사임하다. 10월, 상하이(上海)에 도착해 쉬광핑과 동거하다. 산문집《무덤(墳)》과《아침 꽃을 저녁에 줍다(朝花夕拾)》, 산문시집《들풀(野草)》을 출간하다.

1928년(48세) 상하이에서 '혁명문학 논쟁'이 벌어지다. 산문집《이이집(而已集)》을 출간하다.

1929년(49세) 9월에 아들 저우하이잉(周海嬰)이 태어나다. 러시아의 문예이론가 아나톨리 루나차르스키의《예술론》일역본을 4월에,《문예비평론》일역본을 10월에 번역하다. 비평 번역집《벽하역총(壁下譯叢)》을 출간하다.

1930년(50세) 2월, 중국자유운동대동맹에 발기인으로 참여하다. 3월, 중국좌익작가연맹에 상무위원으로 참여하다. 5월에 러시아의 마르크스주의 이론가 게오르기 플레하노프의《예술론》일역본을 번역하다.

1932년(52세) 1월에 제1차 상하이 사변이 일어나 가족과 함께 우치야마서점(內山書店)으로 피난하다. 산문집《삼한집(三閑集)》과《이심집(二心集)》을 출간하다.

1933년(53세) 4월에 쉬광핑과 주고받은 편지를 모아《먼 곳에서 온 편지(兩地書)》를 출간하다.

1934년(54세) 산문집《남강북조집(南腔北調集)》을 출간하다.

1935년(55세) 3월에 러시아의 소설가 막심 고리키의《러시아의 동화》일역본을 번역·출간하다. 12월에 중국좌익작가연맹 안에서 저우양(周揚)은 '국방문학(國防文學)'을, 루쉰은 '민족혁명전쟁의 대중문학(民族革命戰爭的大衆文學)'을 주장하며 격렬하게 대립하다. 〈검을 만들다(鑄劍)〉 등이 담긴 소설집《새로 쓴 옛날이야기(故事新編)》를 출간하다.

1936년(56세) 중국좌익작가연맹은 해산되지만 연맹 내 논쟁은 더욱 치열해지다. 중국공산당 임시 총서기였던 취추바이(瞿秋白)의 유고집《해상술림(海上述林)》을 편집하다. 5월에 지병인 천식과 폐결핵이 심해지다. 10월 19일에 세상을 떠나다. 유해는 '민족혼(民族魂)'이라고 쓰인 천과 함께 만국공동묘지에 묻히다.

루쉰 독본

〈아Q정전〉부터 〈희망〉까지, 루쉰 소설·산문집

지은이 | 루쉰

옮긴이 | 이욱연

1판 1쇄 발행일 2020년 3월 30일

발행인 | 김학원

편집주간 | 김민기 황서현

기획 | 문성환 김보희 김나윤 전두현 최인영 김소정 김주원 이문경 임재희 하빛 이화령

디자인 | 김태형 유주현 박인규 한예슬

마케팅 | 김창규 김한밀 윤민영 김규빈 송희진 김수아

제작 | 이정수

저자·독자서비스 | 조다영 윤경희 이현주 이령은(humanist@humanistbooks.com)

조판 | 이희수 com.

용지 | 화인페이퍼

인쇄 | 청아디앤피

제본 | 정민문화사

발행처 | (주)휴머니스트 출판그룹

출판등록 | 제313-2007-000007호(2007년 1월 5일)

주소 | (03991) 서울시 마포구 동교로23길 76(연남동)

전화 | 02-335-4422 팩스 | 02-334-3427

홈페이지 | www.humanistbooks.com

ISBN 979-11-6080-380-8 03820

* 이 도서의 국립중앙도서관 출판예정도서목록(CIP)은 서지정보유통지원시스템 홈페이지(http://seoji.nl.go.kr)와 국가자료공동목록시스템(http://www.nl.go.kr/kolisnet)에서 이용하실 수 있습니다.(CIP제어번호: CIP2020011397)

만든 사람들

편집주간 | 황서현

기획 | 김주원(kjw2001@humanistbooks.com)

편집 | 임미영

디자인 | 박인규